雨燕斋吟稿

第三卷

黄学规　著

中华诗词是享誉世界的文化瑰宝。
继承并弘扬中华诗词的优秀传统是我一辈子的文化使命。

浙江大学出版社
·杭州·

黄学规

1940年生，籍贯浙江。现为浙江财经大学教授、中华诗词学会会员、中华教育艺术研究会理事、中国教育家协会常务理事、中国民族文化研究会诗书画艺术委员会名誉主席，全国师德先进个人、浙江省高等学校教学名师。著有学术专著《挫折与人生》《人格与人生》《审美与人生》。2000年以来，黄学规出版了多种诗词专集，《雨燕斋吟稿》第一卷、第二卷问世后，被诗界誉为"民族诗人"。

2009年，作家出版社出版的《中华诗词史鉴》收录了黄学规诗词30首，该书汇集了从先秦至当代二千多年来中国诗坛的精品力作。历年来，黄学规荣获"李白杯成就一代大家""杜甫杯诗圣奖金奖""中华诗词特殊贡献奖""爱国杰出诗人""铸魂金杯奖"等荣誉称号。

杭城遍地桂花香，又到重阳赏菊忙。淑气芬芳衣满袖，茱萸虽觅也吉祥。

辛丑重阳收到诗人黄学规雨燕斋吟稿第二卷，特书其中重阳诗一首以示祝贺，言情期待有第三卷问世。

邵华泽于北京青松书屋

邵华泽：曾任《人民日报》总编辑、人民日报社社长、中华全国新闻工作者协会主席，北京大学新闻与传播学院原院长。

記時代風雨 發人民心聲

題黃亞洲《雨燕齊吟》第三卷

歲在甲辰冬月 徐金才 書

徐金才：浙江省军区原副司令员，解放军少将，现任浙江省人民政府参事。

题黄学规教授"雨燕斋吟稿"第二卷

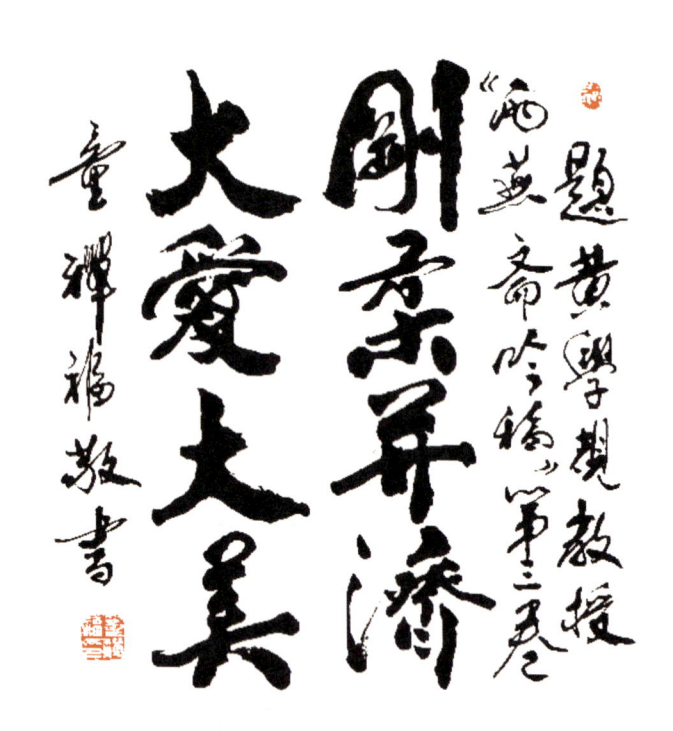

刚柔并济 大爱大美

童禅福敬书

童禅福：浙江省民政厅原副厅长，现任浙江省文史馆馆员。

黄沙蔽日苦寒地傲雪凌霜古老松久，为功传数代巍巍林海舞春风

七绝塞罕坝戊戌春月於砚墨池畔黄学规诗书

汉武击匈古垒遥，凿空出使亚欧连，咽喉重镇通西域，丝路流光千万年。

七绝 敦煌 丁酉夏月黄学规诗并书

目录

1 童禅福：黄学规与他的《雨燕斋吟稿》诗词集

10 姜岳斌：宛如天际一抹云

16 潘猛补：学者·公仆·诗人

19 胡华丁：为历史存正气　为时代谱壮歌

35 沈文华：甘守清心自在情

39 许汉云：吟稿吟诗乡　诗乡诗意浓

47 邵介安：黄学规的诗魂初探

53 朱宇：中西合璧的典范之作

57 桐君

58 日照太阳节

59 函谷关

60 都江堰

61 贺兰山

62 云梦泽

63 鉴湖

64 护国夫人

65 山水

67	鹳雀楼	97	林则徐家书
68	日月山	98	左宗棠
69	贺知章	99	沈公榕
71	鉴真	101	马相伯
72	读《祭侄文稿》	102	雾峰林家
73	寒山子	104	弘一法师
74	吴越国钱王	105	邵飘萍
75	范仲淹	106	南歌子·瑞彭故里
77	读《岳阳楼记》	107	马叙伦
79	花洲书院	109	东瓯名士
80	至喜亭远眺	110	陈毅访儒
81	苏东坡乡村行	112	正定古今
82	东坡抗疫	114	玉兔
83	破阵子·苏轼初到黄州	116	英烈李大钊
84	浪淘沙·读《寒食帖》	117	英烈瞿秋白
86	六榕寺	118	英烈邓中夏
87	王韶献奇策	119	英烈向警予
88	岳飞	120	英烈恽代英
89	瓢泉	121	英烈董振堂
90	王阳明	122	英烈彭湃
91	忆江南·青藤书屋	123	英烈陈潭秋
92	徐霞客	124	英烈叶挺
94	夏津古桑林	125	英烈张太雷
96	郑板桥家书	126	英烈方志敏

127 英烈夏明翰	157 科学家李四光
128 英烈杨开慧	159 科学家竺可桢
129 英烈邓恩铭	161 科学家华罗庚
130 英烈刘志丹	163 科学家钱学森
131 英烈赵一曼	164 科学家郭永怀
132 英烈江竹筠	165 科学家程开甲
134 英烈刘胡兰	167 科学家师昌绪
136 红船路	169 科学家邓稼先
137 嘉兴南湖	170 科学家于敏
138 祭先烈	172 科学家孙家栋
139 缅怀之一	174 科学家袁隆平
140 缅怀之二	176 科学家陈景润
142 百年回望	177 科学家刘永坦
143 井冈山	179 科学家汪品先
145 长征	180 科学家郑守仁
146 桂东	181 科学家林占熺
147 斋郎大捷	183 科学家南仁东
149 南歌子·南泥湾	185 科学家钟扬
151 战地黄花	187 日出无言
152 盐城五条岭	188 国运
153 五台山	190 揽月
154 南海民兵	191 戈壁夫妻树
155 加勒万河谷	193 马海德
156 神舟回家	195 聂耳

197 田汉
199 闻一多
200 守岛人
201 壮美芳华
202 铁肩报国
205 下姜村
207 神山村
208 金米村
209 龙门村
210 月亮地村
211 鲲鹏新村
212 寺登村
214 固新村
215 王硇村
217 右玉
218 愚公志
220 红旗渠
221 滏阳河
222 绿染定西
223 月牙泉
224 八步沙
225 一苗树
226 西海固
227 索玛满凉山

228 澜沧水长
229 囊谦
230 百花岭
231 七里海
232 天边格桑花
234 凤凰展翅
235 吴根越角
236 大陈岛
238 大道出川
239 伶仃洋
240 好句江山助
242 陈垣
243 陶行知
244 齐白石
246 丰子恺
247 沈从文
249 舒同
250 赵树理
252 赵朴初
253 林巧稚
254 林徽因
256 杨绛
257 秦怡
258 蓝天野

260	乔羽	292	红尘滚滚
261	智慧女神	293	胸襟坦荡
263	指挥家郑小瑛	295	静水无波
265	师者张桂梅	296	攻坚
267	贺蒋风教授百年寿辰	298	善藏
268	敦煌女儿	299	晚晴
269	常沙娜	301	老伴
270	坚守初心	302	知音
271	拼命三郎	303	晚霞
272	花开塞外	304	咏怀之一
273	白衣渡江海	306	咏怀之二
274	春风化雨	307	咏怀之三
276	洞庭之子	308	人生之一
278	星辰大海	309	人生之二
280	心鞭	311	人生之三
283	清明	313	殷殷插柳
284	端午感怀	316	不夸当年勇
285	书画同心	317	长寿诀
286	马行千里	318	翠湖观鸟
287	风霜雪雨	319	库木之秋
288	淡看繁华	321	雪域桃源
289	空谷幽兰	322	蓝田
290	心若莲花	323	翠云廊
291	风雨人生	325	夔州风光

326 忆江南·湘潭莲花
327 朱亭古镇
328 崀山丹崖
329 红水河
330 铜钹山
331 白鹤小镇
332 石城
333 忆江南·白洋淀
334 鸡公山
335 芮城风光
337 塞上绿洲
338 蓬莱
339 马踏湖之春
340 莫莫格
341 漠河之秋
343 忆江南·勇立潮头
344 浣溪沙·钱塘新城
345 回头潮
346 读《湖心亭看雪》
347 桐庐
349 忆江南·富春山水
350 淳安方塘
352 鹧鸪天·柯桥
353 洛舍漾

354 南浔
355 西塘夜色
356 江南一埠
357 永康方岩
358 龙泉青瓷
359 忆江南·十里云河
360 梅雨潭
361 碇步桥
363 江上晨雾
364 厦门抒情
365 忆江南·海南黎锦
366 湖畔早春
367 冬山
369 四明杜鹃
370 红踯躅
371 三沙抗风桐
372 英雄树
373 太岳红岩松
375 忆江南·迎客松
376 天海矮松
377 岁寒三友
379 画堂春·古榕
381 忆江南·牡丹
383 忆江南·霜染胡杨

384　雪宝山崖柏
385　天国枫杨
386　山菊
387　石榴
388　苔痕
390　野草
391　中国树王

392　后记

黄学规与他的《雨燕斋吟稿》诗词集

童禅福

2021年年底，浙江财经大学教授黄学规给我寄来了浙江大学出版社出版的《雨燕斋吟稿》两卷诗词集，花了几天时间读了，对许多诗词作了读书笔记。黄学规教授的这两卷诗词集中的491首诗词涉及方方面面，山山水水，天涯海角，五湖四海，历史跨度达五千年，不论写人与事，天与地，花与草，土与石，树与云，水与火，首首、句句、字字都体现着一种精神，给人一股向上的正能量。读后想写个书评或读后感，翻到诗词前面的大家和学者们写的书评和信，认真读了，他们的书评篇篇点评到位，读后感也篇篇写得有深度。

首都师范大学教授李燕杰在评论中写道：

学规先生的诗歌继承了先人的艺术，体现了新时代的精神，还现了刚柔并济的大爱与大美，体现了"志于道，据于德，依于仁，游于艺"。

学规先生的诗词是当代中国诗词发展的一座丰碑。

2018年85岁的中国新闻和文化艺术名家邵华泽读了黄学规教授的诗词集后题写了一首五言绝句："诗作务求精，难能立意新。凛然松柏气，更兼水云襟。"邵老的点赞诗是何等丰富而深邃，对黄学规诗词评价又是何等精准而到位。

浙江大学著名艺术评论家胡华丁教授在《学者型诗人黄学规印象》一文中讲了黄学规诗词的三大特点：一是心怀大爱，志接云天。二是语言质朴，明快晓畅。三是想象奇崛，神韵盎然。胡教授对黄学规的诗词从思想上、艺术上、文学上都作了精辟的点评，特别是在黄学

规诗词的精神境界上他写道:

学规先生的诗词,是爱自然的诗词。他以自己的诗词拥抱自然,装点山河。

学规先生的诗词,是爱人民的诗词。他爱人间的亲情、纯真和正气,爱人间的一切正能量。爱先祖、先烈、先贤。先贤,是我们广义的亲人。他们代表着一个民族的精神高度。学规先生的诗词,写了《岳飞》《于谦》《郑成功》《葛云飞》《杨靖宇》《冼星海》等,写了《郑和下西洋》,写了《孙中山观潮》。孙中山于1916年9月15日(阴历八月十八日)到浙江海宁观潮之后,曾应邀写下"世界潮流,浩浩荡荡,顺之则昌,逆之则亡"的题词。学规先生观潮忆圣吟唱道:"万马奔腾惊大地,狂涛猛进上云霄。吞天沃日何能挡?澎湃心潮比浪高。"

真爱永恒。诗人黄学规启示我们:爱使生命澎湃。爱与岁月同在。爱是生产力,是教育的最高境界。当我们注入了一股爱的暖流,也为实现中国梦增添了强大的道德力量。能否让自己活得快乐,要从学会爱开始,生活因真爱而精彩。

北京航空航天大学国际战略问题研究专家张文木教授对黄学规诗词也作题为"画以流情,诗以言志"的点赞,他说:"我今学而时习学规先生的诗词,从中体悟先生的人生高境,不亦乐乎!"浙江师范大学中文系原系主任、中国古代文学教授周舸岷在书评中最后写道:最让我会心的莫过于他的《知足》一诗,"知足常乐少烦恼,心到无求气自平。世事纷纭难美满,浮沉进退皆人生"。这对忙碌一生、白首夕阳的我来说无疑是一股清凉风。

原杭州大学校长、省政协第六届政协副主席薛艳庄教授,浙江师范大学原校长、曾获国际格林文学奖的蒋风教授两人收到《雨燕斋吟稿》后，都分别给黄学规写来了信，蒋风教授信中说："你运用诗歌的独特艺术形式，唱出了一首首时代赞歌，引领时代潮流，而且一直坚持用于诗教，很值得点赞。"

十分钦佩黄学规大学学业的老同学许汉云读了《雨燕斋吟稿》两卷，他以极高的欣赏力、阅读力在一文中概括写道：

将两卷近500首诗词汇聚在一起宛如一座堆积起来的小诗山。当你涉足这座诗词之山时必然感悟到：这座诗词之山充满着中华民族情、爱国爱民情、家国乡土情、山河草木情、培人铸魂情，诗词之山蕴涵着十分丰富的人间真情。诗人运用诗化的语言教人立志求学、立德树人、聚才为国、积善修行，教人追求真善美、摒弃假恶丑，为社会弘正气、扬浩气、增添正能量。黄学规先生的诗词具有深厚的历史性、国际性、时代性、地方性、人民性和文学典型性，具有浓厚的时代意义和现实教育意义。

诗人黄学规竭尽几十年的心血筑起的这座诗词之山，无论从他创作中的诗品、诗魂、诗风，还是从写作中确立的意境、思路、灵感以及遣词造句、驾驭语言的能力等方面，都达到了很高的境界与造诣，自然是当今爱好诗词写作者的范例。

全国还有不少知名的学者、教授、专家对《雨燕斋吟稿》诗词进行了评价、点赞，他们说得比我专业，比我深刻，而且有高度，但我细读了《雨燕斋吟稿》诗词集，有一种特殊的新鲜感，又有一种回归感，这好似我六十年前的中学时代读语文课本中古、现代诗词中的注释和老师的解读。一般的诗词集和教科书只有注释没有解读，而《雨燕斋吟稿》诗词集把注释融入解读中，用了详细的解读，这是作者黄学规的一大创举，这两卷诗词集可谓是两本厚重的诗词教科书。读者把诗词和解读连在一起读，不论文化水平高低都能读懂，这真叫"雅俗共享"，能够帮助领会到诗词的内涵。《雨燕斋吟稿》中的近500篇诗词的解读有它的独特价值，这就是解读在《雨燕斋吟稿》中的特殊的意义。

黄学规老师创作《雨燕斋吟稿》是用心良苦，下了大功夫的。据我初步统计了一下，除学规老师自己写了229首诗的解读外，还有262首诗的解读是一批学者、教授撰写的文章，这是一个很大的文学团队。个人文集，特别是诗词集的作者不是领袖、不是伟人、不是历史名人，要组成这么一个大的文学评论团队，不计报酬，不计功利，完全出于自觉地去创作、去解读，在当今社会我估计是前无此例，也很难后有来者。这也是黄学规教授包容性极强的高尚人品所在，只有"我为人人，人人才能为我"这一点黄学规做到了。这个团队的12人，其中写过10篇以上解读文章的学者、教授就有邵介安、李晓娟、许汉云、叶城均、史吉宝、陈小芳、王煜烽、梁贵星等8人，还有陈红霞、陈小芳二位合写的。邵介安、许汉云不仅为《雨燕斋吟稿》写了评价和读后感，邵介安一人还独写了88篇解读，许汉云也写了16篇，而且二人还另外合作写了18篇解读。他们这200多篇解读文章写得都很认真，短者画龙点睛，精炼解读也有两三百字，长者近两千字。读了诗词再读解读，一定让你长了知识，开了眼界。

邵介安用了近1900字为28个字《沙漠天路》诗歌写了解读。解读中写道：

诗人这首诗作于2017年8月24日。"沙海溟濛鸟徘徊，茫茫戈壁罩尘埃。"溟濛：míngméng，形容烟雾弥漫，此处特指为沙尘暴肆虐。徘徊：páihuái，比喻犹豫不决，飞行困难。罩：zhào，遮盖，充塞。这两句诗意是说，在茫茫的戈壁滩上，到处是一片沙海，茫茫无边。沙尘暴肆虐，遮天蔽日，环境极端恶劣，不要说人类，就是连鸟儿都难以飞过。诗人落字很深，寓意深远。例如用"海"来比喻，人们知道海是无边际的，一个字就把黄沙之多、之广说得清清楚楚。又如"溟濛"，说明沙漠中昏天黑地，风沙之大、之强，描绘得淋漓尽致，十分具体形象。"徘徊"是指鸟的犹豫不决，生动地说明它在沙漠中飞行的困难，从侧面衬托出沙尘暴的凶残及淫威程度。凡此种种，诗人目的都是用来衬托出中国建设者们在这里建造沙漠高速公路不怕艰苦、不怕困难、顽强拼搏、战天斗地的高贵品质。诗人采取有动有静的写法，生动地运用词语，状出种种艰辛，诗意涵盈，突出主旨。《沙漠天路》诗后二句："同心戮力一千日，大漠蜿蜒天路来。"戮力：戮，lù，合力、并力。蜿蜒：原意是蛇类爬行状，此处比喻建造成大漠漫长的曲曲折折的公路。这两句诗是言，中国建设者们胸怀同一目标，同心合力，团结一致，拼搏实干，克服了建造沙漠高速公路的艰巨性和遇到的种种困难，战斗了一千个日日夜夜，终于在这茫茫大漠中建成了一条世界上最长的沙漠高速公路。"一千日"三字最平常不过了，它们是数量词，却反映了建设者们造路的速度、力量、意志，以及敢打硬仗、速战速决的顽强作风。诗篇字字如珠玑，句句若碧玉。"蜿蜒"是形容词，却有多重含义：一指公路的弯弯曲曲，二指建造大漠公路的艰巨性及复杂性等，真可谓含义无穷。"天路"：比喻为奇迹之路。

这首诗仅用四句话28个字，却成功地刻画中国建设者们集体的英雄形象。《沙漠天路》是一首时代的赞歌，英雄的乐曲，是催人奋进的号角！

读了邵介安的解读再去品味《沙漠天路》这首诗，一幅幅中国天路建设工人奋斗图就会展现在你的眼前，对诗意的认知就更深刻了。

邵介安对黄学规《雨燕斋吟稿》诗词的解读是花了时间下了功夫的。他还和许汉云一起为《雨燕斋吟稿》增光添彩，这18篇合作解读篇篇都是佳作。他们对黄学规老师的《渔歌子·逆舟》这首词特别有兴趣，在解读中邵、许两位反复商议、修改最后定稿写道：

"风骤云飞遇险滔，山移水转心为锚。思已定，志休消，逆舟力上战凶潮。"这是诗人黄学规创作的一首咏志词。词句铿锵有力，通俗晓畅，巧妙地借逆水行舟，歌颂人们在事业的进程中，不怕困难，逆势而上，发扬不屈不挠的斗志和顽强拼搏的精神。词作清新自然，意蕴深沉，给人以哲理性的启迪和美好的艺术享受。

"风骤云飞遇险滔，山移水转心为锚。""风骤云飞"以天气的突变，比喻人在征途中遇到的困难或曲折。"遇险滔"，直接点明了遇到了险恶的环境或意想不到的事情。"山移水转"一解为浪涛之大，仿佛山都要移动了，水中漩涡凶险，浪涛在急速地旋转。一解为形势在不断发展变化，但要保持定力，不必惧怕。此二解笔者皆认为可以成立。"心为锚"，比喻遇到困难和挫折，不要惧怕，要沉着应对渡过难关，奋力而前行。这两句词的字面意义是：天气突变，风骤雨狂，黑云在飞转，在行船时遇到了凶恶的险滔。水浪拍岸，仿佛大山都在移动，河水漩涡横生，稍有不慎，便有沉舟的危险，但是不要害怕，要沉着应对，命运掌握在自己手中，一定是能战胜困难的。这两句词意是比喻人生之途中，历来坎坷不平，不会事事顺利，会遇到各种困难，要沉住气，保持定力战胜它。词句中的"骤""飞""移""转"等都是动词，形容水浪之大、之险；"锚"是名词，"铁锚"的意思，这里诗人借用它来说明意志要稳定，不可惊慌失措，要沉着应对，比喻在各种挫折面前要有大无畏的精神。

"思已定，志休消，逆舟力上战凶潮。"从字面意义上来说，词句的意思是，决心已下定，目标已经锁定，实现目标的雄心壮志还藏在心中，一定要逆水行舟，奋力前进，战胜凶恶的狂潮。其实诗人是比喻人生要坚守自己的志向和目标的重要作用。不要动摇，要战胜困难，不达目的绝不休兵。这几句词，同上句是互为因果关系。因为"心为锚"，所以"思已定"，"志休消"，行舟者会愈来愈坚强，"逆舟力上"，结果一定会战胜"凶潮"，获得人生的成功。"凶潮"比喻挫折和艰险。词句中的"力"和"战"两字用得非常精确，掷地有声，作金石响。前者说明"战凶潮"要"拼搏"奋力，要用强大的力量才能获得胜利，后者说明要有战斗的姿态，轻而易举是不能成功的。这两字都说明了战胜困难要有百折不挠的毅力和韧性，克服前行中的困难，不可半途而废。

这首词的社会意义是很大的，现实性也很强，对人生来言，一个人遇到各种各样的困难，不会事事顺利，会遇到"险滔"，这就要沉住气，初心不改，去夺取胜利。对事业来说，当前全民正在建设小康社会，有时会遇到挫折和困难，但不要惧怕，保持斗志，知难而进，一定会建成美好的社会。词作的主题重大，反映了全民战胜困难的勇气，时代感强，是一首不可多得的优秀词作。

品味这首《渔歌子·逆舟》词作及解读之后，真正使人鼓起精神。

黄学规对淳安这片热土有着深深的恋情，他还特为淳安写了《诗乡淳安》《淳安风潭洲》《桂岛望月》《淳安千岛湖》和《威坪》等五首诗，许汉云把这五首诗的解读全承担下来了。许汉云这位楹联专家对诗词也有专门研究，对诗词的解读是如数家珍，他对黄学规老师2021

年2月25日祝贺淳安荣获"中华诗词之乡"称号之日而作的《诗乡淳安》中四句诗情有独钟,他在解读中说:

"谪仙吟啸青溪句,见底清心历代传。"谪仙:指诗人李白,他是盛唐时期杰出的浪漫主义诗人,被贺知章惊呼为"天上谪仙"。"青溪"又称清溪,指淳安县境内的新安江。李白曾写《清溪行》,诗云:"清溪清我心,水色异诸水。借问新安江,见底何如此?人行明镜中,鸟度屏风里。向晚猩猩啼,空悲远游子。"李白这首诗,历代广泛流传。

许汉云在解读诗的前二句后,压抑不住内心的激动,充满着激情感慨地写下:

"秀水泱泱远胜昔,诗乡灵气满山川。"秀水泱泱:指今日千岛湖。千岛湖比昔日的新安江,水色山貌大胜一筹。李白如果见到今日之千岛湖,不知有怎样的感叹?诗乡淳安人杰地灵、山青水绿、风景如画。1000多年前大诗人李白留下足迹的淳安,如今诗人辈出、诗兴如潮涌。截至目前,淳安诗词协会诗友已达300余人,《千岛湖情韵》诗刊已出版69期,多位诗人出版了个人诗集。充满诗情画意的淳安蒸蒸日上,誉满人间。

最后许汉云在《诗乡淳安》这首诗的解读中对黄学规老师这首诗发出点赞说:

本诗充分体现了"文章合为时而著,歌诗合为事而作"的创作方向,是对淳安荣获"中华诗词之乡"称号真实而生动的写照。本诗不仅写出了诗乡淳安"远胜昔"的优美风光,而且着力写出了淳安诗词创作的源远流长,把当今诗乡的形成与"谪仙"李白这位远游子自然地联系、融汇起来,让读者充满遐想,真正领略到"诗乡灵气满山川"的深邃含义,用诗的语言诠释了文艺创作的继承与发展、继往与开来的理念。毫无疑问，这首诗对淳安诗友们的进一步创作是一大鼓舞，对淳安诗词的进一步振兴与繁荣是一大推动。

年过八旬的黄学规教授给世人献上《雨燕斋吟稿》诗词集，这是指引人们向上的好教材。我曾拜读过不少黄学规老师的诗词，我对这位教书老人心生敬仰和崇拜，并曾写下"耕耘于教育，创作于诗词，筑梦于人生，享誉于世间"的赞语。黄学规老师曾获得"全国师德先进个人""浙江省高等学校教学名师"等荣誉称号。在诗词创作上也业绩非凡。他成为中国诗词学会会员，2009年，作家出版社出版从先秦至当代2000多年来诗坛的精品《中华诗词史鉴》，书中就收录了黄学规诗词30首。他还荣获了"李白杯成就一代大家""杜甫杯诗圣奖金奖""中华诗词特殊贡献奖""爱国杰出诗人""铸魂金杯奖"等荣誉称号，被诗界誉为"民族诗人"。

作者简介：
童禅福：浙江省民政厅原副厅长，现任浙江省文史馆馆员。

宛如天际一抹云
——黄学规先生诗词的浪漫主义精神

姜岳斌

学规先生是全国师德先进个人，《中国青年报》、新华社、中国新闻网等多家媒体都曾报道了他"从心出发讲好德育故事"的事迹。他因潜心对青少年成长时期的挫折问题进行跨学科、系统性研究而被公认为中国挫折学的开创者。学规先生将工作、生活、书法与格律诗创作融合起来达到一种心灵自由的境界，他又是公认的书法家和格律诗人。学规先生已出版《雨燕斋吟稿》两卷共收录诗作490多首，如今《雨燕斋吟稿》第三卷又即将问世。

学规先生如行吟歌人走遍世界，凭吊智者先贤，咏唱名山大川，歌中充满对人民创造历史的热烈赞颂，更体现出诗人倾情一歌的豪爽，具有浓郁的浪漫主义精神。"宛如天际一抹云"是学规先生《左公柳》中的诗句，表现出对这位维护中华民族国土完整的英雄及其业绩的赞叹：

大漠绿屏三千里，宛如天际一抹云。春风谁引吹戈壁？今古奇才左将军。（《雨燕斋吟稿》第一卷第71页）

读学规先生的诗，每每为他创造奇特浪漫主义意境的质朴文字所感动。闭眼想象，金黄色的浩瀚大漠中生出一道长长的绿色屏障，就像天边突然出现的绿色云霞，忽然间又感觉这绿色云霞飘动起来，因为此时诗人引入了春风，让人不禁联想到春日西子湖畔柳枝飘逸的多情；而春风一句更引人忆起唐人王之涣"春风不度玉门关"的慨叹，遂想起汉唐以来中华民族对西北大地的艰苦经营，而学规先生此句引入春风将民族艰辛的慨叹联系至左宗棠对民族的重大贡献。左宗棠于1867年入陕治理西北时，先修路，东起潼关，横穿河西走廊，延伸到宁夏、青海和新疆哈密，又翻天山、穿戈壁，沿途栽下杨、榆、柳等树，而以柳树居多，是故人称左公柳。左宗棠这一伟大贡献，直令今天全世界的环保主义人士不能不顶礼膜拜。学规先生以如此宏大的浪漫主义气度幻化出一幅壮美的图景：从来不度玉门关的春风被左宗棠雄健的挥臂引来了，春风从此出了玉门关，又随着那三千里绿树荡漾起民族的活力，真宛如天际的绿云照见中华民族勤劳、勇敢和博大的精神。

学规先生浪漫主义诗风具有强劲的艺术穿透力和耀眼的思想光芒，有感情，有热度，有哲理，有人间烟火的现实性和悲天悯人的仁爱精神。这首先表现为他总是不遗余力地对现实题材作写意升华。读浪漫主义诗歌，人们往往着眼于直抒胸臆的畅快，乃如李白"飞流直下三千尺"，重看奇特自然景象带来的奇幻联想，亦如苏轼"乱石穿空，惊涛拍岸"的震撼想象，亦寄情于自然景物联想。而学规先生深得前人浪漫主义想象的精华，但也如他本人教学生涯中务实的工作态度，他所选的意象总透出现实层面的质朴，就像《左公柳》的意象本是数十万军民年复一年的辛苦劳作，其中栽下的每一棵树都体现了种树人抗风治沙的智慧与努力，这些辛苦劳作由意象选择本身的缘故，随画面展开进入读者的感知，由学规先生畅快的挥笔而就，所形成的奇特想象于是便注入了强大的现实力量，让人不得不感叹这种复合力量给人带来的强烈触动。

学规先生诗中这种现实反差与联想超越的手法还表现在更多的诗作中，例如这首《甲午殇思》：

当年慈禧寿辰日，正是辽东陷落时。射炮老衰缺弹药，清廷相庆玉金卮。（《雨燕斋吟稿》第一卷第74页）

提起甲午战争失败立刻便想到慈禧动用四百万两白银造颐和园，致使海军经费短缺的史实。而学规先生特选了"射炮老衰缺弹药"这一具体可感的战场现实景象，写出了被朝廷贪腐贻害的中国军人阵亡前的无奈和一腔悲愤；士兵的悲愤和官僚们举杯相庆的巨大反差更拉大了想象的空间，宣泄出诗人对腐败清廷虚荣误国的怒责。

学规先生浪漫主义诗风的又一重要表现是浸透着浓浓的乡情。人人爱家乡，学规先生亦如此。他喜欢以浙江山水和人文景观为题材，表达对前人贡献、牺牲的景仰，奉上一个浙江赤子的歌。例如这首《江城子·钱塘江大桥》：

杭人自古叹钱江。水茫茫，费思量。无底流沙莫测险如狼。汹涌翻腾潮涨落，桥欲架，怎埋桩？

茅公从小气轩昂。渡重洋，攻桥梁。受命于斯造桥志兴邦。烽火连天终其事，真壮举，业辉煌。（《雨燕斋吟稿》第一卷第93页）

这首《江城子》气蕴风云。上半阕首先以七字写出杭人对钱塘江的感情，重点是"叹"字，而在望江而叹的情感里，诗句无法引出七律那样的顺畅表达，而《江城子》的连连短句则透出杭人的无奈和钱江的喜怒无常；"汹涌翻腾潮涨落"一句更是杭人近距离观潮的惊惧感引出架桥艰难的联想，又是学规先生喜用现实意象的表现。后半阕则描绘出杭人的心志。茅以升在中国桥梁界是神一般的存在，受国人普遍景仰，而学规先生则特选了一个视点，他写茅以升写的恰是"茅公从小"，暗示这位造桥界的伟人是在江浙老乡中成长起来的，胸怀家乡父老的希望，留洋学艺，归乡造桥，志在兴邦。"真壮举，业辉煌"乃学规先生与江浙老乡一道感受这位乡人伟绩，发自内心的骄傲。

这首《江城子》可被视为学规先生拳拳乡情的代表作。他的格律诗中还有许多首赞美浙江山水风光和人文景观。学规先生写山写水写景，有的着重表现一种雄浑的意境，正如他在《雁荡山大龙湫》中的诗句"飞来天瀑撼神雄"，铿锵的诗句蕴含着震撼心灵的神奇想象，也有着力表现形象的生动仿佛景物被注入了生命，如《苏堤春晓》"十里长堤醉春风"，其中"醉"字最妙，宛如长堤有生命，会醉酒，实则是堤上络绎不绝的游人醉享春风，生动演绎出杭州性格的浪漫。至于引无数人钟情的杭州西湖，他则选了一个特别的时间点来捕取最具特点的湖景，那就是中秋夜。杭州人把游赏西湖分为三个境界，前二者是晴西湖和雨西湖，呼应的是苏东坡的"晴方好""雨亦奇"，而杭州人最醉心的还是夜西湖，仿佛是只有本地人傍晚出门才能享得。学规先生中秋夜在西湖观赏，映入眼帘的是西湖映月的神奇，于是脱口而出："天上人间双桂镜，满湖光影满湖诗"（《西湖中秋赏月》《雨燕斋吟稿》第一卷第271页），自是杭人许多情。

学规先生浪漫主义风格的第三个特点是视野开阔。他的诗歌回荡着世界风云的涌动，记录时代的轨迹，特别是中国社会发展中的大事，把内容拓展到祖国取得的伟大成就与深刻的变革。

学规先生诗词有不少描写异国风光的笔墨，如"两岸风情千万种"的《塞纳河》，如圣女贞德殉身地的《蒙马特高地》，又如揭开法国大革命序幕的《巴士底狱遗址》，都表达了诗人对这个有着光荣革命传统的民族的敬意。令人印象深刻的是他对19世纪浪漫主义作家雨果的赞叹，诗中将这位伟大作家比作"暴风巨鸟"。同为浪漫主义文学主张的践行者，学规先生对雨果的浪漫主义才思评价极高，说他"一生跌宕才思涌，心似飞云逐浪花"。而对雨果浪漫主义赞颂中仍体现出学规先生独特的现实描写热情，开篇一句"辗转飘蓬十九载"既写了这位法国大文豪十九年流亡的艰难岁月,又暗合了《悲惨世界》中贫苦人冉阿让因一块救命面包而遭受的十九年牢狱之灾,于是法国人民的苦难与雨果自身的磨难一起构成了这"暴风巨鸟"的飞跃力度,实现了浪漫主义的腾空翱翔。

学规先生最为热烈关注的还是伟大祖国每一项了不起的成就,这种关注在他的浪漫主义咏唱里是一种和谐雄伟的乐音。1997年香港回归,学规先生感于田氏兄弟和则繁茂、分则凋谢的紫荆花传说,写了《咏紫荆花》喻香港回归人心所向的民族感情:

田氏融融院内花,同根并长自繁华。分居离异凋零后,兄弟复合聚一家。(《咏紫荆花》,《雨燕斋吟稿》第一卷第133页)

2008年北京奥运会前学规先生写下了《圣火上珠峰》的赞颂:

登攀冰壁雪风中,山脊滑行气势雄。圣火珠峰亲热吻,祥云一炬照天红。(《圣火上珠峰》,《雨燕斋吟稿》第一卷第106页)

随即他又于2008年8月写了《贺北京奥运会》,表达了民族雄起的英雄气概:"东亚病夫成历史,卧龙一跃上峰巅"。2019年底开始的新冠疫情对人民生活造成了重大影响,面对疫情的重压,学规先生对党中央的防控决策充满信心:

突降疫情举国忧,岂容魔鬼乱神州?一声召唤合民意,共克时艰万众求。(《召唤》,《雨燕斋吟稿》第二卷第175页)

在与疫情奋斗的时时刻刻里,他关注那些抗疫英雄的名字,写出他们在斗争中的贡献和意义,有"当年非典"时"挂帅逆行上战场"的《国士钟南山》,有"悬壶济世铸神功"的《人民英雄张伯礼》,有张定宇、陈薇、李文亮、李兰娟"素心若兰品无私"的贡献。当集中全国精英驰援武汉的抗疫奇迹举世瞩目时,他写了"举国精兵援武汉"的《火神山》，表达了全国人民"勠力同心共闯关"的豪情，无不透出走向胜利的大无畏浪漫主义精神。

笔者认为，学规先生是一位在现实的沃土中成长起来的具有浪漫情怀的诗人，他的诗情源自生活，源自他具体的教学与研究工作；他用心帮助每一位学生，恰如左宗棠当年关注种下的每一棵树苗，以期来日成林成屏，也许正是这种性格的相似性，成就了他本人的诗坛形象，那是热情，那是实干，是热血和汗水灌溉的绿色丰碑，正如他笔下左公柳的写照：

"宛如天际一抹云！"

作者简介：
姜岳斌：文学博士，曾任浙江财经大学人文学院教授，浙江财经大学文艺研究所所长，浙江省外国文学教学学会会长。主要从事意大利诗人但丁诗学思想研究。

学者·公仆·诗人
——《雨燕斋吟稿》读后

潘猛补

黄学规教授创作的《雨燕斋吟稿》至今积稿达三卷，其已耄耋之年，却笔耕不辍，可敬可贺。先生为温州鹿城人，高中温州中学毕业，后入杭州大学学习和工作。日前，先生要我为其新出诗集写点东西，而我作为同乡、温中校友同时又是先生的学生（虽然我入学杭大中文系时先生已调任省委宣传部工作，但师生之名分不可相乱也），先生之嘱学生当拱手听命。然余不懂诗，幸研究古典文献几十年深谙"言诗岂可忽人乎"之理。知人论诗以诗解人，余尚知一二，故拜读诗集后谈三点感想献芹于师。

先生之诗乃学者之诗。先生任职浙江财经大学时，在国内首创了"三育一体化"的教育模式，在国内率先跨学科综合研究"挫折教育"，著有《挫折与人生》《人格与人生》《审美与人生》等，是一位卓有成就的学者。在德育教学中参以诗作，以感知美、鉴赏美，来陶冶学生的心性，以诗育德、以德美诗，将学术思想自然地融入诗歌创作中。其作为学者型的诗歌具有深邃、独特和富有启发性的特点。通过丰富的典故、对仗、修辞等手法展示出他对人生、社会、历史等方面的独特的思考和见解。他的诗歌关注社会现实，处处散发着思想的辉光。例如他的《定力》一诗云："世事无恒鲜有常，谁能万幸无悲伤？心清若水春风起，坎坷人生亦永芳。"这表达了他对人生的反思和命运的感悟。而在《自如》和《清流》等诗中，则通过抒写个人情怀，表达了对生命的热爱和对世界的理解。总体来说，先生之作为学者型的诗歌，不仅具有艺术价值，还具有思想性和启发性，更富有哲理性，能够带给读者深刻的思考和体验。

先生之诗乃公仆之诗。先生自1993年调任浙江财经大学曾任纪委书记、校务委员会副主任并兼教授之职，是一位"双肩挑"人才。作为能同时承担教学和管理职责的干部，可见其能力素质足以胜任。其身为学校领导，既为管理工作注入新鲜血液带来生机和活力；其兼任教授而充分发挥自身的教育学专业优势。两者完美融合、相得益彰。这种特色也体现在他的诗中，他的《公仆情》这样写道："虚功自炫羽毛轻，实干能留万世名。计利当思天下利，为民沥血公仆情。"诗中抒发了其作为人民公仆的情怀。先生的诗更多的是表达了生活是美好的，人生是宝贵的，未来是充满希望的，表达了向上进取的精神和高瞻远瞩的胸襟。先生的《竹林春景》这样写道："雪雨风霜岁月痕，慈祥老竹倍精神。龙孙新绿蓬勃长，昂首挺拔高入云。"诗人联想丰富，情景交融，言近旨远。他的诗词的优美感和艺术性都有具体的情感体验，避免了老干部体的那些套话连篇、政治术语过多的缺陷。

先生之诗乃山水之诗。先生的故乡温州为我国山水诗之发源地，瓯江之水哺育了他，温州的土壤播下了他诗歌的种子。在南宋后期温州出现"永嘉四灵"，其在遣字造句刻意"苦吟"、"推敲"，诗风浅近平易，追求一种平淡简远的韵调。先生之诗正深得其味，故先生在艺术形式上也具有一种流丽绵密的风格。特别是先生在杭州大学学习和工作期间又得乡贤"一代词宗"夏承焘先生亲炙，前辈的扶育、鼓励给予他诗词创作动力，故乡给了他创作的源泉。我之所以称先生之诗为山水之诗，是其诗集中写景诗占比例最大，祖国的大好山河给先生提供了丰富的创作题材和灵感。诗中多流露出超旷豁达之情，反映出晚年自适清心的生活和恬淡疏放的风神。当然最让我关注的莫过于他的《温州瓯江孤屿》一诗："烟波浩渺江如练，双塔凌霄胜蓬莱。丞相祠前云日映，苍松翠柏绕琼台。"温州江心孤屿世称"中国诗之岛"，历代著名诗人谢灵运、孟浩然、陆游、文天祥等都曾相继留诗岛上。江心屿是温州人乡愁的载体，江心屿诗词亦好似故乡的家珍。先生作为温州乡贤赞美孤屿山水秀色，寄托了其对故乡的一片深情。早在1995年，我曾帮助我的温中老师黄立中先生编辑《江心屿历代题咏选》，该书收录了古今咏孤屿诗词700多首。惜先生那时还未写出此诗，倘若时光倒流，我必定将此诗选入，为诗之岛增添一页彩绘。

千年诗脉绵绵不绝；吾师学规其诗可传。

谨撰于2023年教师节

作者简介：

潘猛补：温州鹿城人，毕业于温州中学、杭州大学中文系，温州市图书馆研究馆员，古籍部原主任。浙江省古籍保护专家组成员，《温州通史》副主编。著有《温州经籍志校补》《宋末宰相陈宜中》等多种专著，发表有关论文百余篇。

为历史存正气 为时代谱壮歌

胡华丁

学规先生于21世纪最初20年间连续出版了多种诗词专集，近年来编成《雨燕斋吟稿》两卷近500首诗词，由浙江大学出版社隆重推出。学规先生以宏阔的视野、炽热的情怀、晓畅的语言展示了历史的风云、描绘了时代的画卷、表达了人民的心声，在神州大地立刻引起广泛的关注和热议。笔者近日拜读了《雨燕斋吟稿》第二卷（以下简称《吟稿》），以为有下列特色：

一是心怀天下，贯通古今，题材丰富，灿若繁星。《吟稿》咏史、咏世、咏志、咏景、咏物、咏国际，把人间万籁咏遍了，前无古人。

历史是时代的教科书，最好的清醒剂。《吟稿》在咏史方面诗作多多。在人物方面有《严子陵》《鉴真》《颜真卿》《柳公权之墨》《包公掷砚》《眉县张载祠》《东坡洗砚池》《苏轼屈子吟》《精忠柏》《文天祥故里》《缅怀英烈》《林则徐》，以至现代的《海棠依旧》《梁启超》《马本斋》等。

事件方面有《甲午祭》《警钟》《卢沟桥》《红船》《满江红·大道行》等。其中《甲午祭》云："水师将士全军灭，国弱力衰必受欺。甲午回眸弘壮志，中华奋起胜雄狮。"发生于1894年的中日甲午战争，北洋舰队全军覆灭，中国无奈签订丧权辱国的《马关条约》。落后必挨打，弱国无外交，历史教训非常深刻。诗人的《警钟》发出呼唤："常备不息为上策，宝刀百炼刃生锋"。国人自当居安思危常备不懈，随时警惕战争狂人的侵犯，杜绝甲午耻辱再现。这是我们痛思甲午战争的意义所在。中国人民在黑暗中盼天亮、苦难中求救星的日子里，中国共产党诞生了。诗人在《红船》中高歌："红船斩浪劈波行，血雨腥风一路征。永固初心坚挺志，百年高举照明灯。"1921年，嘉兴南湖的一条小船见证了中国共产党的诞生；2021年，中国共产党百年华诞又见证了中国共产党是中华各族人民的大救星，是中国站起来、富起来、强起来的引路人。"红船劈波行，精神聚人心"，红船所代表和昭示的是时代高度，是发展方向，是奋进明灯，是铸就在中华儿女心中永不褪色的精神丰碑。

咏世方面，诗人集中在咏国门、咏脱贫、咏抗疫。学规先生把祖国的国门咏遍了。这里有中国与欧洲国家物资联运的重要通道《北国第一门》，有中俄朝三国接壤一宝珠的《珲春》，有内蒙古自治区北部二连浩特的《边陲明珠》，有中国东部沿海重要港口城市、港口吞吐量跻身世界前十的《青岛》，有与世界上160多个港口联系，不竭物资达五洲的《连云港》，有自古以来就是军事要塞的《舟山》，有位于福建省宁德市东南部、水深港阔、避风防浪的天然良港《三都澳》，有实施金门炮战的福建围头村的《海峡第一村》，有海上丝绸之路起点之一的福建《泉州》，有中国最南端城市《三沙》，有中国和缅甸之间最大的陆路口岸《瑞丽》，有位于喜马拉雅山脉南麓与不丹接壤的《洛扎》，有中国西藏与印度锡金邦交界处的《乃堆拉》，有中国与尼泊尔接壤处、中国通向南亚的黄金口岸《吉隆》，有中国和巴基斯坦交界处的《红其拉甫》，有中国与阿富汗边境的《瓦罕拉苏》，有帕米尔高原上中国、塔吉克斯坦边境口岸《卡拉苏》，有新疆伊尔克斯坦《西陲第一哨》（这是太阳最晚落山的地方），有中国与哈萨克斯坦的通商口岸、新疆维吾尔自治区的《霍尔果斯》等。诗人把祖国东南西北的国门都写了，以诗句见证了这些国门的历史沿革、地貌特征、人文风貌和中外友谊，可说是前所未有的中国版图隘口的诗歌版。

脱贫致富是国之大事。《吟稿》中有 30 多首，着墨多多，以诗歌叙述种种感人的中国故事。甘肃省东乡族自治县是国家级深度贫困县，土地贫瘠，山高谷深。《布楞沟》七绝云："陇中苦瘠甲天下，沟壑纵横遍东乡。"2013 年 2 月 3 日，习近平总书记来到东乡县高山乡布楞沟村，全村 136 户人家 96% 是贫困户。习总书记了解致贫原因后要求把水引来，把路修通，把新农村建设好，让贫困群众尽早脱贫，过上小康生活。经过三年努力奋斗，如今布楞沟村已经大不一样。土路变成了双车道水泥路，驴拉水桶变成了直通每家每户的水龙头，村民们搬进了统一建筑的新居，院子宽敞，房间明亮。诗的下联云："引水通车好计策，加鞭快马奔小康。"在东乡，自然条件最差的布楞沟发生了翻天覆地的变化。

四川省凉山彝族自治州昭觉县支尔莫乡有个悬崖村，坐落在海拔 1400 米—1600 米的山坳中。村民走向外部世界，要攀爬落差 800 米的悬崖，越过 17 段 218 米的藤梯。诗人在《悬崖村》诗篇中描写"悬崖绝壁攀枯藤，老少登险彻骨惊"。"悬崖村"的难处引起党中央和地方政府的关注。2016 年 8 月开始，凉山州、昭觉县两级财政投入 100 万元，将"悬崖村"原来的藤梯换成了坚固的钢梯。2017 年 6 月 30 日，总共用 6000 根钢管，120 吨钢材，近 3 万人次人力，从山底通往"悬崖村"的钢梯全部竣工。民众雀跃欢呼，把钢梯称之为"天梯"。诗人以带有体温的诗言歌颂这件事，"架就天梯致富路，山村旧貌换新颜"。2020 年 5 月 13 日，"悬崖村"的 84 户村民，走下悬崖，异地就居。原来的"悬崖村"作为旅游项目开发。此诗从一个侧面描绘当今农村翻天覆地的变化。

诗人以诗语讴歌脱贫致富的中国故事，形象地实证千百年来肆虐神州的绝对贫困，在我们这代人的手里历史性地得到解决。8年，近1亿人脱贫，世界上再没有哪个国家能在这么短的时间内做到。这是中华民族发展史上的永恒丰碑，是人类发展进程中的伟大奇迹。

庚子伊始，新冠病毒肆虐。以习近平总书记为核心的党中央领导14亿中国人民，众志成城，团结一心，打响疫情防控的人民战争，取得重大战略成果，中国成了世界抗疫明星。学规先生作为民族诗人，心绪随着抗疫斗争的进展而颤动，创作了系列抗疫诗篇，全景式反映中国惊心动魄的抗疫大战。2020年9月30日的《浙江财经大学报》，以近全版的篇幅推出《黄学规抗疫诗歌作品展》，在校内外引起强烈反响。笔者作为校外读者，著文《抗疫鏖战的艺术写照——黄学规〈抗疫诗歌作品展〉读后》，此文也辑于这本《吟稿》。

在咏志方面，诗人以深厚的家国情怀，浓烈的诗词笔触，讴歌社会主义核心价值观，宣扬共产主义的励志精神。《渔歌子·逆舟》云："风骤云飞遇险滔，山移水转心为锚。思已定，志未消，逆舟力上战凶潮。"这是诗人创作的一首咏志词。词句铿锵有力，通俗晓畅，巧妙地借逆水行舟，歌颂人们在事业的进程中不怕困难、逆势而上、顽强拼搏、不屈不挠的精神。诗篇清新自然，意蕴深沉，给人以哲理性的启迪和美好的艺术享受。

《公仆情》云："虚功自炫羽毛轻，实干能留万世名。计利当思天下利，为民沥血公仆情。"此诗鞭挞"虚功"，崇尚实干，要沥血为民，计利天下。诗人爱憎分明，十分显眼，诗味浓郁，含义深沉，是建设社会主义强国的精神动力。七绝《行舟》云："生如逆水顶风船，奋力行舟不落帆。顺水绝非千日好，一朝偏舵必搁滩。"词浅意深，蕴含哲理，可谓诗人所著《挫折与人生》《人格与人生》《审美与人生》这人生修养三部曲的艺术再现。

在咏景方面，从《巨龙》到《嘉峪关》，从《金沙》到《阿克苏》，从《洞头岛》到《大龙湫》，从《外桐坞》到《钱江源》，从《香港紫金广场》到《金门通水》，首首体现诗人热爱祖国山河的感情，欣喜社会变化日新月异，人民生活蒸蒸日上。

《巨龙》诗云："伶仃洋上云开日，浩渺烟波跃巨龙。沧海今朝能跨越，东西三地一桥通。"2018年10月，港珠澳大桥建成通车。这是一座全长55公里的超大型钢铁桥。从前，从澳门、珠海到香港陆地车程需要3小时，如今缩短到45分钟。大桥建成，显示"一国两制"的强大生命力，象征祖国像巨龙腾飞在世界东方。

又如《嘉峪关》，嘉峪关在甘肃境内，万里长城西端的终点，是古丝绸之路的重要关口。过去，此处"地上不长草，风吹石头跑"。现在是"雄踞戈壁第一关，不见飞沙见鸟还。草木葳蕤碧水绕，长歌辽远越千山"。诗人为戈壁变绿洲史诗般的奇迹放声歌唱。

《九溪春景》云："细雨潇潇花半隐，溪容树貌报春深。声声宛转画眉语，何处云山藏好音。"是诗有声有色，有动有静，有隐有显，把美景与心境融为一体，描写春景别有天地，发人深思，让人遐想。

《外桐坞》在杭州郊外，唐代诗仙李白曾来此品茗作诗。学规在诗中说，"李白涉足外桐坞，为爱清新俗气无。缕缕茶香扬山谷，峰峦叠翠入画图。"这是一首清风扑面、令人陶醉的好诗。李白所爱实际是学规所爱，读之令人触景生情，向往风清气正的社会环境。诗行不用政治术语，却弘扬着正能量。

咏物，诗人以物抒情，含义高远。《花树品》云："雨打桃花树树空,秋来弱柳失青葱。兰幽山谷香风远,旷野松寒不改容。"这首诗写的是桃、柳、兰、松四种植物,实质是以物言志,赞美默默无闻、无私奉献、临危不惧、坚强不屈的高贵品格,体现诗人的人格追求,象征中华民族的伟岸精神。"不改容"三字看似平凡,却力拔千斤。《雪竹》:"清白相间低头叶,昂首凌云傲雪枝。坚韧身姿风里立,冲霄新绿染朝晖。"此诗咏物咏人,衬托诗人素雅、高洁、坚定不屈的人格追求。

迎客松是黄山标志性景观。《迎客松》这首诗写出松树的伟岸英姿,轩昂气质,体现中华民族的不屈精神。《吟稿》中诸如《梅魂》《茶梅》《迟桂花》《榕树王》等诸多咏物诗词,都是托物言志之佳作,带给人们精神世界的高洁追求。

学规先生有广阔的国际视野,在《吟稿》中就有十多首感人肺腑的好诗。《全俄儿童中心》赞美俄罗斯政府两次邀请中国灾区儿童去全俄儿童中心疗养。全诗情真意切,体现中俄深厚友谊。《瓜港》,指瓜达尔港,在巴基斯坦西南方,风沙弥漫,大漠孤烟。经中国帮助开发,中巴经济长廊,延向中东和非洲。它宛如长龙,瓜港就是龙头。诗人以七绝描写这件事,"扑面黄沙大漠烟,荒凉瓜港展新颜。长龙已画点睛笔,千里走廊一线牵"。文笔清新,气势不凡。

《文莱湾》则诗述中国帮助文莱建造近6000米长的大摩拉岛大桥,犹如"白玉巨龙从天降",古老的海上丝绸之路正焕发新的光辉。《中马友谊大桥》则赞美2018年8月30日中国援建马尔代夫的中马友谊大桥正式开通。"百年阻隔一朝纾。"《比翼齐飞》诗赞"中国龙"与"非洲狮"以更加开放的胸怀携手共舞,朝着共同目标前进,必将给26亿中非人民带来更多的实惠。《和平方舟》歌颂中国海军医船遍及43

个国家，诊疗惠民超过 18 万。《志合若比邻》歌颂 2019 年 4 月在北京雁栖湖畔举行的第二届"一带一路"国际高峰论坛，"相聚不辞千万里，雁栖共谋奏强音"。《兵马俑赴英》记述 2018 年在英国利物浦举行"秦始皇兵马俑特展"，轰动空前。《中意双城》记述中国兰州和意大利罗马在丝绸之路上"老友重逢情意绵"，"相知永续展新篇"。《南乡子·天涯明月》，仰望一轮中秋明月，世界各地朋友共度良宵。

《坦赞铁路》记述，1965 年非洲赞比亚、坦桑尼亚决定在两国之间修建一条铁路，他们请求西方大国援建遭拒。当时中国并不富裕却伸出援手，除了提供资金技术，还派出工程技术人员 5 万余人修路。这条铁路长 1860.5 公里，有 22 条隧道，93 个车站，是中非友谊的象征。此事诗人以七绝鲜亮概括："坦赞有求我困时，倾心鼎力本相知。千山万水真情近，友谊长青无尽期。"学规先生的国际诗词，艺术地体现了新中国的和平外交政策、大国担当和惠及世界的胸怀，体现了中国是世界和平的建设者，全球发展的贡献者，国际秩序的维护者。中国为世界谋大同，真是"相知无远近，万里尚为邻"（唐张九龄诗）。

二是立足当代，诗意趋时，内涵深邃，不同凡响。《吟稿》为伟大时代树起诗的丰碑。

学规先生在 2019 年 11 月 15 日写过一篇《论诗歌》的精短美文，其中谈道："诗歌是历史的掠影，是时代的回声，是诗人的传记"，"对优秀传统文化的传承，离不开当代视角。创作诗词必须体现时代精神。否则，诗词就缺乏生命力。李白、杜甫的诗歌体现了当时的时代精神，正因为如此，他们的作品才能流传至今"。又说："时代精神是诗词创作的灵魂。诗词创作与时代同频共振，才能展现其无穷的魅力。与时代共鸣是诗人的第一要事。笔墨当随时代，所有优秀的诗词作品都应紧扣着时代的脉搏"。此文字字珠玑，为丰富中国诗学献萃立言。学规先生不但这么说，也是这么做的。《吟稿》两卷都体现出这种可贵的时代精神。集中咏史、咏世、咏志、咏景、咏物、咏国际，都是以时代精神为灵魂的，首首体现了唐白居易说的"文章合为时而著，歌诗合为事而作"。

《有脚阳春》诗云："大唐昔日留德政，有脚阳春济世怀。物换星移新岁月，神州处处牡丹开。"诗人运用大唐"有脚阳春"的典故，衬托中国新时代的繁荣昌盛，欣欣向荣。"牡丹"是幸福的象征。"神州处处牡丹开"，显示出强烈的时代感。诗人这首七绝，表层是咏史（大唐），实质是颂今。

《风雨兼程》云："风雨兼程荆棘路，沉舟破釜探新途。神州正有凌云笔，绘就恢弘壮丽图。"这首咏世诗艺术地记述了中国改革开放的艰难历程，以习近平同志为核心的党中央带领全国人民筚路蓝缕，在改革开放中使中国发生惊天动地的变化，极富时代特色。

《耕作》是一首咏志诗："草芥浮名似纸轻，辛劳耕作益心身。望穿尘世风与雨，五味人生砥砺行。"这首诗贬浮名重实干，鼓励人们不惧风和雨，砥砺向前行。这是建设社会主义现代化强国的时代需要。

《十六字令·戈壁奇观》："湖，沙海西头碧水浮。惊奇迹，戈壁嵌明珠"，讲了河西走廊大片戈壁滩常年干旱缺水，现在这里竟出现一个面积达 24 平方公里的湖的中国故事，歌颂了人民创造伟大奇迹，体现"绿水青山就是金山银山"理念的力量。这首词篇幅虽小，选材却具有独创性和典型性。诗人以敏锐的眼光，捕捉新时代涌现出来的新事物，加以提炼升华，使该词成为一首歌颂新时代的优秀艺术作品，像一尊传神的雕塑，打动人的心灵。

咏物诗《拓荒牛》云："田间水角赖良谋，才有大鹏展翅游。泥土变金非妄论，上天还靠拓荒牛。"诗中将深圳人民喻为拓荒牛，大鹏鸟是深圳的精神图腾，如今扶摇直上，展翅万里，进而意喻中国人民前进的时代步伐，举世震惊。

学规先生的诗词，带着时代的体温，是社会主义新时代的抒情诗。他的诗词，抒人民之情，表达人民大众的思想感情、理想愿望，跳动着时代的脉搏。正如学规先生所说："我们正生活在一个伟大的时代。属于这伟大时代的诗人，必须以最大的热情献身于时代。我们的时代正在发生翻天覆地的变化，真正的诗人应是时代的记录者。"整部《吟稿》是时代的见证，岁月的强音，真实而生动地反映人民大众的心声，记录时代的彩虹，这正是学规先生诗词的社会价值所在。

三是在艺术上以激情燃烧的文字，铸就三个"性"。

形象性。诗歌同其他艺术一样，要有形象性，可感性。一般来说，诗词表现思想多用间接的方式，即使表达感情也不是抽象说理，不是直接叫喊，而是用形象的东西去引发感情。一首诗，如果缺失感性的形象，那就很难被公认为诗，更不能成为一首好诗。在这方面，诗人学规先生很见功夫。

《包公掷砚》："包公掷砚别端州，气正风清青史留。善念名花开不败，修心直道是身谋。"端州产名砚，包公在此执政三年，做了许多实事好事。他任期届满乘船离开端州时，发现百姓送的一方端砚，立即取来抛到江中。诗人运用生动的细节，刻画包公清廉自律的清官形象。另一首《子罕》云："子罕不贪堪作宝，包公碑指缘无私。政声皆在人离后，民意长存闲话时。"此诗的典故之一就是"碑指"。开封城有一石碑，凡在当地当过府尹的人，碑上有名。千百年来，游人敬慕清官包拯，在碑上寻找他的名字，然后用手指抚摸。时间一长，这个地方就被手指磨出一个深坑。诗人在这里，以物抒情，形象地道明"政声皆在人离后，民意长存闲话时"的道理。

托物寄情，以达神似，乃艺术之上乘。在这里，离不开诗作主人公的澎湃热情。倘若诗作没有作者的感情，只是冷冰冰地介绍叙事，使人体察不到他的喜怒哀乐，感受不到他的心潮起伏，作品就会苍白无力。优秀的诗歌具有永久的生命力，在很大程度上是由饱满的感情决定的。如《清流》："铮铮铁骨鸿鹄志，砥砺前行气自闲。君子读书通大义，清流菡萏映山川"，诗人借助"鸿鹄""君子""菡萏"等生动形象，抒发自己对高洁纯净人生境界的追求，赞美做人应有远大志向，像"清流"和荷花一样纯美。

《楠溪行》："秋江澄碧接云天，潋滟波光胸次闲。愿我汇融明净水，禾苗滋润得丰年。"楠溪江位于温州北部，东邻雁荡山，西接缙云仙都，风光旖旎，名闻遐迩。历代文化名人谢灵运、王羲之、孟浩然、苏东坡在此都留下诗文石刻。诗人学规先生别出心裁，畅游楠溪江之余，把自己比作楠溪江的一滴水，去滋润两岸的禾苗，与百姓一起期待来年丰收，天人合一，物我一体，实为佳构。

诗的形象性，也常常表现为拟人化。《踏莎行·西塘》，西塘镇属浙江省嘉善县，乃中国历史名镇。学规先生这首词，列举西塘的粉墙、黛瓦、小榭、长廊、古桥、深巷等典型景象，并以拟人化的手法说"清砖不语心相结"。古老的青砖虽然不会说话，而我们的心都紧紧联结在一起，流连忘返，不忍离别，触景生情，意及言外。

《白堤桃柳》七绝："艳装最是春来到，细雨桃花满树红。垂柳不甘陪寂寞，绿枝袅袅舞东风。"此诗多姿多彩，美不胜收，把西湖春色写得很有生气。诗中采用拟人化的诗法，面对"桃花满树红"，垂柳也不甘寂寞，以绿枝舞东风，美美与共，令人有春色关不住之感。凡此都因诗人独具慧眼，创新突破，为诗词形象化作出范例。

拟人是我国古代寓言和古典诗歌传统的表现手法。约莫两千多年前，在先秦诸子著作中不乏此例，如《庄子》里的《涸辙之鲋》《陷井之蛙》，《韩非子》中的《三虱争讼》，《列子》里的《朝三暮四》，《战国策》中的《狐假虎威》《鹬蚌相争》。又如魏曹植的《七步诗》，也是如此。拟人犹如一根神奇的"魔杖"，可提升诗词的形象境界。学规先生的许多诗词，有所突破，不胜枚举。

《吟稿》启示我们，诗的生命在于抓住形象，形神兼备，有情有味。上天入地，描神画鬼，浮想联翩，并无不可。倘一味强调准确，要求落实，那诗也就快断气了。恩格斯赞扬法国诗人夏米索的诗篇富于幻想，长于感情，从中"可以听到高贵的心的跳动"，而批评普拉顿让他的"幻想"胆怯地跟随他那大胆的理性步子走，"把自己理性的产物当作是'诗'的谬误"。由于普拉顿的诗篇失去了幻想和抒情的特点，因而在他的作品中，"诗的力量放弃了自己独立的地位，轻易地屈服于强有力的理性的统治"，成了"大部分是理智的产物"，使其成了"诗中理性的代表"。有些诗词作者，政治热情很高，而文学修养不足，作品多是政治术语的演绎，失之直露，也就缺乏诗味了。

精练性。写诗需要精练和含蓄。篇幅小，不等于容量小，更不等于主题小。绘画有"咫尺千里""尺幅万寻"之谓。诗歌受字数限制，更应做到这样。这就要求诗人具有深刻的思想、饱满的热情和高超的艺术概括能力。诗歌不能像小说和散文那样对事物作详尽细致的描绘，而需要大胆地压缩事实的过程，善于从主题的要求出发，选择那些为诗人感受最深切、印象最强烈、最有典型意义的事物，用最精炼的笔墨来描写。含蓄，就是言有尽而意无穷，联想到许多东西。

《蜀道》："蜀道广元数最难，李白怯步悚重峦。西成高铁开通日，闪过群峰一线连。"李白诗章中有"蜀道之难，难于上青天"之名句。他少年时代栖身广元，到皇城长安，过不了蜀道，只得迂回而行。诗人以蜀道之难反衬高铁之利，胜过大篇文字。

《金华治水》："水清南国三千里，气壮江城十四州。上下同心凝众志，画廊八婺碧波流。"此诗气势豪迈，概括性强，用短短28个字，写出金华"五水共治"获全省第一的成功。读着此诗，使人想起南唐李煜的《破阵子》"四十年来家国，三千里地山河"，词近意深，耐人寻味。

又如《重生》，"抱残守旧落沉疴，强盗长驱徒奈何。千万同胞抛白骨，身捐魂毅泣山河。"诗人以沉重的心绪、凝练的文字，概括近代中国受列强欺凌的悲惨史。但是，中国人民有志气，不可欺，在血与火的洗礼中凤凰涅槃，浴火重生。《卢沟桥》中有"惊醒睡狮齐奋起，誓将碧血染春秋"，也是异曲同工之美句。

诗词的精炼，在于运用最恰当的字句，充分而美满地表达思想内容，从中可以看出诗人的概括能力、造句下字的基本功。这里，既体现作者阅历的丰富，思想感情的强烈，也体现作者的文艺修养和一丝不苟的精神。就如同高手对弈，斟酌再四，才下定一个"子"儿。当然，这种精炼，是以丰富的内容为基础的。如果内容空虚，单是在语言文字上求精炼，那也免不了干瘪之弊。一首好诗，应是内容丰富和艺术洗练的统一。学规先生为我们作出了榜样。

音乐性。诗词的音乐性，是题中应有之义，是这项艺术的基本要素。古典诗歌字数少且有限，押韵从艺术上弥补它的局限，且使诗句更完美、更嘹亮、更动人。诗词讲究格律，归根结底，在于它能使诗词音韵和谐，节奏鲜明，从而增强诗词的感染力。诗词需要音乐美，是诗词格律的功用所在。人们喜爱诗词这种文学形式，原因是多方面的。诗词具有音乐美，无疑是主要原因。

如《沙漠天路》，内蒙古、甘肃直到新疆境内，有一片大沙漠，环境恶劣，荒无人烟。中国建设者却在这里建起约500公里的沙漠高速公路。诗人以热情的笔触，敬佩的心情，称之为"天路"。"沙海溟濛鸟徘徊，茫茫戈壁罩尘埃。同心勠力一千日，大漠蜿蜒天路来"，全诗笔力雄健，气势磅礴，朗朗上口，如同韶乐。同类绝句《驯风》："夹谷狂飙夺命仇，雪风肆虐万人愁。廿年奋战老风口，戈壁换装变绿洲"，也是格律规整之佳作。

学规先生的诗词在用字上也很讲究，有新意，有独特的切入点，可以看出诗人用字的推敲考量。《新风》："车不能驱人可行，新风遍地察民情。带泥双脚量山水，促膝谈心探底明。"此中的"量"字远比"走"字、"踏"字高洁亲民。《迪拜奇迹》："迪拜古来不出粮，如今竟溢稻花香。欣闻戈壁传奇迹，人造绿洲锦绣乡"，此中"溢""传"都有动感，很传神。《濂溪》："濂溪一脉传千古，独爱箴言沁吾心。意欲临风寻好水，随君明志敞胸襟"中的"传""沁""寻""敞"，铿锵有力，神来之笔。《桂雨》："秋风催雁南飞去，落叶飘零浓重霜。别有彩妆千万景，满城桂雨洒金黄"中的"催""洒"，也都语意高超，直击心扉。

诗歌艺术极其精微，得失往往总在一字之差。这是很不容易的。学规先生诗词用字精到，具有很强的穿透力。诗人把自己的心贴在读者的心上，形成互动共鸣的格局。读者有时或许会陷入诗境，不知不觉中把自己当成诗人了。

学规先生是一位趋时、善良、勤奋、谦逊、严于律己、洁身自好、永不停步的诗人。他融于时代，钟情艺术，长期吟咏，耕耘不止，终于形成了高洁明快、乐观向上、词简义深、意在言外的诗风。他的诗词，有学术性，有文人味，纵横笔墨，蕴含文化自信，字里行间洋溢着家国情怀。读他的诗词，如饮甘露、如沐春风，可以收获愉悦，收获成功，收获睿智，收获人生哲理，提升精神境界，充盈向上力量，得到美的享受。学规先生承接李杜遗韵，开创一代诗风，不愧诗坛翘楚，词苑班头。

四、《吟稿》每首诗词都有解读，这是《吟稿》的一大看点。诗词受字数限制，需要解读来弥补。解读把诗人及其作品放到广阔的时代背景中，特别是放到当时的文化背景中，才能更好地理解其艺术奥秘。解读提供诗词的相关知识、典故出处、诗人经历，诠释诗词的艺术特色和社会意义，可以加深读者对诗词的深刻理解。许多解读对诗词点评精到，文理通达，本身就是一篇美文。解读的作者，学识渊博，行家里手，都是很有水平的好老师。就像红花需要绿叶扶持那样，解读是诗人的好帮手。

作品见证人品，人品保证作品。学规先生在诗词事业上取得成功，客观大背景是祖国的繁荣昌盛和对文化事业的重视。主观因素毕竟起主导作用，这源于他有一颗以身许党、以身许国、以身许民族、以身许百姓的高洁的心。学规先生的诗词妙悟，虽可得之于天赋，但主要还是得力于后天的长期用功。他勤于学习，善于思考，重视积累，长于发现。知识储备深厚，见识广，采撷博，眼界就会高。《读书谣》

中提起"叶茂枝繁靠读书",《清流》中追求"砥砺前行气自闲",《攀登》中又说"平生难得半天闲,垂暮吟诗心底宽。世事风云笔下出,心存余力再登攀",以及书中其他一些自勉周章,是他从艺履历的经验总结、人生心志的艺术写照。刘勰《文心雕龙·知音》说:"凡操千曲而后晓声,观千剑而后识器,故圆照之象,务先博观",很有道理。

没有一个国家国力的强大、经济的强大,是建立在文化沙漠上的。文化,是国家的软实力。文艺,是国民前进的火种。学规先生《雨燕斋吟稿》问世的意义在于:为历史存正气,为时代谱壮歌。在《吟稿》里,诗人用诗词写了一部中国衰兴史,把中国的历史、版图、内政外交、人文风情等等都诗化了。这在中国诗坛是前所未有的,这是一种可喜的开创;时代需要向上的力量。学规先生的诗词,立志述德,启智发慧,冶趣陶情,崇尚哲理,点亮人们心灵的灯,具有强劲的净化、教化作用。在商品经济环境中,社会心态多元,道德滑坡的情况屡见不鲜,《吟稿》犹如一股清流,起着除污清垢、荡涤心灵的作用。《吟稿》美轮美奂的诗章,像缕缕春风唤醒人性,唤醒生命,唤醒尊严,唤醒迟疑,为实现中国梦发愤图强,为将世界营造成人类美好的家园献力。中国古典诗词是中国文化的瑰宝。诗学的主要板块是诗史和诗词的理论研究。《吟稿》作为诗词的百花园,为中国诗坛献萃,为诗学的发展提供可贵的实例,为中国诗史增添了浓重的一笔。

《吟稿》的问世,还给我们提供许多人生启示:人应该为自己喜爱的东西奔赴,努力活出精彩;人生只有走出来的精彩,没有等出来的辉煌。唯有专注,才能专业;成功的背后,来自绝对的努力;永远不要怀疑努力的意义。做人要确立时代需要的目标,脚踏实地,持之以恒去努力,终能到达理想的彼岸。学规先生由平凡走向辉煌,为我们作出榜样。我们要学习他的工匠精神，勇敢迎接挑战，在自己的事业上做到精益求精。

2018年8月30日，习近平总书记给周令钊等八位艺术家的信中说，"以大爱之心育莘莘学子，以大美之艺绘传世之作"。《雨燕斋吟稿》的问世，是中国诗坛一座新的里程碑。学规先生定会以自己创造性的劳动，绘出更多的"传世之作"。

作者简介
胡华丁：浙江大学教授、著名艺术评论家。

甘守清心自在情
——读黄学规教授《雨燕斋吟稿（第二卷）》

沈文华

浙江财经大学黄学规教授近日寄赠他的新著《雨燕斋吟稿（第二卷）》（浙江大学出版社 2021 年 8 月第 1 版），全书 33.5 万字。作者 2017 年出版该书"第一卷"后被诗界誉为"民族诗人"。笔者曾撰写读后感《怀着自信从容而吟》，也被收录在第二卷中。

人民日报社原社长、总编辑邵华泽书赠作者五言绝句："诗作务求精，难能立意新。凛然松柏气，更兼水云襟。"历年来，作者荣获"李白杯成就一代大家""杜甫杯诗圣奖金奖""中华诗词特殊贡献奖""爱国杰出诗人""铸魂金杯奖"等荣誉称号。

"任他桃李争春色，甘守清心自在情。"（《桐花》）五年间，作者怀持桐花甘于寂寞、超然物外的淡泊心境，新诗迭出，诗意磅礴，别有一番韵致。"第二卷"共收录了作者诗词 259 首，或咏人或咏物或咏景或咏史，其主题正如书封自题句："为中华民族的伟大复兴而讴歌。"

"雁点晴空飞淡远，又闻四处桂花香。"（《秋桂》）秋天的清丽景象处处充满蓬勃生机，散发缕缕芳香，给人无限的欣悦。作者的格律诗词新作追求的正是此番意境。作者是中华诗词学会会员，他创作的诸多旧体诗不仅走出"为文造情"的俗套，更有文体解放的勇气，摒弃旧体诗中保守性的一面。正如邵华泽所言："凛然松柏气，更兼水云襟。"

"心清若水春风起，坎坷人生亦永芳。"（《无常》）笔者以为当前的旧体诗创作表现不足的有三点：一是有些创作者富有歌颂新时代的热情，但生活感受不够细致入微；二是有的诗表现闲愁过多，远离生活；三是在创作形式上过于呆板僵化，过多讲究平水韵，缺乏鲜活性。作者以世间的永恒变化，反映出人生的起落。追求时代性，弘扬主旋律。他在给笔者的信中写道："第二卷中有大量诗词描写当今多彩的时代。我们正生活于激情奋进的时代，我要为时代立传，为人民造像。"

"砥柱中流拼血性，回肠荡气忘安危。"（《白衣战士》）正因为作者胸怀国家，心系人民，紧随时代的脚步，在疫情期间接连写下了二十多首抗疫诗词，如《召唤》《国士钟南山》《人民英雄张伯礼》《人民英雄张定宇》《人民英雄陈薇》《火神山》《李文亮医生》《驰援》《李兰娟院士》《庚子武汉元宵》《庚子春节》《众志成城》《白衣战士》《万众一心》《风月同天》《人间至贵》《国际逆行者》《并肩携手》《黎明》《执炬逆行》《沧海横流》《山河无恙》等等。"一声召唤合民意，共克时艰万众求。"这是时代的强音，赞颂了大爱无疆的民族伟力。作者坚决走在抗击疫情诗歌的最前沿，以昂扬的意志提笔呐喊助力。"壮士在高歌"（臧克家），不愧为"人民诗人"。

"甲午回眸弘壮志，中华奋起胜雄狮。"（《甲午祭》）书中有关历史和时代的诗词居多，如《缅怀英烈》《林则徐》《张謇》《警钟》《重生》《卢沟桥》《满江红·大道行》《神机军师》《母子双雄》《和平将军》《海棠依旧》《金银滩》《马兰谣》《红船》等等。还有描写部队官兵的诗词如《天涯哨兵》《乃堆拉》《红其拉甫》《瓦罕走廊》《卡拉苏》《西陲第一哨》等佳作，倾注了作者全部的热情，尽心咏叹，细致入微，充满着殷切的思念和对英雄、对军人的赞歌以及对历史的敬畏。

"群峰藏有佳风景，丽水挺胸气自华。"（《丽水牧歌》）作者写下了许多脍炙人口的咏景诗，如《安吉余村》《古堰画乡》《金华治水》《塞罕坝》《嘉峪关》《百里柳江》《凉山变迁》《天渠》《八达岭》《中国天眼》《楠溪行》《洞头岛》《三江源》《三峡之秋》《白堤桃柳》等等，放声歌唱祖国的山山水水，豪情歌颂祖国的日新月异。英国哲学家、散文家培根说过："旅行在年幼者是教育的一部分；在年长者便是经验的一部分。"作者游而有记，自不待言。

"诗人爱写春光美，夏日斑斓胜锦霞。"(《夏日》)作者热爱人民热爱和平；热爱生活热爱美景。因此这本新著给人无限哲理，耐人寻味。当代人写旧体诗最忧的是陷入无病呻吟，用今人的调去唱古人的歌。作者的创作从"第一卷"诗意雅俗共赏，以注解形式的探索，到"第二卷"格调内容扩展的优质提升，其标志便是出现了更多富有时代气息、催人奋进的精品力作，尤其是每首诗词的注解更为行云流水，紧贴时代的脉搏。作者用格律诗词这种旧的文学形式来表达当代生活和当代情感，并为之找寻到合适的语言和形式，尽量使用简洁明快的语意语句建立起一种富有创新的说话方式。也可以说，这本书已不是诗词集而是一本散文集，因为每首诗词的注解或长或短已超越了诗词的语言，是作者思想远行的笛声。

"如梅典雅添茶韵，清艳奇葩淡淡香。"(《茶梅》)一般而言，旧体诗词的作者大多局限在文人圈，不像新诗的作者遍布社会各界。他们在吟唱之时自娱自况的意味较浓，缺少广泛的交流与普及，从这个意义上解读，这本新著较好地突破了这个局限，不但表达了创作者内心微妙情愫的捕捉和雕刻，而且为阅读者提供了良好的文化欣赏和精神生活的体验，逐渐走出了一条新路。面对现实，面对真实的自我，努力在艺术上进一步借鉴新诗、翻译诗还有民歌等资源，互相学习互相包容促进中国诗歌发展。这是一本新时代的格律诗词普及本，会受到广大读者的青睐。据悉，作者许多新作大多在手机和电脑上完成并予交流，这对文化语言的传承、对世道人心的观察与体悟都大有益处。

孔子言：诗可以兴，可以观，可以群……努力耕耘好供种子生长的土壤，期待作者"第三卷"早日繁花绽放，让更多的读者从这些民族的"人和故事"中感受到中华民族的文化特质和奋斗精神。

作者简介：

沈文华：中国国际新闻杂志社国际文学传播院执行院长、著名文学评论家。

吟稿吟诗乡　诗乡诗意浓
——读《雨燕斋吟稿》吟咏淳安的八首诗词

许汉云

一章

黄学规系浙江财经大学教授，是一位声誉远播的教育家兼诗人。作为教育家，他一直从事高校的德育课程教学，是中华教育艺术研究会理事、中国教育家协会常务理事，全国师德先进个人，浙江省高等学校教学名师，出版了德育教育的专著《挫折与人生》《人格与人生》《审美与人生》等；作为诗人，他前后出版三卷诗集《雨燕斋吟稿》，创作诗词共达765首。他的诗词得到国家高层文化机构的认可和广大诗词爱好者的青睐。2009年作家出版社出版了大型诗词丛书《中华诗词史鉴》，汇集了从先秦到当代两千多年来历代中国诗坛的精品力作，黄学规的诗词被选入30首，为当代诗词名家之最。他的诗词被诗界大家和中国古文研究大家称誉为"当代中国诗词发展的一座丰碑"（首都师范大学教授、教育艺术杂志社社长、国际易经研究院名誉院长李燕杰评语）、"达到国内诗界瞩目的成就"（浙江师范大学中文系原主任、中国古典文学教授周舸岷评语）。诗人黄学规曾获得诗界多种荣誉："李白杯成就一代大家""杜甫杯诗圣奖金奖""中国诗词特殊贡献奖""中华诗词界一代诗宗大家""国家文化传承人物""爱国杰出诗人""铸魂金杯奖"等。

二章

黄学规的《雨燕斋吟稿》（以下简称《吟稿》）收进了八首吟咏淳安的诗词：

一、淳安凤潭洲

深潭万丈朝天拜,两袖清风为众谋。
还与一方小石磨,化成千亩稻粱洲。

二、桂岛望月

桂岛飘香缘龙女,月台怀远望嫦娥。
八仙仗义龙王灭,花树满山连理柯。

三、淳安千岛湖

泱泱大湖万顷波,千岛如诗韵自和。
碧水连天云淡淡,长思海瑞若清荷。

四、威坪

西乡自古繁华地,峰峻水清硬汉魂。
身处深山人不识,威坪赫赫四将军。

五、诗乡淳安

谪仙吟啸青溪句,见底清心历代传。
秀水泱泱远胜昔,诗乡灵气满山川。

六、淳安方塘

为有方塘活水清,瀛山赢得重学名。
朱熹题咏含深意,云影天光传古今。

七、下姜村

峡涧焕新耀金光,群山苍翠绿水长。

此间就是桃源洞,富了下姜富大姜。

八、南歌子·瑞彭故里

绿野众芳美,花村百鸟欢。杜鹃映日红欲燃,更有小溪日夜水潺潺。

千载古松挺,八方叠嶂连。凤凰展翅富文山,天纵翩翩白鹤舞峰巅。

这八首诗词,前三首编入《吟稿》第一卷,"四""五"两首编入第二卷,后三首编入第三卷。其中第一、二首诗都是借用民间传说来抒写的。《淳安风潭洲》歌颂了海瑞一生光明正大、廉洁奉公、为民仗言的崇高精神,深受百姓爱戴。《桂岛望月》揭露了九龙王的残暴,歌颂了龙女和嫦娥善解民意的爱民之心,表达了淳安人民惩恶扬善、怀念和爱戴龙女、嫦娥的思想感情。《淳安千岛湖》既赞美了千岛湖旖旎风光,又歌颂了海瑞执政为民,不贪、不腐、不污,像清荷一样清纯的品格,这首诗已入选《中华诗词史鉴》。《威坪》与《诗乡淳安》二首,是作者阅读了有关史料和报道后写成的。《威坪》这首写出了威坪的地理位置、古代繁华景象、悠久的历史以及威坪人硬汉、硬骨头的风格,还点明了威坪是个人才辈出的地方。"四将军"是指邵华泽(中将,曾任人民日报社社长兼总编辑,现任中华全国新闻工作者协会名誉主席)、徐金才(少将,曾任浙江省军区副司令员,现任省政府参事)、王炳文(少将,曾任四川省军区副司令员)、方毅(少将,曾在海军司令部工作,博士研究生、高级工程师)。《诗乡淳安》是为祝贺淳安荣获"中华诗词之乡"称号而作的。全诗不仅写出了秀水泱泱的千岛湖水色山貌风光远远胜过昔日的新安江，也写出了1000多年前诗仙李白赴清溪之行而留下的千古名句，深深影响着世世代代的淳安文人，给他们带来了创作的灵气，如今淳安荣获"中华诗词之乡"称号，正是优秀传统文化传承的结晶。《淳安方塘》一诗是作者读了朱熹的《咏方塘》原诗之后演化而来的。作者写这首诗具有重要的现实意义和长远的指导意义。习近平总书记号召我们担负起建设文化强国的重任、履行"赓续历史文脉、谱写现代文明"的使命，此时，重温和领悟朱熹的《咏方塘》具有深远的意义。《下姜村》一诗以环境的描写，渲染了下姜村的生态发展的氛围和日新月异的气象。下姜村是浙江省六任省委书记接力帮扶而崛起的全国"绿富美"的先进典型，曾荣获"全国脱贫攻坚先进集体""全国优秀基层党组织"的称号。如今的领头雁姜丽娟是三进北京人民大会堂的二十大党代表。诗人抒写这样一个名扬全国的乡村振兴的先进典型，无疑具有现实的教育意义。《南歌子·瑞彭故里》这首词，写的是山川秀美而有灵气的淳安富文乡，孕育了邵瑞彭这位杰出的词学家。诗人也是采用环境描写、气氛烘托的手法来写杰出人才的出生之地，字里行间表达了对一代词宗邵瑞彭先生的高度崇敬之情。

三章

黄学规教授熟悉的县市颇多，为什么偏把饱含爱意的橄榄枝投向"身处深山人不识"的淳安呢？笔者以为有以下诸方面因素：

一是淳安有悠久的历史，蕴有厚重的人文内涵，它是一个文明古县。这对一位抒发古今人文历史的诗人来说是很有吸引力的。这八首诗词中，诗人两次借用当地的民间传说、两次写到明代清官海瑞的故事，就可领略到诗人是如何看重人文因素的。《威坪》这首诗突出了淳安历史的悠久。威坪是淳安建县立郡的肇始地，它的设郡时间（公元208年）比自古称誉繁华的杭州建州府还要早381年，古威坪作为浙皖间的重镇，商贾云集、贸易兴盛，当年比杭州还要繁华。

二是淳安自古就有如诗仙李白赞颂的"清溪清我心，水色异诸水""人行明镜中，鸟度屏风里"的优美风光。诗人黄学规对此很赞赏。他赴淳安采风后写成的《淳安千岛湖》就表达了他热爱千岛湖风光的心境。2012年12月笔者曾编写并出版了《千岛湖楹联集》，黄学规看后即写了一篇很有分量的评论文章发表在《今日千岛湖》上。评论的题目是《壮美千岛湖，我恋心上——评析许汉云的〈千岛湖楹联集〉》，文中作者随着点评楹联中表述的写作环境，对千岛湖风光的绝世之美不时发出由衷的赞叹，他对淳安的深厚感情跃然纸上。

三是淳安古今都有一批出类拔萃的文才武将，令诗人黄学规十分景仰和折服，他曾对笔者说，淳安历史上出过3名状元、1名榜眼、1名探花、308名进士，还有陈硕真、方腊两位农民起义领袖，当代又有4位将军（另，临岐镇还有一位军衔为中将的方向，是杨塘村人，现在中国军事科学院工作）。这说明淳安是一个文武人才兼有的县，是很值得自豪的；当他得知淳安富文查林村要为近代杰出的一代词宗邵瑞彭建设文化公园时，即作了这样的题词："大义凌霄铭青史，词章传世誉神州。"他对当代的淳安文化名人也是十分景仰。他的《雨燕斋吟稿》第一卷出版后即寄给邵华泽同志，请他教正。邵老十分认真，用一张描金的宣纸题上一首五言绝句回赠他："诗作务求精，难能立意新。凛然松柏气，更兼水云襟。"当他收到这幅珍贵的题词后，喜出望外，即写了一篇感谢文章《巨大的鼓励殷切的希冀》发表在《今日千岛湖》上。2018年，他在为《〈今日千岛湖〉常用文体写作之鉴》一书撰写的指导文章《怎样提升现代格律诗词的创作能力》一文中，又引进和点评了邵老的另一首五言诗《惜时》："陋室读书乐，墨池弄笔勤。学问无止境，惜时胜惜金。"文中对邵老的语言功底和高洁文雅的君子情怀，以及邵老勤奋做学问的精神倍加敬佩。他对童禅福同志长期坚持作中国"三农"的调查，为党中央决策出谋划策的"匹夫"精神大加赞扬，特为他写了赞颂诗："沐雨栉风日夜行，千村万户问民情。'三农'巨著献良策，赤子平生夙愿淳。"他还和他的学友联名将宣传中国"三农"和宣传童禅福写成书面建议提交给上级有关领导部门参考。诗人黄学规接触和认识的政界领导和文化名人甚多，但他出版的《雨燕斋吟稿》第二卷只请了邵华泽、徐金才、童禅福三位淳安人题词，说明他对淳安文化人的敬重。

四章

人生自有诗意，时代呼唤新篇。诗人黄学规依据"歌诗合为事而作"的古训和"我们有责任写出中华民族新史诗"的时代要求，创作了765首诗词，有写祖国壮丽山河的，有讴歌古今英雄人物的，有叙写改革开放成就的，有写抗击疫情的，有诠释人生哲学的，有关于历史和时代。将三卷765首诗词汇聚在一起，宛如一座堆积起来的小诗山。当你涉足这座诗词之山时，必然感悟到：这座诗词之山充满着中华民族情、爱国爱民情、家国乡土情、山河草木情、培人铸魂情，诗词之山蕴涵着十分丰富的人间真情。诗人运用诗化的语言教人立志求学、立德树人、聚才为国、积善修行，教人追求真善美、摒弃假恶丑，为社会弘正气、扬浩气、增添正能量。诗词界专家们评论说，黄学规先生的诗词具有深厚的历史性、国际性、时代性、地方性、人民性和文学典型性，具有浓厚的时代意义和现实教育意义；黄学规的诗是爱祖国的诗、爱人民的诗、爱真理的诗、爱大自然的诗。由此看来，诗人黄学规竭尽几十年的心血筑起的这座诗词之山，无论是它创作中的诗品、诗魂、诗风，还是从写作中确立的意境、思路、灵感以及遣词造句、驾驭语言的能力等方面，都达到了很高的境界与造诣，自然是当今爱好诗词写作者的范例。

笔者阅读了黄学规先生的诗词有两点突出的感受：一是诗缘。诗人与淳安结下不解之缘，有山水之缘、人文历史之缘，也有书友情结之缘，本文第三部分已叙述到。二是诗风，作者往往以普通的文字和诗句写出了丰富的内涵。如他写的《下姜村》中有"富了下姜富大姜"的诗句，这一句诗就包含：一是下姜村是怎样富起来的？二是自身富起来后想到了什么？三是如何走上"共同富裕"的路？这句诗深刻地描绘和阐述了下姜村的发展道路。

五章

笔者拜读了诗人吟咏淳安的这八首诗后深深感觉到：古时的淳安有经明代大清官海瑞点化而成的风潭洲，有蟾宫娘娘嫦娥下凡播种桂籽的望月桂岛，有建县设郡远远早于杭州设州立府的古威坪，有大学问家朱熹题咏的半亩方塘；今日的淳安又有万顷碧波、令天下游客神往的千岛湖和秉承诗仙李白诗意和灵气摘得"中华诗词之乡"桂冠的盛誉。更有六任省委书记接力帮扶而崛起的"绿富美"全国榜样下姜村……古今淳安都有许多亮丽出彩的地方，生长在这片古老而出新的故土上的人们是多么幸运和自豪啊！

黄学规教授的《雨燕斋吟稿》第二卷迎着中国共产党百年华诞的曙光和新中国成立72周年大典出版，是向党和人民献礼之举，在全国人民奋战新征程的号角声中又接踵出版了第三卷，其意义深远！相信

《吟稿》牵手"诗乡",淳安的诗友们定然会努力把中华诗词之风吹向淳安县域的每个角落,把诗词的创作推向更为繁荣昌盛的境地!我谨以老同学、老书友表示热烈祝贺!

作者简介:

许汉云:杭州市淳安县教委原副主任兼杭州市教委督学,省市知名教育理论家、实践家。

黄学规的诗魂初探

邵介安

当代文化名人邵华泽先生曾经题诗点赞黄学规先生的诗集《雨燕斋吟稿》："诗作务求精，难能立意新。凛然松柏气，更兼水云襟。"首都师大李燕杰教授曾经评价："学规先生的诗词是当代中国诗词发展的一座丰碑。"浙江大学胡华丁教授指出："《吟稿》作为诗词的百花园，为中国诗坛献萃，为诗学的发展提供可贵的实例，为中国诗史增添了浓重的一笔。"

一

《雨燕斋吟稿》的出版，在神州诗坛引起了关注的浪花。黄学规先生创作出版的《雨燕斋吟稿》为什么深受广大读者欢迎和高度赞赏呢？究其原因颇多，我个人认为其中最重要的一条是：作品具有高尚而美丽的"诗魂"，也就是说他的诗歌具有崇高的精神境界，首首坦露出他的一片赤子之心。

"诗魂"，即是诗歌里表现出来的精神世界，既抽象又具体，能感化人，教育人，是一种无价之宝。古代诗人袁枚曾言："凡诗之佳者，都在灵性。"作诗"贵有神韵"。《文心雕龙》引用《易经》上的一句话："鼓天下之动者存乎辞。"这"灵性"、"神韵"，对于诗词来说就是"诗魂"，即作品反映出来的精、气、神。用行语来言，就是诗人通过诗词具体形象的描绘，反映出来的"精神境界"，乃是一种道德高地，一种文化高地，一种思想高地，一种美育高地。屈原的不朽著作《离骚》，就是他一生寻找爱国真理为之奋斗不息的缩影，"忧国爱民"是它成为千古不朽名著的"诗魂"；李白的气势宏伟的《庐山瀑布》，歌颂祖国河山的壮丽和可爱，则是这首诗的"诗魂"；李清照的《八咏楼》歌颂金华名楼台阁，赞美江山的壮丽，则是她的诗的"诗魂"……古今诗词佳作的"诗魂"，往往能撼动人们的心灵，感动一代代人，久经不衰，令人荡气回肠，激励人们奋发向上，勇往直前。这些诗词成为人们互相传诵闪着光辉的千古绝唱。

二

黄学规先生创作的诗词，不仅继承古人的优秀传统，而且随着时代的脚步，站得更高，看得更远，合拍着时代的鼓点，与时俱进，彰显出时代的特色。他的"诗魂"是一种精神高地，红色高地，人文高地。他以独特的视角，敏锐的眼光，高尚的品质，古今贯通，"诗魂"显得更有涵养，更有气度，更有厚度，更有深度。他的诗篇是精神乐园，文化美餐。具体来说，他的"诗魂"突出表现在下列几个方面：

（一）传承红色文脉，歌颂爱党爱国的高尚情怀

黄学规先生在《红船》一诗中写道："红船斩浪劈波行，血雨腥风一路征。永固初心坚挺志，百年高举照明灯。"红船，是嘉兴南湖中的一条木船，却是党的一大会址，见证了中国共产党的诞生，至今已有百年的光荣历史。诗人见此，情不自禁地用笔来歌颂这条革命的红船，热情歌颂共产党为了中国人民的幸福，与敌人展开百折不挠的斗争，不惧重重困难，不断奋斗；同时为中国人民的革命斗争指明了奋斗前进的方向和道路，这就是本诗极具有价值的"诗魂"。诗人站在时代和历史的高度，选择这一典型事例，刻画出中国人民心中的丰碑，反映出的"诗魂"何等重大，何等珍贵，何等完美！

诗人又以千钧的笔力，写下了这样一首绝唱《缅怀英烈》："乱世如磐风雨骤，勇夫奋起战狂涛。神州激荡英雄气，横扫乌云冲碧霄。"

这首诗的"诗魂"可说是落在一个"勇"字上，歌颂无数志士仁人，奋起抗争，为民族独立和人民幸福，浴血奋斗，涌现出一批批人民英雄。读了这首诗，我们仿佛看到了革命先烈，为国家为民族独立而献身的高大英雄形象。这个"勇"字体现出他们的抱负、胸襟、理想，表现出他们的顶天立地的英雄气概。一个"勇"字，道出了全诗的"诗魂"所在。

（二）不忘初心，牢记使命，热爱人民

人民，只有人民，才是创造世界物质财富和精神财富的动力。人民是国家的主体，社会的中坚，也是诗人创作的主体。黄学规先生一直关心人民，热爱人民，始终不忘人民。因此，他创作了许多以歌颂人民为主题的诗篇，以多角度多侧面讴歌人民，作为自己作品中的"诗魂"。例如《拓荒牛》，则是描绘深圳人民在改革开放年代创造的奇迹，深圳发生了翻天覆地的变化，成为世界瞩目之地。他热情赞美了今日中国人民的巨大力量和前进步伐。又如《蜀道》一诗，自古以来蜀道难，难于上青天，古人笔下留下许多感慨，可是今天的中国人民，却将天险变通途，反映了中国人民战天斗地的英雄奇迹，书写了辉煌的篇章。诗歌中展现的"诗魂"，何等震撼人心！还有《驯风》《临江仙·守望》《大漠绿梦》等等，字字赞美劳动人民，句句歌颂老百姓创造的奇迹。诗中笔下的英雄形象，是可敬的劳动者，在他们身上体现出来的伟大力量、精神、品质等就是"诗魂"。诗人诗词中的"诗魂"，意境非凡，格调高雅！

（三）述怀名人英雄业绩，赞扬高风亮节

名人，是广大群众中涌现出来的杰出代表，是推动历史前进的重要力量。他们的精神不朽！他们或是战火纷飞中涌现出来的英雄人物，或是卫生界、文化界、学术界等战线上的领军者。他们身上皆闪光，照耀着一代甚至数代人。他们为国为民的牺牲精神，敢担大任的高贵品质，为人民立下了大功，都使人感动和催人泪下！诗人黄学规想人民所想，代人民所言，笔下常常描绘他们，同时也使自己的诗作具有光芒四射的"诗魂"。诗人写了中国历史上许多英雄、名人，单言近几年来在抗疫战斗中，诗人就写下了《国士钟南山》《人民英雄陈薇》《白衣战士》等佳作。这是一场没有硝烟的"战争"。当广大人民生命遇到重大威胁时，他们不顾个人安危，挺身而出，舍小家为大家，日夜战斗，终于使成千上万病患者转危为安，战胜了一场"大灾难"。诗人宣传他们"先天下之忧而忧，后天下之乐而乐"的精神，"诗魂"的境界何等高远、豁达、大度！

诗人笔下还有些"小人物"，取材于平凡的人，他们默默坚守在岗位上，战胜了一道道难关，创造了奇迹。诗人写出了他们寂寞的美，平凡中的伟大。黄学规先生的诗歌贴近生活，贴近百姓，贴近现实，作品中的"诗魂"似江河映日，波光粼粼，熠熠生辉。这也是诗人创作的"诗魂"。

（四）吟咏民风淳朴，风正气清，超凡脱俗

黄学规先生创作了许多山水诗，有松、竹、梅、兰、荷、菊……可谓首首有"情"，句句有"魂"，启人修身养性，培养高贵品质。我们来读诗人的《兰花》一诗："野旷山深仍守节，面朝天地吐清香。终生有乐心存道，不以无人不芬芳。"请看兰花多么高贵：长在深山旷野之中，环境恶劣，可它心中始终都是快乐的，它的"乐趣"在默默地吐出芬芳，不论有人无人，不论欣赏或流言蜚语，始终将美献给人间。最后一句画龙点睛，道出"诗魂"所在，突出了兰花的高贵境界。

再来读《桐花》诗："如雪桐花耀眼明，村头崖壁挺拔生。任他桃李争春色，甘守清心自在情。"桐花品质多么高贵，甘守清心，不争高低，泰然处之，诗篇反映出来的"诗魂"多么美丽啊！

诗人心灵高尚，精义巧妙，借着世上万事诸物，以生动笔触，使普通的事物显示了灵性，放出了光彩，振动人的心灵。他的诗篇超凡脱俗，清新自然，别开生面，显示出"诗魂"的力量。

三

诗人在创作诗篇中展露出来的"诗魂"，是诗人世界观的一种形式展现，是对社会和自然的一种见解，对人生的一种思考，对事物剖析的一种升华和结晶。"诗如其人"，有什么样的世界观，就有什么样的"诗魂"。诗人黄学规对党和人民赤胆忠心，爱国情怀溢于言表，一生清廉，是全国师德先进个人。他诗篇中的"诗魂"，就是他的先进世界观的写照。他爱我们伟大的党，爱我们伟大的祖国，爱我们伟大的人民，爱得十分深沉，因此笔下的"诗魂"特别感人，似宝石发出的光芒，如星星闪光，又若明灯照亮人们的心灵。生活中美丽的浪花，中国人民前进的伟大实践，孕育了诗人黄学规的"诗魂"。人们被他的"诗魂"所折服，所倾倒。他创作的许多诗歌不愧为时代的新篇章，是时代的新乐曲，是时代的赞歌。

诗人黄学规作品中光彩夺目的"诗魂"也是靠他的优秀的创作方法体现出来的。例如我们前面提到的《红船》，诗人选择"红船"，是因为它具有典型意义。"红船"是中共一大会址，意义非凡，又象征着中国共产党领导人民革命从此启航。所以这首诗的"诗魂"极具珍贵价值。此外，诗人还有高超的艺术手法，例如《桐花》一诗采用拟人和对比的手法，将桐花人格化，不与桃李争高低，诗中高贵的"诗魂"使人印象突出，令人赞叹和叫绝。

诗人黄学规始终在关心着我们的生活和社会主义建设，他以敏锐的眼光，捕捉到了新时代涌现出来的新事物，用灵巧的笔记下了这个生动的瞬间，反映了我们国家正在取得的伟大成就。

诗人黄学规总是在生活中寻找集中点，找最集中的"漩涡"，那里旋转着"美"。诗人将众多素材进行深度提炼，将发散性思维与集中性思维结合起来，形成崭新的主题，创作出一首首歌颂新时代的优秀艺术珍品，这些艺术珍品像一尊尊传神的雕塑打动人的心灵。

诗人黄学规创作的过程，就是提炼、升华的过程，就是一种创造性的劳动，也是独辟蹊径的过程。诗人捕捉到了生活中的灵感，通过创造性的劳动，铸造了诗歌的精品。他把时代写入自己的诗中，他无愧为时代的歌手，吹响了时代的最强音。

诗人黄学规的"诗魂"高贵而美丽，清新而脱俗，生动而传神。

2023 年 6 月

作者简介：

邵介安：资深诗词评论家。

中西合璧的典范之作
——黄学规教授旅法诗读后感

朱 宇

拜读诗人黄学规教授《雨燕斋吟稿》第一、二卷，深感其内容博大精深。他的诗既有形象的鲜明性，又有时代的真实性，使我们闻到了特有的时代气息，具有很强的感染力，也让人感受到诗人的大气和人格魅力。鲁迅先生有诗云："心事浩茫连广宇。"历史上，凡是伟大的诗人都会把自己的诗歌创作与国家和人民的命运紧密地联系起来，屈原和杜甫就是最突出的代表。黄教授正是继承并发扬了这种创作精神，使其诗篇洋溢着强烈的家国情怀与浩然大气，读之令人激情满怀、昂扬奋进。更使我惊叹的是，黄教授诗歌创作题材远不止于国内，还巧妙地运用我国传统的七绝赞美了法国的历史与文化，凸显其诗歌创作的新颖性与开创性。

首先，诗人成功地运用我国古典诗词的现实主义创作方法，真实而深刻地反映了作者在法国旅游时所见所闻。这里所说的现实主义，是指"从既定的现实总体中抽出它的基本意义而且用形象反映出来"（高尔基语）。现实主义创作方法是我国古典诗歌的重要创作方法，诗圣杜甫就是运用这种创作方法的最杰出的代表人物。他的《兵车行》等叙事诗，虽然都只是记叙了一个具体事件，但都是从事件的总体中概括出了基本意义。他的政治抒情诗所抒发的"情"，也都是由现实所激发，同样是现实主义创作方法的产物。黄教授面对早已于法国大革命时期被铲为平地的巴士底狱遗址，用精炼而形象的诗句再现了当年法国人民在此掀开法国历史新的一页的这一伟大壮举，并且概括出其本质特征。又如《蒙田塔楼》开头两句，虽只写了塔楼与旁边的松树，但诗人经过艺术概括与提炼，称塔楼为"智慧塔楼"，又有"四百年"历史，这就揭示出塔楼作为法国作家蒙田一生大部分作品的创作之地的伟大历史意义。第二句以"高耸顶苍天"来形容塔楼旁的古松，既印证了塔楼历史之久，也象征着蒙田那高大正直的伟人精神。再如《莫奈睡莲》："漫天芳草迷离色，光影荷塘一瞬留。莫奈莲花真亦幻，朦胧奇境驻千秋。"诗人用"迷离色""一瞬留""真亦幻"等词组概括性地描绘出莫奈巨作《睡莲》所呈现的天光云影和花草水波，同时也揭示了画作者对光影作用于视觉瞬间的追求。面对伟大雕塑艺术家罗丹，诗人以"浮生悲苦石中铸"形象地概括了他伟大的一生，从中也体现了罗丹不屈不挠的精神境界。诗人以"地狱精雕举世珍"高度赞美罗丹享誉世界的代表作《地狱之门》，向世人展现了罗丹非凡的艺术成就。

其次，诗人运用形象思维和"赋比兴"的写作方法，尽力把异域风情生动、形象地再现出来，给人以强烈的感染。毛泽东同志曾指出，"诗要用形象思维，不能如散文那样直说，所以比、兴两法是不能不用的"。黄教授在诗中常用比喻手法，使诗篇形象显豁，意境深邃，耐人寻味，令人叹赏。例如《塞纳河》第一句用"如丝飘带向西流"把塞纳河的蜿蜒曲折及它的曼妙身姿呈现在人们面前，最后一句"联珠合璧一舟游"用珍珠与璧玉比喻塞纳河两岸的美景，既形象又概括。《巴士底狱遗址》中"风云突变狂飙起，民众铁流卷地来"，用卷地的铁流作比，极写当年法国巴黎人民奋然起义直攻巴士底狱的浩大声势，讴歌了当年的法国大革命。又如《雨果》："辗转飘蓬十九载，暴风巨鸟恋天涯。一生跌宕才思涌，心似飞云逐浪花。"诗人以"暴风雨中的巨鸟"赞美了雨果这位伟大的作家，全诗富有浪漫主义精神。此外作者又把梵高的心比作太阳，"浑身热血奔流急，心似太阳烈火烧"，高度评价了这位充满热烈情感的画家。

创作中的"赋"就是铺陈其事。虽然绝句仅有四句，但黄教授往往在诗的前两句先陈其事，为后两句的抒情作好铺垫，这也是"赋"的妙用。有时在"赋"中也包含着"兴"，例如在《蒙田塔楼》中先赞美塔楼与古松，"智慧塔楼四百年，古松高耸顶苍天"，然后引出"犹见蒙田伏案前"，表达了黄教授对这位法国著名作家与思想家的深切怀念与赞美。

复次，诗人巧妙用典达到了特别的艺术效果。在诗词中妙用典故是我国古典诗歌创作中的重要手法，豪放派词人辛弃疾就是这方面最杰出的代表人物。黄教授创造性地将用典这种艺术手法用于描写异国风物，将诗的境界以最新颖的方式传神地开拓出来。在《枫丹白露》中写道："美泉喷涌草青青，地阔林深任猎骋。"诗中以"任猎骋"描绘了法国国王路易六世修建一座供狩猎时休息用的城堡这一史实，既写出了狩猎时的壮观场景，也突显枫丹白露宫的范围之广，为下面的抒情作了很好的铺垫。《塞纳河》中的"三十六桥明月秋"正是化用了唐朝诗人杜牧"二十四桥明月夜"这一脍炙人口的诗句。唐朝的扬州既是商业大都市，又是对外贸易的重要口岸，这里人文荟萃，繁华似梦。杜牧这首诗以其优美的意境和特定的景观赞美了这座江南名城，黄教授化用这句诗就使还没有到过巴黎这座浪漫之都的中国读者更容易体会到诗作者面对塞纳河万种风情而抒发的丰富情感，堪称是中西合璧的典范之作。

再次，黄教授以特有的想象力展现了众多美妙而形象的画面，抒发了满怀激情。想象就是诗歌的翅膀，有了丰富的想象诗人才能开创美妙的意境，留下令人心动的诗句。例如苏轼面对人们所说的三国赤壁旧址，遥想周公瑾当年雄姿英发大战曹营的伟绩，最后发出对人生的无限感慨，写就留传千古的名作。黄教授在法国马赛城听到气势雄伟的《马赛曲》就浮想联翩："莱茵战曲势伟雄，挺进巴黎一路攻。五百健儿喷热血，高歌马赛建奇功。"此诗将法国大革命时马赛城志愿兵不怕牺牲，一路挺进巴黎的悲壮激昂场面跃然纸上，表达了法国大革命时期人民的豪情壮志和拼搏之心。同样，面对巴士底狱遗址，诗人马上联想出当年巴黎人奋然起义，攻占巴士底狱那声势浩大的动人场面，给人留下了难以磨灭的印象。上文已谈到诗人如何运用比喻这一创作手法形象地表达感情，其实比喻的喻体也要靠充分的想象才能捕捉到，没有超强的想象力就不会有这么多的恰切比喻。

　　黄教授旅游法国创作的七绝是《雨燕斋吟稿》中的一大亮点，也是诗歌创作中中西合璧的典范之作。一位法国学者说："这10首描写法国的格律诗为法国和中国的文化交流搭建了一座新的桥梁。"黄教授有高远的思想境界和深厚的国学底蕴，又对法国历史和文化有多方位的了解，一定会为中法文化交流搭建更多更美的桥梁，在诗坛中再放异彩。

作者简介：

朱宇：温州市第八高级中学语文高级教师，曾获温州市政府首届园丁奖，后又多次荣获市优秀班主任称号，是温州市最佳教育之家的主要成员。著有《我与景山》《迁居中印刻着老百姓的欢喜瞬间》等作品。

桐 君

悬壶济世寄江畔，起死回生敬若神。
无意真名传后世，杏林万代忆桐君。

解读：

相传黄帝时，有一位老者在浙江一座小山上结庐于桐树下，悬壶济世，分文不取。他的药，取之于山，用之于民，他脑子中时刻显现神农尝百草、救民于困苦的动人场景。乡人感念，问其姓名，老人笑而不答，指着门前那棵桐树说："我姓桐，桐树的桐。"解除了病痛的乡人一商量，我们就喊他桐君吧。对一个人称君，那是最敬重的了。

桐君根据草木药性，将其分类为上、中、下三品：无毒且能多服久服，强身健体的为上品；有毒须酌量使用，能治病补虚的为中品；多毒、不能长期服用，但能除寒热邪气、破积聚的为下品。桐君还创造了"君臣佐使"的药物配伍规律。这种中药方剂的基本原则，至今一直沿用。

桐君，中国古代最早的药学家之一，后世尊其为"中药鼻祖"，其撰写的《桐君采药录》为中国古代最早的医药学著作。后世为纪念这位医者，县以桐名，潇洒桐庐郡；山以人名，桐君山；塔以人名，桐君塔；江以桐名，桐庐段的富春江又叫桐江，江中的沙洲名桐洲；富春江的支流分水江叫桐溪。有关桐君的传说与纪念使桐庐的文脉源远流长。
杏林：指中医学界。

日照太阳节

日出东方寰宇雄,朝霞辉映满天红。
千年旸谷太阳节,万丈光芒照苍穹。

解读:

日照市位于山东省东南部,有蓝天碧海金沙滩之称,因"日出初光先照"而得名。日照有个传统的太阳节,每年农历六月十九日,涛雒镇上元村的民众,拂晓前纷纷登上附近的天台山,面朝大海,摆好祭品,跪地迎接日出。当太阳喷薄而出,海面洒满灿灿金光,叩拜迎日的民众便欢跃舞蹈,唱起颂歌:"太阳一出红彤彤,照得天地喜盈盈。敬祀百果和三牲,五谷岁岁好收成。"

古代帝尧身边有一位要员,名叫羲仲。羲仲每年在祭拜太阳的节日,便会不远千里从临汾来到日照。这一天,当朝霞辉映东方的天空,羲仲即双膝下跪,恭恭敬敬地迎接太阳冉冉升起,并记下这个辉煌的时刻。羲仲等人辛劳数载带回了观测数据,据此,帝尧总结出天道法则,即中国古老的历法和节气,作为农民播种与收获的指南。

日照在古代名为旸谷,是一座太阳城。日照儿女祖祖辈辈给太阳过节,礼敬太阳,礼敬从太阳上放射出来的人文之光。太阳文化在日照传承千载,于今为盛。早在1934年,考古专家已在日照发现了属于龙山文化时期的尧王城遗址,并挖掘出许多文物,还发现10粒炭化水稻。这古老的水稻让我们看到了太阳的光芒。

红日照亮了中华先民生存的天地。历史悠久的太阳文化,闪耀着中华文明的光芒,照亮了遥远的苍穹。

函谷关

铁马金戈早已残,兵家征战付云烟。
东方紫气飘然至,老子著书函谷关。

解读:

函谷关位于河南省三门峡市灵宝市王垛村。函谷关建于西周时期,因在谷中,深险如函而得名。东自崤山,西至潼津,通名函谷,号称"天险"。在古代,这里是金戈铁马的兵家必争之地,是国君与枭雄一争高下、开创与终结一关定论的象征之地。从遥远的春秋战国就开始争夺,直至秦国一统,函谷关扮演着决定胜负的关键角色。

到了公元前209年陈胜义军过关交战,刘邦绕关灭秦,项羽使黥布破关,怒而焚关,函谷关又为秦的灭亡画上了一个终结的句号。桩桩往事,俱如云烟飘散。

公元前491年农历七月的一天,函谷关令尹喜清晨起身,看到了一股紫气从东方飘来,知有贤人到来。果然,他迎来了八十高龄的老者——东周守藏史老子。这位原名李耳的老人骑着青牛而来,被他热情地挽留了下来,在函谷关写成了五千言的《道德经》。老子完成著述出关后,"莫知其所终"。

截至2020年5月,学者共搜集到《道德经》英语译本553种、法语译本91种、俄语译本69种、德语译本298种,西班牙语译本95种。老子的思想已经在世界上广泛传播。

都江堰

滚滚岷江奔泻急,携沙带石浪滔天。
神通广大都江堰,驭水润田千万年。

解读:

都江堰位于四川省成都市,坐落在成都平原西部的岷江上,是由渠首枢纽(鱼嘴、飞沙堰、宝瓶口)、灌区各级引水渠道、各类工程建筑物和大中小型水库等所构成的一个庞大的工程系统。

缘岷山汇流而下,滚滚岷江一路咆哮,翻卷东去,携带着沙石,撞击群山,巨浪滔天。岷江海拔比成都高270多米,这条悬江喜怒无常,时而洪涝,时而大旱,给百姓带来巨大的灾害。

秦昭王后期(约前276—前251),蜀郡守李冰总结了前人治水的经验,组织岷江两岸人民修建都江堰。它充分利用当地西北高、东南低的地理条件,根据江河出山口处特殊的地形、水脉、水势,乘势利导,无坝引水,自流灌溉,使堤防、分水、泄洪、排沙、控流相互依存,共为体系。它最伟大之处是建堰2250多年来经久不衰,而且发挥着愈来愈大的效益。

新中国成立以后,都江堰工程进行了维护、续建和改造,又有现代科技加持,都江堰的身子骨愈来愈壮实了。都江堰已经从最早灌溉农田100万亩扩大到了1130多万亩。

都江堰已经列入世界文化遗产名录、世界灌溉工程遗产名录、全国重点文物保护单位。

贺兰山

海底升腾高入云,贺兰伟岸读古今。
多元终究归一体,美美相融华夏魂。

解读:

贺兰山位于宁夏回族自治区与内蒙古自治区的交界处,海拔最高处达3556米。地质学家告诉我们,这座山经历了20多亿年地史的演变,从一片浩瀚大海中升腾起来,最后在喜马拉雅运动的作用下,形成了今日的贺兰山。

早从秦汉开始,贺兰山以东的黄河两岸,大量的内地移民至此戍边,他们带来了中原的农耕技术,又利用黄河引水灌田,世代相传,终于把这里开发成富饶的绿洲。贺兰山西侧,曾经是匈奴、鲜卑、突厥、党项等游牧民族驰骋过往的大漠荒原。古代北方的游牧民族与中原的农耕民族常常在这一带聚集,或友好往来,或相互征战。随着历史的演变与发展,农耕民族与游牧民族都在这里驻扎下来,天然的贺兰山终究不能阻隔他们交往交流。

大山两侧各民族的人民密切往来,各民族的文化元素"各美其美,美美与共",终于成为水乳交融的一体。贺兰山联结着各民族共同的情感、共同的命运,贺兰山在这个共同体的大家庭中,就是团结与统一的象征。

云梦泽

司马当年子虚赋,山川壮美云梦图。
千余竹简破土出,楚韵秦风古代书。

解读:

司马相如(前179—前118),四川人,汉赋四大家之一。曾作《子虚赋》,赋曰:"云梦者,方九百里,其中有山焉。"他以华美的辞句,描绘了湖北云梦的壮美山川。"云梦"为先秦时期楚王的狩猎区,地域相当广阔,其中有山林、川泽等各种地理形态。

1975年,在云梦这个地方,考古工作者用锄头小心地挖掘。铿锵的锄声穿过土层,随着最后一锄,出现了大量竹简。据整理,竹简共计1155枚,残片80枚。文物专家辨认出:从战国七雄到秦国一统的历史瞬间,被一个名叫"喜"的官吏,用4万多个工整的秦隶记录了下来,成为一部古代的历史书。

《云梦县志》记载:"春秋时吴楚交战,楚昭王来云梦避难时筑造楚王城。"历史是现实的年轮,书写着文明的轨迹。今天的云梦正在从历史的积淀中提炼文化特性。近年来,云梦建设了非遗展示馆、秦简纪念园,获评湖北省民间文化艺术之乡。今后云梦将大力推进文旅产业化。云梦人的性格中,融合了楚的浪漫和秦的豪迈。人们到云梦,能够直观地感受到楚韵秦风水乳交融,汇聚成兼收并蓄的独特文化。岁月流转,如同亘古的风穿行林间,时节一到,必将催生一座独具风采的千年小城。

鉴 湖

稽山镜水胜如画，放眼长湖尽碧浔。
汉代衣冠流烛泪，黎民祭拜思马臻。

解读：

浙江绍兴的稽山、镜湖的景色非常美丽，胜过图画。镜湖即鉴湖，是东汉永和五年会稽太守马臻为治理当地洪涝灾害，组织百姓在钱塘江与曹娥江的官塘之间修筑大堤，总纳会稽、山阴两县三十六源之水于堤南，创建了此湖。当时称长湖，因水平如镜，后称镜湖或鉴湖。碧浔：绿水边。

当时鉴湖东西长约一百三十里，周围约三百六十里，面积约两百多平方里。旱可引湖水灌田，涝可泄洪入海，两县百姓都得其利。但是当地豪绅因沿湖庐墓、田地受损，联名诬告，马臻因而蒙冤被杀。事后朝廷复查，发觉状纸所署均为死者姓名，始得申雪。

后人为感念马臻恩德在岸上营建祠堂纪念，祠堂西侧有马臻衣冠墓。墓前中柱正面书刻长联："作牧会稽，八百里堰曲陂深，永固鉴湖保障；奠灵窀穸，十万家春祈秋报，长留汉代衣冠。"墓旁有清初立碑，碑前青石祭桌上，流满了红色的烛泪。黎民：老百姓。

如今在绍兴禹庙的东西两庑，还配祀着马臻和汤绍恩。汤绍恩在明代嘉靖年间任绍兴太守，领导修建水利工程"三江闸"。这里分别陈列着这两位先贤的画像以及鉴湖和三江闸的模型。只要是为国为民做过好事的人，老百姓是永远也不会将他们忘记的。

护国夫人

绝世风华载史册，自身荣宠若烟云。
识时通变具慧眼，护国一生尽赤心。

解读：

护国夫人，名冼英，是中国南北朝时期的政治家、军事家、社会活动家。她身历梁、陈、隋三朝，毕生致力于维护国家统一和民族团结。周恩来誉之为"中国巾帼英雄第一人"。

在南北朝那样的动荡年代，冼夫人以大局为重，数次驰骋沙场，出生入死，毫无惧色，保护一方平安，维护国家统一。冼夫人尽心守护着岭南和海南岛的每一寸土地，守护着祖国版图的完整。她的一生一直坚持反对分裂和叛乱，是当之无愧的巾帼英雄。

她的丈夫高凉太守冯宝，出身中原王族，世代为官，大一统的中国传统政治理念对她产生了潜移默化的影响。冼夫人的三次选择都出于这种理念。她晚年告诫儿孙们："汝等宜尽赤心向天子，我事三代主，唯用一好心。"

是冼夫人和她的后世子孙撑起了海南一方蓝天。尽管其间一百多年中原战乱不止，海南岛在冼夫人及后人的治理下却安定祥和，如一朵美丽的雪浪花，绽放在碧波万顷的南海。

山　水

谢公虑澹功名轻，弘景临流见底澄。
自古清风明月在，几人能有共情生？

解读：

谢公指谢灵运（385—433），南北朝时期诗人，中国山水诗鼻祖。晋安帝元兴二年（403），袭封康乐县公。永初三年（422），谢灵运任永嘉（今温州）太守。他的足迹踏遍了永嘉的名山秀水。他无论到哪个地方，都吟诗作赋，表达自己的感受和心意。山水诗在晋宋勃然而兴，其功首推谢灵运。

谢灵运的山水诗，开创了中国山水文学的新境界。他把自然山水作为自己抒发情感的载体，因而，诗中总是蕴含着主观感受的情绪。由此，谢灵运的山水诗形成了独特的自然、人文韵味。如他的《石壁精舍还湖中作》一诗云："披拂趋南径，愉悦偃东扉。虑澹物自轻，意惬理无违。"诗人领悟出：一个人只要思虑淡泊，那么对于名利得失、穷达荣辱这类身外之物自然就看得轻了；只要自己的心性不会违背宇宙万物的至理常道，一切皆可顺情适性，随遇而安。显然诗中表达了与山水为友、其乐无穷的情感。

弘景指陶弘景（456—536），南朝齐梁时期文学家、道教学者、医药学家。南齐永明十年（492），陶弘景辞去朝廷食禄，隐居句容茅山。梁武帝多次派使者礼聘，陶弘景坚不出山。后朝廷每有大事，常往咨询，时人称为"山中宰相"。陶弘景在《答谢中书书》一文中写道："山川之美，古来共谈。高峰入云，清流见底。"陶弘景描绘了山中一派绮丽清新的景象。他还曾写道:"实是欲界之仙都。自康乐以来,未复有能与其奇者。"意思是,这山中就是人间的仙境,自从谢灵运以来再也没有人能尽情欣赏山水的奇景。陶弘景的诗文,充分表达了自己对山水的至爱深情,1000多年来被人们广泛地传诵。

鹳雀楼

名楼患难早湮灭，一首唐诗得再生。
鹳雀雄姿今胜昔，登临莫若最高层。

解读：

鹳雀楼位于山西省运城永济市蒲州镇的黄河东岸。鹳雀楼始建于北周（557—581），唐宋之际，文人学士登楼赏景留下许多著名诗篇，其中有王之涣的诗《登鹳雀楼》："白日依山尽，黄河入海流。欲穷千里目，更上一层楼。"此诗堪称千古绝唱，流传于海内外。鹳雀楼历经唐宋，在金元光元年（1222）遭大火焚毁，其遗址残遗亦在明代时被泛滥的洪水淹没。1992年，近百名专家学者联名倡议重建鹳雀楼。1997年12月，复建的鹳雀楼拔地而起，千年雄姿得以重现。

唐代的鹳雀楼高三层，宋人沈括曾在《梦溪笔谈》中写道："河中府鹳雀楼三层，前瞻中条，下瞰大河。"复建的鹳雀楼外观三层四檐，内部为九层，总高度73.9米，装有电梯。登上顶楼，远眺四周，天地开阔，顿有"荡胸生层云"之感，上有一碧如洗的长空，下有五谷丰登的沃野，黄河宛若一条金色飘带蜿蜒向前，壮阔中透着旖旎，磅礴间又现温柔。

鹳雀楼因黄河而建造，辉煌于黄河、湮没于黄河、重生于黄河！饱经沧桑的鹳雀楼，正是黄河流域巨大变迁的见证者、黄河文化深厚精髓的集大成者，而其"更上一层楼"的精神气韵，早已成为这方热土生生不息的发展密码。

日月山

汉藏和亲传佳话，悠悠往事绕峰巅。
大唐公主抛宝镜，浩气化为日月山。

解读：

日月山坐落在青海省湟源县西部，古时为中原通往西藏和西域的要冲。在中国古代的传说中，日月山通道的形成与文成公主有关。

唐代贞观八年（634），吐蕃赞普松赞干布向唐太宗提出要娶一位唐代公主。唐太宗经过慎重考虑，从国家长远利益着想，决定将文成公主许配于他。贞观十五年（641），文成公主带着丰厚的嫁妆与一支浩大的送亲队伍远赴西藏。

文成公主入藏不但维护和巩固了唐代的西部边防，更把汉民族文化传播到了西藏，促进了西藏经济、文化的发展。汉藏和亲开创了民族团结的新时代。松赞干布非常喜欢贤淑多才的文成公主，专门为公主修筑了富丽壮观的布达拉宫。

传说中文成公主进藏时经过一座高山，奇峰突起，直刺青天，行路异常艰难。公主行到此处便取出临行前唐太宗所赐的"日月宝镜"，镜中顿现长安的繁华景色。公主想让长安美景在此地扎根，毅然将宝镜抛下，于是，"日月宝镜"就化为日月二山。日月山平均海拔4000米左右，最高峰达4877米。

贺知章

四明狂客气量宽,忠孝双全好人缘。
闯荡江湖五十载,归来依旧是少年。

解读:

贺知章(659—744),越州永兴(今杭州市萧山区)人,唐代诗人、书法家。晚年自号"四明狂客"。

贺知章与"初唐四杰"生活在同一时代,但一直默默无闻,直到36岁才中乙未科状元,开启仕途生涯,可谓大器晚成。这使他少了傲慢之气,没有很强的功利之心,看淡名利,心胸宽阔。所以,他在朝中和诗界朋友很多。

贺知章留下来的诗作不多,但名声很大,后人尊称他为"诗狂",与"诗仙""诗圣"并列为唐诗巨擘。他的书法也堪称一绝,特别是草书,当时他常与"草圣"张旭切磋书艺。

贺知章终其一生,忠于大唐,为国为民忧心,为官五十载,深得历朝皇帝信任。唐玄宗碰到棘手的事情,总爱听听他的意见。贺知章还是一位出名的孝子。在杭州知章公园内,刻有这样一段文字:"相传1000多年前的萧山农村,'箩筐'是一种用来盛莲藕、担稻穗的农具,也可以担人。贺知章的母亲得了瘴病,不能行走。贺知章用箩筐前担其母,后担经书,挑行于乡间,故乡人称贺知章为'贺担僧',称其母为'箩婆'。"

贺知章忠孝双全,晚年荣归故里。五十年江湖闯荡后,归来依旧是少年,家乡早年的情景历历在目,正如他在《回乡偶书》所云:"离别家乡岁月多,近来人事半消磨。惟有门前镜湖水,春风不改旧时波。"诗中"不改"二字饱含深意,洋溢着浓浓的乡愁,保持着纯真的童心。

鉴 真

胸怀不忍鉴真情，千里鲸涛破浪行。
本为众生心安乐，慈眉如月蕴唐风。

解读：

鉴真（688—763），唐代高僧，日本律宗初祖，亦称"过海大师""唐大和尚"。

733年，日本僧人荣睿、普照慕名来到扬州大明寺，恭请鉴真赴日传法。鉴真被日本僧人请法的真切意愿感动，慨然应邀。翌年举帆东航，但连遭失败。鉴真传法之心弥笃，以一片精诚感化天地，终于在754年第六次东渡成功，到达了日本九州。此时的鉴真已经66岁。755年2月，鉴真进京（奈良）入东大寺。759年，鉴真率弟子在奈良建成日本律宗祖庭唐招提寺，后即于该寺设戒坛传律授戒。

当年，鉴真大师心怀不忍，才排除万难，鲸涛千里传梵典，不仅点燃了如来教法的明灯，也点燃了自心的明灯，更点燃了此岸、彼岸、今生、后世无数人的心灵之灯。不忍，即菩提，即仁心，即良知。

鉴真是律宗大师。戒律的本质，不是呆板，而是活泼——让慈悲心活泼，帮助众生身心安乐。鉴真的身上蕴涵着唐风。他在日本传法十年，763年于奈良面西坐化，享年75岁。

2022年7月20日，中国美术馆馆长吴为山创作的鉴真铜像，永久立在了日本东京上野恩赐公园的不忍池畔。

读《祭侄文稿》

国难当头拼骨气，凛然大义死生轻。
一门忠烈留青史，最重人间社稷情。

解读：

公元 755 年，对大唐王朝来说，如同一场噩梦。身拥十五万精兵的三镇节度使安禄山自范阳起兵叛乱。叛军一路攻城略地，河北一带很快沦陷。情势万分危急。唐玄宗六神无主，捶胸顿足。此刻，颜真卿和从兄常山太守颜杲卿高举义旗，组织义军平叛。附近十七个郡纷纷响应，拯救时局。

国难当头，颜家老小不惧生命安危英勇抗敌，拼死战斗。义军夺回兵家必争之地土门关。安禄山急令史思明带兵争夺土门关，攻打常山。附近太原太守王承业却拥兵不救。常山孤军奋战，苦苦支撑，以致粮尽援绝，常山失守。颜杲卿及其儿子颜季明被俘，誓死不降，父子双双殉国，颜氏家族三十余人罹难。758 年，颜真卿派侄子颜泉明遍寻常山之役罹难亲人遗骸，仅得季明头颅。颜真卿椎心泣血，涕泪纵横，奋笔疾书，作文以祭，寄托哀思，是为《祭侄文稿》。

颜真卿雄浑敦厚书风与其忠义节烈形象相得益彰，自晚唐以来，他是文人士大夫的修身楷模。《祭侄文稿》记录的是一段血与火、生与死的历史瞬间，它凸显的不仅是天地英雄气，更是人间家国情。

寒山子

诗僧隐姓又埋名,野径林泉自由行。
一册寒山三百首,草根气息蕴才情。

解读:

寒山子是唐代诗僧,生卒年不详。相传他出身于官宦之家,多次投考不中,被迫出家,30岁后隐居于浙东天台山,长住天台寒岩幽窟中,时来国清寺。他与拾得、丰干有来往,号称"国清三隐"。

寒山子出没在寒岩、明岩一带的山川野林之间,自得其乐。每有得句,便随便题写在山石上、树上,最大限度地挥洒着自己的才情。《全唐诗》汇编成《寒山子诗集》一卷,收录诗歌300余首。其诗通俗晓畅,寓以哲理,流传颇广。

寒山子一生的诗句多以佛理阐述人生真谛,勘破生死。他最有名的一首诗是《众星罗列》:"众星罗列夜明深,岩点孤灯月未沉。圆满光华不磨镜,挂在青天是我心。"月明星稀,光华灼灼,山野清气,扑面而来。

吴越国钱王

乱世君王能善事,励精图治保平安。
归朝纳土留青史,千载蔚然作大观。

解读:

钱镠生逢乱世。唐代灭亡后,中国四分五裂。公元907年至960年,史称五代十国。钱镠在这特定的历史条件下,创建了吴越国,位于现在的江苏、浙江、安徽一带长三角地区。

钱王在位的主要政绩有三:

其一,善事中国,维护统一。当各藩镇纷纷称帝的时候,钱王始终保持冷静头脑,主张"与其闭门作天子,不如开门为节度",维护中国统一。中原虽然换了五姓五个朝廷,但他对中原朝廷依然频繁地纳贡,终不失臣节。临终时他立下遗训:"凡中国之君,虽易异姓,宜事之……如遇真主,宜速归附。"公元978年,钱镠孙子钱弘俶,遵循祖训,毅然将十三州八十五个县全部纳土归宋。

其二,保境安民,发展经济。钱王对外力避干戈,不轻易出兵。营造和平环境,致力于国内建设,大力发展经济。他大规模兴修水利,在钱塘江修筑石堤,又在松江、扬子江筑闸筑堰,在越州鉴湖周围筑塘,扩大灌溉面积。当中原干戈遍野,而吴越国境内部出现富庶景象。

其三,尊教重学,广纳贤才。他尊重知识与人才,因此身边人才济济。许多文臣武将与钱镠一起,运筹帷幄,治国安邦,从而使吴越国长治久安,富甲一方。

从长远的历史角度来看,一千多年前,吴越国钱王一生做了一件大事,始终维护国家统一,值得后世铭记。

范仲淹

文能良策安天下，武可沙场定乾坤。
后乐先忧千古训，顶天立地栋梁人。

解读：

范仲淹（989—1052），北宋时期杰出的政治家、文学家。范仲淹1岁的时候，他的父亲就去世了，孤苦无依的范母无奈地带着儿子改嫁。范母对于范仲淹的教育非常上心，但经济困难无法供给笔墨纸砚。范仲淹就以树枝为笔，以大地为纸，在地面上练习写字。直至15岁，他被继父的友人推荐到醴泉寺读书。范仲淹凭借坚韧不拔的意志和勤学苦练的精神，终于学有所成。大中祥符八年（1015），范仲淹苦读及第，授广德军司理参军，开启了从政生涯。

宋仁宗在位期间，西北边境常遭西夏袭扰。一直作为宋朝附属的西夏，自从李元昊上任后，屡次进犯大宋的领土。这时候的范仲淹作为文臣，却自请出战，自愿镇守祖国的边境河山。范仲淹确定了针对西夏的对策以及对军队的改革措施。在军队的编制上，去掉老弱冗兵，训练出精兵一万八千人，成为边防军的主力干将。在军事的战略上，采取"屯田久守"的方针，消耗西夏实力，巩固西北边防，最后实行反攻，于是西北边事逐渐平息。

范仲淹在西北守边、地方治政方面皆有功绩。他的文学成就也十分突出。他撰写的《岳阳楼记》，近千年来流传不衰。范仲淹倡导"先天下之忧而忧，后天下之乐而乐"，把国家、民族的利益摆在首位，为祖国的前途、命运担忧分愁，为天底下的百姓安居乐业而出力流血。

他的这种崇高思想对后世产生了深远的影响。

纵观范仲淹的一生,他不愧是一位顶天立地的国家栋梁之材。

读《岳阳楼记》

高论千年震宇寰,洞庭碧水丹心传。
岳阳楼上品忧乐,自愧平生应策鞭。

解读:

970多年前,范仲淹神游岳阳楼,在此与志同道合的"古仁人"心灵交汇、畅叙忧乐。"先天下之忧而忧,后天下之乐而乐。"这句警世名言传遍天下。

走进岳阳楼,迎面檐柱上,一副对联赫然入目:"四面湖山归眼底;万家忧乐到心头。"这联句是清代巴陵知县陈大纲所撰。这座楼阁里,雕屏、书画、诗作,处处浸染着"忧乐"之情。

如今,在岳阳市成立了忧乐精神研究会、忧乐书院;《岳阳楼记》诞生的农历九月十五被设为"岳阳楼日"。"忧乐精神"已经在湖南广泛传扬。

多年来,湖南把"忧乐文化"视为最宝贵的精神财富,为其传承弘扬培厚土壤、拓展渠道,将其贯穿于城乡治理、百姓生活的方方面面。江科明父女俩的忧乐,牢牢系于洞庭一湖碧水。十多年前,洞庭水质污染严重,"沙鸥翔集、锦鳞游泳"的美景不再,深觉忧患的江科明毅然收起世代谋生的渔网,加入了环保组织,从捕鱼人变成了"护鱼人"。现在父女俩都成为环保志愿者。叶剑芝的心里,最大的忧乐是民生冷暖。他在扶贫一线忙碌了整整22年,走遍平江县773个村,引进扶贫资金10亿元,带动全县208个贫困村脱贫致富。叶剑芝在《扶贫日记》里写下两行力透纸背的大字:"忧贫困群众之所忧,乐脱贫群众之所乐。"

范仲淹当年惆怅地探问:"噫!微斯人,吾谁与归?"今天,响亮的回答已经穿透时空:碧水丹心,同行者众。

花洲书院

杨柳依依水淙淙，百花洲畔书香浓。
春风堂上弦歌盛，世代后生忆范公。

解读：

花洲书院位于河南省邓州市。

北宋范仲淹主持庆历新政时，很想有一番作为，但是阻力重重，就像一场又一场疾风骤雨。新政失败，他从参知政事被贬到邓州。邓州当时是一个偏僻落后的地方。范仲淹身处穷乡僻壤，心里却是高台万丈。

范仲淹认为，要改变一个落后地方的面貌，必须首先抓教育。他主张"劝天下之学，育天下之才"。于是，他要在邓州百花洲畔建一座书院。缺少资金，他带头捐俸，各界贤达和黎民百姓深感其诚，也纷纷解囊。书院很快落成，就叫花洲书院。

范仲淹为讲堂起名"春风堂"，寓意是春风化雨、如坐春风。除请名师执教，他自己也讲学。一批批学子从四面八方慕名而来。他们追随先生，便是追随正义与正直；学习先生，便是学习作文与做人。当时使邓州文运大振，贾黯、范纯仁、张载、韩维，均师从范仲淹于花洲书院，他们有的成了科考状元，有的成了大学士，有的成了理学创始人。

范仲淹在邓州为官时，应同科中举为官的好友、在岳州做知州的滕子京之邀，作了《岳阳楼记》。范仲淹正是呼吸着邓州的气息，眼含着邓州的水波，咏出了"先天下之忧而忧，后天下之乐而乐"，千百年来，这句名言唤起多少人的社会责任感和生命意识。

至喜亭远眺

川江自古行船艰,一路风涛闯险滩。
高峡平湖今巨变,长河通达少波澜。

解读:

至喜亭始建于宋代,由峡州(今宜昌)太守朱庆基修建在西陵峡口大江边,为的是方便船夫和商旅休憩。宋景祐四年(1037),欧阳修任夷陵县令时,专为此亭撰写了《峡州至喜亭记》,使此亭成为宋代峡州三大胜境之一。

古时船夫在三峡行船是很危险的。"倾折回直,捍怒斗激,束之为湍,触之为旋。顺流之舟顷刻数百里,不及顾视,一失毫厘与崖石遇,则糜溃漂没不见踪迹。"过了这一段险途,船夫才能喘口气,顿感松快。"故舟人至此者,必沥酒再拜相贺,以为更生。"

1984年,为纪念欧阳修,特在峡口三游洞顶重建此亭。登临远眺,既可观赏壮丽的峡光山色,又可看到宏伟的葛洲坝水利枢纽全貌。

如今的至喜亭,耸立在峻岭之上,江山胜迹辉映左右。长河上下,岚烟弥漫,碧波平流,江水如练。高峡平湖的巨变使得商旅之行不再艰险。虽然因不测风云出现一些波澜,但已经没有了险滩结构性形成的狂澜恶浪。现在无论是逆水西行,还是顺流东去,舟子行人都可以气定神闲、满怀欣喜。

苏东坡乡村行

苏轼杭州郊外行,归来研制荠粥羹。
海南农妇善馓子,挥笔作诗扬美名。

解读:

苏轼(1037—1101),字子瞻,号东坡居士,北宋文学家、书画家。学识渊博,天资极高,但一生仕途坎坷。

熙宁四年(1071),苏轼在朝廷受到排挤,于是请求出京任职,被授为杭州通判。有一次,苏轼到了杭州郊外看到田野间长满荠菜,农村的孩童用小刀挑取田边地旁的鲜嫩荠菜送到城里去卖。当时杭州的市民只会将荠菜用来清炒或凉拌,吃法单调。苏东坡从郊外回来就精心研制成荠粥羹,后来在民间广为传播。于是郊区农民的新鲜荠菜也就更加畅销了,当地农民的收入也得到了提高。

苏东坡后来又被贬到了海南儋州。当地农村老妪善于做美食,名叫馓子。苏东坡隔三岔五去买点品尝。这一次他想精准扶贫的对象就是这位乡村农妇。于是他大笔一挥,写了一首诗,题目是《戏咏馓子赠邻妪》,诗曰:"织手搓来玉色匀,碧油煎出嫩黄深。夜来春睡知轻重,压匾佳人缠臂金。"他把油煎的馓子比喻成佳人手臂上的金钏。农妇把这首诗贴在了家门口。一时间,馓子成了受人追捧的美食,农妇的收入也增加了。

一位学者说:"苏东坡干的这两件事,用我们现代人的说法就是帮助农民脱贫。"这种说法颇有道理。苏东坡被贬到地方任职,权力不大,但他尽己所能,利用自己的影响力,帮助当地农民增加收入,这种作为是值得称赞的。

东坡抗疫

东坡到任逢瘟疫,力保黎民渡难关。
首创集资设病坊,扶危济困得众安。

解读:

北宋元祐四年(1089)七月三日,苏东坡以龙图阁学士的头衔任杭州知州。到了元祐五年(1090)正月,杭州疫病暴发。苏东坡立即实行两项救济措施,一是设置病坊,二是献方施药。他拨出结余官钱两千贯,自捐私款俸银五十两,又号召民间集资,在城中设置病坊一所,取名"安乐"。这是我国历史上第一家公私合营的传染病医院,将年长穷苦患者聚集在此集中治疗。

苏东坡既设病坊,又自费研制药剂——圣散子,施送贫病患者。当年,苏东坡从眉山人巢君手上得到这个家传秘方,在杭州将秘方公开,博施济众。此方内含附子、良姜、吴茱萸、豆蔻、麻黄、藿香等药物,凡阴阳二毒状至危急者,连续饮服数剂,立即汗出气通。苏东坡让杭州宝石山下楞严院里的僧人按配方熬汤药,分发给患者饮服,效果特异。据《清波别志》记载,苏东坡任杭州知州三年里,安乐坊治好了1000多名病患者,大多为无依无靠的老人。百姓感念苏东坡,把安乐坊附近的桥称为"众安桥",意即"众生安乐"。杭州"众安桥"的地名就是这么来的。900多年过去了,"众安桥"这个地名一直沿用至今。

破阵子·苏轼初到黄州

劫后余生闭塞，孤身风雨沙洲。棘地荆天困境里，无可奈何文笔休。祸生应反求。

弹石江边击水，天真自得悠悠。更喜乡间人不识，混迹渔樵各处游。旷然无再忧。

解读：

东坡之名自黄州始。因乌台诗案，苏轼被贬黄州。当时，做官的人一经谪放，原来的俸禄都取消了，只有一份微薄的实物可领。面对生活的穷困，在朋友的帮助下，苏轼在黄冈东城门外得到一块废弃的荒地，开始做个躬耕自给的农夫。这块荒地本无地名，因在城东，苏轼便把它命名为"东坡"，自称"东坡居士"。

苏轼初到黄州时，颇感孤寒与寂寞，曾作忧患之词，其中写道："拣尽寒枝不肯栖，寂寞沙洲冷。"在劫后余生的惶恐情绪支配下，他不得已孤立于一切人事之外。在那种张眼便是棘地荆天的困境中，他不敢作文字，只能"牢闭口，莫把笔"了。他到底受过严格的儒家训练，静定下来，反求诸己，检讨祸患所生，只归咎于自己的鲁莽与无知。苏轼云："谪居无事，默自观省，回视三十年以来，所为多其病者。"

苏轼有时会在衣袖里笼着一些石弹子，到江边与人比赛投击江水，看谁能使石弹滑出水面最远。他还庆幸自己能够混迹于渔人樵夫之中，不被别人认识。还常常出入阡陌，到各处漫游。正如苏轼自己所言，以此获得"旷然天真"之乐。

浪淘沙·读《寒食帖》

寒食雨濛濛，小屋透风。空庖煮菜缘家贫。怜惜海棠污土里，硬骨柔情。

苏轼大胸襟，低谷平生。依然吟啸且徐行。不幸之州亦万幸，文胆诗心。

解读：

宋代苏轼的《寒食帖》名列"天下第三行书"，它作于苏轼被贬黄州的人生低谷时期。《寒食帖》是其苦难人生的见证，亦是其艺术巅峰的标志。

1080年，这年大年初一，刚从大狱释放的苏轼在御史台差人押解下赶赴黄州，名为外放为官，实是异地监管。没有官舍，只能借住在江边的破落寺院。苏轼在黄州的第三个寒食，写了两首《寒食诗》。诗，苍凉沉郁；书，笔酣墨饱。

"春江欲入户，雨势来不已。小屋如渔舟，濛濛水云里。空庖煮寒菜，破灶烧湿苇。""年年欲惜春，春去不容惜。今年又苦雨，两月秋萧瑟。卧闻海棠花，泥污燕支雪。"寒食之际的黄州，寒流夹杂刺骨的湿气，阴冷笼罩大地。淫雨霏霏，云雾濛濛。江水溢溢，像要涌进小屋。厨房灶台破旧，锅里煮着野菜。在愁卧中听说海棠花凋谢了，花瓣在污泥中显得一片狼藉，深为可惜。

《寒食帖》中零落成泥的海棠意象隽永。苏轼亦如海棠，从京师庙堂跌落到黄州僻野荒郊。好在苏轼生性乐观，在劳苦之中亦自有其乐。苏轼把黄州被贬岁月过成生活，把自己变成苏东坡。黄州是不幸之地，也是万幸之地。黄州无意间成为苏轼人生下半场的起点。人们可以看到，黄州之后的苏轼历经磨难而奋发崛起，他贤而能下，刚而能忍，遇挫不馁，初心不渝。《寒食帖》的魅力，不只是其诗其字，更是寄寓了民族精神追求、价值取向和审美伦理。

六榕寺

花塔高高映碧天,六榕气壮立人寰。
迎风接雨千年盛,扎地根深枝叶繁。

解读:

六榕寺位于广州的市中心,原名净慧寺。

苏东坡被贬到儋州时,终老在此的想法常常涌上心头。没想到,公元1100年4月,朝廷大赦,苏东坡又得以复任朝奉郎,于是动身北归,他一路行来,就到了广州。逛过了广州最古老的越王井,又逛了三元宫,这一日,他还到了市中心的净慧寺。高高的八角形花塔独映蓝天,寺中花木扶疏,尤其是那六棵榕树,根深叶茂,枝杈繁盛。看到生命力如此旺盛的榕树,苏东坡的内心又有所悟,觉得这榕树就是他人生的榜样。他常从细小入微中悟出与别人不一样的心得,于是欣然提笔题下"六榕"两字,自此,净慧寺就成了六榕寺。

苏东坡当年看到的六榕,如今已经繁殖到上百棵了,且粗壮环拱,根系发达。这些榕树凭着它那顽强的生命力,须变成根,根又长出须,子子孙孙,又孙孙子子,它们迎风接雨,四季常青,叶茂枝繁。

王韶献奇策

天色未明赶路勤,星光不负有心人。
风餐露宿不辞苦,成竹满胸奇策成。

解读:

北宋神宗继位登基时,大宋王朝内忧外患,特别是日益强盛的西夏成为西北边疆的巨大威胁。宋神宗急欲改变这种危局,却不知道如何入手。这时,有人献上了奏疏《平戎策》,前后三篇,详细分析了黄河、湟水之间吐蕃势力的状况,论述了攻取西夏的策略。宋神宗如获至宝,当即下旨召见。

王韶所进献的《平戎策》是如何写出来的呢?原来,王韶自幼勤学,才华横溢,嘉祐二年(1057)27岁即考中进士。王韶天赋高,志向更高,他爱好军事,长于谋略。后来王韶参加制科考试,不幸的是,他落榜了。这时,他做了一个大胆的决定,辞去官职,游历西北。几年间,他风餐露宿,走遍了边境地区的山山水水,熟知了边境的地形,也了解了边地的民风。最终胸有成竹,才写出被宰相王安石称为"奇策"的《平戎策》。

宋熙宁五年(1072),王韶率军前后收复了熙、河等六州,击败吐蕃各部约20万大军,开拓疆土一千八百里,史称"熙河开边"。这让宋朝在军事上对西夏形成合围,转守为攻,占据主动。王韶因功被封为观文殿学士、礼部侍郎,后又升为正二品的枢密副使。他以"奇计、奇捷、奇赏"著称,世人称之为"三奇副使"。

岳 飞

尽忠报国留青史，叱咤风云震古今。
剑胆琴心岳少保，请缨提锐建奇勋。

解读：

岳飞（1103—1142），南宋时期抗金名将，军事家，民族英雄。

岳飞的尽忠报国，中国人无人不知。他从20岁开始军旅生涯，先后参与、指挥大小战斗数百次。金军攻打江南时，他独树一帜，力主抗金，收复建康（今南京）、襄阳六郡。然后，率师北伐，攻取商州、虢州等地。经过四次北伐，岳飞军功卓著，官至少保。少保是正一品官职。于是，有了"撼山易，撼岳家军难"的美誉。宋高宗赵构和宰相秦桧却一意求和，以十二道"金字牌"催令班师。在宋金议和过程中，岳飞遭秦桧、张俊等人诬陷入狱。1142年1月，岳飞与长子岳云、部将张宪一同遇害，宋孝宗时平反昭雪，改葬于杭州西湖畔栖霞岭。

岳飞文武双全，他留下的诗词、文章，都折射出恢复中原的赤胆忠心。在其《满江红·登黄鹤楼有感》中写道："何日请缨提锐旅，一鞭直渡清河洛。"表达了他对恢复故土的期待。在其《乞出师札子》中写道："臣自国家变故以来，起于白屋，从陛下于戎伍，实有致身报国、报仇雪耻之心。"字里行间洋溢着拳拳爱国之情。

800多年过去了，我们永远怀念岳飞，就是因为他的这份滚烫的爱国精神，这份"以天下为己任"的高尚情怀。

瓢　泉

飞云奇壑千岩秀，最爱此山一小泉。
钴锡石潭无踪影，稼轩瓢水流千年。

解读：

江西省铅山县稼轩乡，以南宋爱国抗金英雄、著名词人辛弃疾的号"稼轩"为名。辛弃疾生于乱世，他以救国为重，拼搏了前半生后，不受朝廷重用，绍熙五年（1194），自福建罢帅而归，便在铅山过起了农家日子。在此期间，他曾在铅山发现了一眼泉叫周氏泉，此泉距鹅湖山不远，形如一个水瓢，辛弃疾非常喜爱，遂更名为瓢泉，并在此附近建草堂。他晚年的最后十二个春秋就是在瓢泉度过的。南宋思想家、文学家陈亮曾从浙江前来探望他，二人共饮瓢泉，同游鹅湖寺，长歌相答，极论世事，偕游十日，意犹未尽。此事被后人传为词坛佳话，称为辛陈鹅湖之会。

辛弃疾一生有词作600多首，他的《水龙吟·登建康赏心亭》这首词是大家熟悉的："把吴钩看了，阑干拍遍，无人会，登临意。"辛弃疾看着这宝刀，重重地把楼上的阑干都拍遍了，没人能理会他登楼远眺之心。就是这样一位把阑干都拍遍的壮士，晚年选择了瓢泉作为自己的终老之地。在瓢泉，他作词225首，"记得瓢泉快活时，长年耽酒更吟诗"。

唐代柳宗元笔下的"小石潭"，早已无踪无影了。而近千年前辛弃疾发现的一处泉水，一直流淌到今天，这的确是一个奇迹。

王阳明

龙场悟道知真谛,至理依归心镜明。
冥想苦思常误事,事中磨炼方能成。

解读:

王阳明(1472—1529),浙江余姚人,明代杰出的思想家、军事家、教育家。

王阳明于明代武宗正德元年(1506),因反对宦官刘瑾,被廷杖四十,谪贬至贵州龙场当驿丞。在龙场艰苦的环境里,王阳明结合历年来的遭遇,日夜反省,忽然顿悟,认为心是感应万事万物的根本,由此提出"心即理"的命题,倡言"知行合一"说。

王阳明强调养心、正心,要求向内观照自己的起心动念与圣人之心的差别,继而按照圣人之心去除心中的私欲,从而恢复心之光明。他认为,每个人心中都有个"圣人",是向善的。只是,"圣人心如明镜,常人心如昏镜"。所以常人需要把私欲、贪欲,不断地加以切、革、琢,恢复心体之镜的澄澈光明。

王阳明主张"事上磨炼",即把心中的良知贯彻到实践中去,在良知的指引下为善去恶,不为外物所蔽,养成理性自觉的道德品格。他认为,关起门来苦思冥想、脱离实践是办不成事情的,人须在事上磨炼,方能立得住,方能静亦定、动亦定。他坚持知行合一,在实践中体悟良知,逐渐达到不为外物牵引的"不动心"境界。

忆江南·青藤书屋

深巷静，清冷罕人踪。熠熠明珠少赏识，幽兰空谷向苍穹，无意炫峥嵘。

解读：

徐渭（1521—1593），明代中期书画家、文学家。青藤书屋即徐渭故居，位于浙江省绍兴市。小巷狭窄幽静，游人稀少。徐渭字文长，号青藤居士，其机智过人的轶闻趣事在民间广为流传。他多才多艺，可是命运多舛，一生穷困潦倒。他的诗文书画取得了很大的成就，可在他的生前识宝的人不多，卖画所得仅能果腹，死时唯有一副铺着稻草的床板，境况之惨令其追随者唏嘘不已。徐渭晚年在《题墨葡萄图》一诗中写道："半生落魄已成翁，独立书斋啸晚风。笔底明珠无处卖，闲抛闲掷野藤中。"

在青藤书屋两侧的抱柱联上写着："读不如行使废读将何以行；蹶方长知然屡蹶讵云能知。"字体遒劲中见奇幻，这应是徐渭对自己苦难人生的一声叹息吧。

小巷很清静，此处似乎无人问津。让人联想到，徐渭好像是盛开在空谷的幽兰，他无意向人们炫耀自己的超凡脱俗、卓尔不群。

徐霞客

毕生通达不求官，涉水攀山三十年。
专志独行寻奥秘，奇书留世古今传。

解读：

徐霞客（1587—1641），南直隶江阴县（今江苏省江阴市）人，明代地理学家、旅行家和文学家，他经30余年考察撰成的60万字地理名著《徐霞客游记》，被称为"千古奇书"。

徐霞客出生于一个富庶之家，祖上都是读书人。父亲徐有勉饱读诗书，精通章句，却一生不仕，也不同权贵交往。受父亲及耕读世家的熏陶，徐霞客毕生不求功名，却钟情于历史、地理、游记、方志，为《山海经》所陶醉。

徐霞客从22岁开始出门远游，足迹遍及大半个中国，相当于现在的江苏、浙江、山东、山西、陕西、河北、河南、安徽、江西、福建、广东、湖南、湖北、广西、贵州、云南、北京、天津、上海等21个省区市。潘次耕在《徐霞客游记》序中说徐霞客："霞客果何所为？夫惟无所为而为，故专志；专志，故行独；行独，故来去自如，无所不达意。"

《徐霞客游记》的最后一篇写于云南鸡足山。他站在鸡足山顶，有了一个伟大发现，纠正了《水经注》关于长江源头的错误。徐霞客明确指出"推江源者，必当以金沙江为首"，把"岷山导江"说彻底推翻。

崇祯十三年（1640），徐霞客足疾不能行走，困于鸡足山。丽江土司派来8个壮汉，用竹椅将他抬下山去一直送到湖北的江边，共

150天,再坐船回到江阴老家,次年便驾鹤西去。

梁启超说:"盖以科学精神研治地理,一切皆以真实为基础,如霞客者真独有千古矣!"(《饮冰室合集》)

夏津古桑林

沿河故道到夏津，郁郁葱葱古桑林。
廉政为民好县令，绿荫一片变福荫。

解读：

黄河冲出龙门，行至河南、山东，挟带大量泥沙，早已高出地面而成悬河，稍遇洪水便崩堤决口。据史料记载，自周至清代，黄河在山东夏津一带曾多次改道，二十多次大决口，一千五百多次小决口。现在从空中俯瞰，在夏津的南北各留下四条大的黄河故道。

在黄河搬运泥沙的同时，先人们也就开始了在黄河故道上治沙造地的伟大工程。其中最有效的手段之一就是种桑固沙。2018年联合国粮农组织在山东夏津县发现了一片六千亩的古桑林，并认定这是目前世界上罕见的、古老完整的桑树群。现在夏津全县存有百年以上的古桑两万余株，千年以上的两百余株。联合国粮农组织给夏津县发了"全球重要农业文化遗产"证书。

夏津的这片古桑林作为文化遗存之可贵，除保存了农桑原貌外，密林深处还保存了一座清代种桑县令朱国祥的纪念馆。朱国祥本为清康熙年间的京官，因为人正直被排挤出京，到夏津任县令。他到任后就到黄河故道视察，看到黄沙漫漫，认定这里"半地沙漠，不宜稼禾""多种果木，庶可免风灾而裕财用"。又上书朝廷请求免收三年税赋，与民生息。朱国祥为官廉洁、刚正，上任不久即清理积案，平了不少冤狱。他整肃纲纪，严惩贪官。清代中期是夏津县历史上桑树增加最多的时期，一片绿荫，郁郁葱葱。说是桑树之荫，其实是为政者给百姓带来的福荫。

朱国祥在任六年,到1680年调升离任。本县百姓请求朝廷准他留任。留任不成,万人空巷,顶香案送行,并为他建了一座生祠来纪念。

郑板桥家书

天寒地冻来穷亲,一碗热粥送暖身。
明理好人须记取,家书句句透温情。

解读:

郑板桥(1693—1765),"扬州八怪"之一,以书画名世,时人赞其诗、书、画为"三绝"。但他自己似乎并不陶醉于此,觉得写字作画只是"供人玩好的俗事"而已。他看重的是自己写给堂弟郑墨等亲人的家书,曾不无自得地说:"板桥十六通家书,绝不谈天说地,而日用家常,颇有言近旨远之处。"

在郑板桥的家书中,常有接济穷乡亲的文字,他曾要求郑墨在寒天里常备"一大碗炒米":"天寒冰冻时暮,穷亲戚朋友到门,先泡一大碗炒米送手中,佐以酱姜一小碟,最是暖老温贫之具。暇日咽碎米饼,煮糊涂粥,双手捧碗,缩颈而啜之,霜晨雪早,得此周身俱暖。嗟乎!嗟乎!"这般"暖老温贫"的殷殷教诲,其间的温情与仁意,跃然纸上,令人心动。

郑板桥的家书中,最动人心弦、令人回味的文字是谆谆告诫亲人"做个明理的好人","夫读书中举中进士作官,此是小事,第一要明理作个好人"。

郑板桥一再强调让家人做个"明理的好人",实质上是力主涵育一颗"亲亲仁民爱物"的仁者之心。对生命的敬畏和爱护,可谓是郑板桥家书的灵魂。

林则徐家书

征途坎坷国为念,浩荡襟怀最动情。
八字要言献大计,家书字字是心声。

解读:

林则徐(1785—1850),清代后期政治家、思想家、民族英雄。道光十九年(1839),他以钦差大臣赴广东禁烟,强令外国鸦片商人交出鸦片,并将其没收,于虎门销毁。该事件之后不久,第一次鸦片战争爆发。林则徐被构陷革职,发配新疆戍边。

林则徐被充军前往新疆伊犁的万里征途中,写下大量给家人和友人的书信,抒发自己忧国忧时的情怀。林则徐在一封家书中写道:"日来陕省铸炮之举有无头绪?可查访及之。"被贬的林则徐因病淹留西安期间,曾向陕西官方转送在扬州刊刻的《炮书》,希望陕西当局能如法制造新式大炮,所以有此牵念。林则徐在途经兰州之时,还写了一封长信,信中分析了当时敌我形势,并提出学习西方技术、建造大炮、组建水军的构想,概括为"器良、技熟、胆壮、心齐"八字要言。

林则徐一生努力求真务实,"苟利国家",不计个人得失,他的爱国精神是感人至深的。1839年,林则徐指挥虎门销烟历时23天,并于1839年3月至1840年10月在广州组织抗英军事斗争共19个月,向全世界宣告了中华民族决不屈服于侵略者的决心。后来,林则徐被贬至新疆后,不顾年高体衰,从伊犁到新疆各地实地勘察了八个城,加强了西北的边防建设。在现今和平时代,林则徐的爱国精神依然值得我们学习。我们要学习他爱国之坚、之深、之远,为祖国的繁荣昌盛、为中华民族的伟大复兴贡献自己的力量。

左宗棠

身无半亩忧天下，舆榇出关勇守边。
不负鸿鹄报国志，临危宁死挽狂澜。

解读：

左宗棠（1812—1885），晚清政治家、军事家、民族英雄。

左宗棠出身贫寒，志向远大，以天下为己任。23岁写下"身无半亩，心忧天下；读破万卷，神交古人"的对联，悬于书房以铭心志。68岁"舆榇出关"，用车载运棺材，以死自誓，收复了新疆。舆榇，意思是载棺以随。

经纶济世之才，终不负鸿鹄报国之志。近代中国对外战争中两次重大的军事胜利——收复新疆和镇南关大捷，都与左宗棠的名字紧紧相连。他先后多次上奏，最终促成了新疆建省、台湾建省。他以花甲之年、古稀之龄勇赴国难，捍卫国家主权，维护民族尊严。

在晚清衰弱之际，左宗棠"挽狂澜于既倒，扶大厦之将倾"。诚然，每个历史人物都有其身处时代的历史局限性。左宗棠一生中从统治者的长治久安出发，也镇压过起义的民众。即使这样，左宗棠的精神和人格，仍在历史上散发着独有的光辉，折射出不屈的民族血性和民族风骨。

沈公榕

巨木参天立马尾，图强见证著先鞭。
绵延海岸八千里，泽润中华一百年。

解读：

150年以前，马尾船政大臣沈葆桢手植的一棵古榕树，如今巨木参天、浓荫覆地。它见证了中国近代海军迈出了第一步。福建马尾是中国近代最早的舰船基地、中国制造业的发端处、中国海军的摇篮。

鸦片战争后，清帝国被列强敲开了国门，国势日弱。老祖宗传下来的大刀长矛，在洋枪、洋炮面前是那样无奈。1866年6月左宗棠上书，请在马尾开办船厂，立被批准。但10月西北烽烟突起，左宗棠被任命为陕甘总督。于是，左宗棠力荐时任江西巡抚的沈葆桢出任船政大臣。沈葆桢是林则徐的女婿，他也看到了世界潮流，力主"师夷制夷"，变革图强。法国人日意格为总监督，从头到尾参与了船政活动，起了极大的作用。日意格这样评价沈葆桢："中国政府特派一名钦差大臣来到此地担任总理船政大臣。这位官员名字叫沈葆桢，是一位出类拔萃、精明强干、意志坚定、善于指挥的将才。"

到1874年福州船政共完成15艘轮船，包括11艘军舰。左宗棠的计划，在沈葆桢手上已全部实现。1949年8月28日，毛泽东接见国民党海军起义将领时说：1866年马尾船政学堂开办起来，中国算是有了近代海军、现代海军。

作家梁衡写下一段动情的文字："在马尾闽江口，沈葆桢亲手栽下的这棵巨榕，绵延海疆八千里，荫庇华夏百余年。现在，从马江口到罗星塔顶,建成了一座大型的榕树公园。在这里,因地取势,遍立了严复、詹天佑、林纾、邓世昌等几十个船政人物的雕像,这些都是沈葆桢的学生。他们或坐或立,仰望大海,还在关心着中国的海疆、中国的命运。"

马相伯

清廷衰败心如焚，作育人材宁毁家。
奔走九洲流尽血，誓将生死护中华。

解读：

马相伯（1840—1939），江苏丹阳人，中国近代著名教育家、思想家。

在19世纪与20世纪之交，马相伯眼见清廷衰败、国家危急，忧心如焚。他经过一番思索之后，终于找到了正确的救亡途径——兴办教育。马相伯说："自强之道，以作育人材为本；救才之道，尤宜以设立学堂为先。"他毅然走上了毁家兴学之路。1900年8月25日，马相伯立下了《捐献家产兴学字据》，将自己在上海的3000亩田产，悉数捐献出来，作为办学基金。

马相伯历经坎坷于1903年创办了震旦学院，于1905年创办了复旦公学，也是两校的首任校长。"震旦"是古代梵文对于中国的称呼，又含有"日出东方，前途无量"之深意。"复旦"二字出自《尚书》中的名句"日月光华，旦复旦兮"，意在自强不息，更含复兴中华之意。他认为针对当时国家衰败的现实，开辟和传播现代知识的大学才是最为重要的，没有大学培养不出专业人才。大学之道，是使中国摆脱困境的正途。马相伯是最早认识这一点的中国人。

1937年11月上海沦陷，日本侵略军逼近南京，冯玉祥等人劝马相伯移居桂林。次年，他入滇、蜀，道经越南谅山，因病留居。1939年10月20日，他得知湘北大捷，兴奋异常，夜不能寝。不久病情加剧，11月4日溘然长逝。

雾峰林家

满门英烈感天地，三代传承胆识高。
家国为天生死以，豪情万丈冲云霄。

解读：

雾峰林家在台湾五大家族中以抗日最力而闻名。林朝栋、林季商、林正亨祖孙三代的事迹值得铭记：林朝栋（1851—1904）于中法战争中抗击法国侵略军；林季商（1878—1925）于清末民初抵抗日本帝国主义；林正亨（1915—1950）加入中国共产党参与抗日战争。

林朝栋是清廷福建陆路提督林文察之子，也是自迁台祖先林石以来的第六代。1884年8月，中法战争中的马尾海战爆发。林朝栋率领栋字营前往支援台北战线抗击法军，多次击退法军，最终取得中方胜利。林朝栋所参与的中法战争是清末少数抗击帝国主义成功的战例。1901年林朝栋父子在福建省开办樟脑实业，从经济层面对抗日本人经营的樟脑业，因此为日本政要所忌惮。林朝栋不幸于1904年逝世，年仅53岁。

林季商面临了辛亥革命前夕的时代洪流，最终他毅然选择支持孙中山先生的革命以及光复台湾的事业。1915年，林季商参加了中华革命党，参加讨袁护法之役。为了抵抗军阀李厚基，1918年1月孙中山委任林季商为闽南军司令。1924年第一次国共合作后，林季商结识了叶剑英。1925年8月，林季商为革命工作前往漳州时，被北洋军阀李厚基旧部逮捕，于8月24日被杀身亡，就义时年仅47岁。

林正亨曾就读厦门美术专科学校，后因痛感于殖民地台湾人受日本人欺压，决心投笔从戎。1937年考入南京陆军军官学校，于1939年毕业。1940年1月参加广西的昆仑关战役，1944年参与缅甸战役。后加入中国共产党。抗战胜利后，林正亨受朱学范指示带领台湾青年返台进行隐蔽战线工作。1949年，林正亨在台北家中遭国民党逮捕。他坚守共产党员的信仰，拒绝在悔过书上签字，被判处死刑。1950年1月30日，林正亨慷慨就义，年仅35岁。

林家三代人显现了百年来两岸命运的休戚与共。他们在不同时期，抵抗帝国主义的入侵，为保家卫国付出心血乃至生命的事迹，更是台湾人民心向祖国的具体明证。

弘一法师

落尽繁华成野鹤，人间无再李叔同。
悲欣交集临终语，道彻平生烟雨中。

解读：

弘一法师，原名李叔同（1880—1942），在音乐、绘画、戏剧、书法等方面均颇有造诣。李叔同年轻时曾赴日本留学。回国后，在1906年，他与同学成立了中国第一个话剧团体。李叔同在日本留学时认识了一个美术模特，名叫诚子，后来成为他的妻子。辛亥革命发生后，李叔同和日本妻子到了上海。后经过经亨颐的介绍，李叔同到杭州浙江两级师范学校担任绘画和音乐老师。

1918年8月19日，李叔同在杭州虎跑寺施行剃度仪式，正式成为出家人，法号弘一法师。此后，他云游于杭州、温州、厦门等地名寺。时人称弘一法师为孤云野鹤，弘法四方。他托朋友送日本妻子回国。他告诉诚子："非我寡情薄义，为了那更永远、更艰难的佛道历程，我必须放下一切。"1942年10月10日，弘一法师在福建泉州温陵养老院晚晴堂写下"悲欣交集"四个字，10月13日晚8时安详西逝，终年63岁。

邵飘萍

乱世飘萍目若炬,如刀快笔唤国人。
曙光未露朝天笑,为救中华勇献身。

解读:

邵飘萍(1886—1926),我国民主革命时期杰出的革命文化战士、著名报人,新闻教育先行者。

1916年,邵飘萍被上海《申报》社长史量才派驻北京,以中国新闻"特派员"的身份战斗在反动军阀统治的中心。邵飘萍善于在常人无法突破的私谈、会面中收集关键新闻线索。1918年,32岁的邵飘萍辞去《申报》特派记者一职,创立《京报》。《京报》敢于直面军阀混战导致的社会现实,以针砭时弊的犀利笔触,赢得了社会声望。办报仅一个月,《京报》就成为当时北京地区发行量最大的报纸。一时间,京报馆成为揭露政治腐败、为民众呐喊,使反动军阀望而生畏的革命舆论阵地。

邵飘萍以笔为枪,对丑恶的社会现象进行无情的抨击鞭挞,冯玉祥夸赞他"飘萍一支笔,抵过十万军"。1926年4月15日,奉系军阀张作霖进入北京,扬言要杀邵飘萍。1926年4月24日,邵飘萍在京报馆被捕。就在邵飘萍的亲友为其寻找营救途径之时,直奉联军总执法处草草将邵飘萍"提至督战执法处,严刑讯问,胫骨为断",秘密判处他死刑。1926年4月26日凌晨4时,邵飘萍以"宣传赤化"的罪名,被押赴北京天桥东刑场。邵飘萍神色坦然,面向曙光未露的沉闷天空哈哈大笑,慷慨就义。

1949年4月,新中国成立前夕,毛泽东亲自批复追认邵飘萍为革命烈士。

南歌子·瑞彭故里

绿野众芳美,花村百鸟欢。杜鹃映日红欲燃,更有小溪日夜水潺潺。
千载古松挺,八方叠嶂连。凤凰展翅富文山,天纵翩翩白鹤舞峰巅。

解读:

邵瑞彭(1888—1937),字次公。浙江省淳安县富文乡查林村是我国著名词学家邵瑞彭的故里。村口凉亭有一副对联:"雨后有人耕绿野;月明无犬吠花村。"这是邵瑞彭当年挥笔题写的。这里风光优美,鸟语花香,满山的杜鹃争先绽放,在红日的照映下,似烈火般鲜艳夺目,山脚下有一条曲曲折折的小溪日夜欢快地奔流。

村庄北侧的山坡上长着十八棵千年古松,树高五六丈,树干粗壮挺拔,枝叶郁郁葱葱。村庄周围高山绵延不断,与众多大山组成重重叠叠的山岭。这是大自然的神奇造化,也是宇宙之神的大手笔。

村后有一座大山,形状像一只美丽的金凤凰展翅飞翔,搏击长空。2021年,在邵介安先生的建议和推动下,村里建造了一座小型而幽雅的"邵瑞彭文化园",园旁筑有一座石凉亭,名曰"三乐亭",意为助人快乐、劳动快乐、读书快乐,亭联是弘青先生题写的:"天生一奇词坛鹤;地滋三乐文明亭"。邵瑞彭先生像一只神奇的仙鹤翱翔于中国词坛的峰巅。

马叙伦

少年不解古书意,养正书塾遇恩师。
北往南来频辗转,晚年有幸终逢时。

解读:

马叙伦(1885—1970),杭州人,中国民主促进会的主要创始人和首位中央主席,中国共产党的亲密战友,著名教育家、社会活动家。

马叙伦不足4周岁"破蒙",跟了光绪十四年的浙江乡试第一名的王先生读《小学韵语》和古文。读到10岁,他仍不懂得《孟子》一书究竟说的是什么。

光绪二十五年(1899),马叙伦15岁,他不愿意再在旧书塾上学,后来进了当时杭州知府林启创办的新式学校——养正书塾。养正书塾有一位老师,名叫陈黻宸,温州人,知识渊博,一手好文,极有求新变革的意识。在陈黻宸的引导下,马叙伦逐渐有了民族、民权的轮廓,有了天赋人权、平等民主、建立共和的思想。后来,马叙伦跟随陈黻宸去上海创办《新世界学报》,该报政治改革观点相当鲜明,尤其是马叙伦负责的"教育学"栏目,很被时人看重。这段经历对马叙伦日后的生活和工作都产生了很大的影响。

马叙伦后来当过浙江省官立两级师范学堂教员、浙江省教育厅厅长、北京大学教授等等,南来北往,来去匆匆。新中国成立后,他出任了第一任教育部部长和第一任高等教育部部长。1950年1月2日,周恩来在中南海西花厅举行一次家宴,为著名党外民主人士沈钧儒举办一场简约温馨的75周岁寿宴,周总理还请马叙伦等人作陪。1954

年，马叙伦任第一届人大常委会委员。1965年，任第四届全国政协副主席。

东瓯名士

北上欣闻别有天,延安一月至今传。
东瓯名士赵超构,世事沉浮气自闲。

解读:

赵超构(1910—1992),中国著名新闻记者。1944年,赵超构作为国统区重庆《新民报》的记者随中外记者团赴延安采访。他采写的生动记述解放区军民生活的《延安一月》,不仅在当年连载时引起轰动,而且传诵至今。赵超构是浙江温州人,自称"东瓯布衣",早年就读于上海中国公学,新中国成立后,曾主持上海《新民晚报》工作,笔名林放。他的新闻经常与随笔结合,形成了"林放式杂文"风格。经历过多年的政治风雨,他的杂文内容以世象、社会批评为主体,视点笔触所及,宏观宇宙之大,微观苍蝇之末,围绕群众关心的热点话题发表一家之言。

赵超构任《新民晚报》社长期间,大样签发之后,按照惯例,下午有闲喜欢与朋友到上海城隍庙九曲桥茶楼喝茶聊天,同时收集写作素材。

陈毅访儒

花港莺飞一派春，俄顷密布满天云。
客人门外立风雨，马老心怀感佩深。

解读：

1952年4月，正是杭州草长莺飞的季节，时任上海市市长兼任华东军区司令员陈毅到花港旁边的蒋庄拜访一位文人。这位文人是谁呢？他就是与梁漱溟、熊十力合称"新儒家"的马一浮。马一浮精通佛学、诗词、书法，除此之外，他还是引进马克思《资本论》德文版的中国第一人。

这一天，陈毅穿着长衫到了杭州西湖蒋庄马一浮寓所。江南四月，天气多变，忽然天空下起了一阵春雨。马氏家人见状立即说道："下雨了，几位客人先进来等等吧。马先生正在午睡，醒来后我再去通报。"陈毅说道："未得主诺，不便遽入！我们还是在门外等。"

过了一段时间，马一浮睡醒了，家人立即将客人来访的事情说了。马一浮听说后立即起身，得知客人一直等在门外，还淋了雨，感到非常抱歉。来到会客室，马一浮立即让家人递来毛巾给客人擦擦雨水，并让家人泡好姜茶给客人暖暖身子，待一切处理好后，几人进入正题。马一浮当时不知道眼前的客人是谁，只好问道："恕我眼拙，敢问尊驾是？"陪同的人员回答："马老，这位是陈毅首长。"马一浮顿时感到非常吃惊，大名鼎鼎的陈毅居然屈尊来拜访他，对陈毅更添了一分感佩敬重之心。

马一浮长期潜心治学，一向无心仕途。他被陈毅的率性和热诚打动了,终于同意出山,担任了华东文物管理委员会委员,后来还担任了中央文史馆副馆长。马一浮曾赋诗表达了自己的心怀:"太平临老见,万象及春回。"

正定古今

历史遗存皆夺目，小城遍地有奇珍。
舍身勇士护华塔，正定古今最动人。

解读：

河北正定是一座有着1600多年历史的古城，有"九楼四塔八大寺，二十四座金牌坊"的美誉。历史上，它是古代北方重要的政治、经济、军事、文化中心，与保定、北京并称为"北方三雄镇"。正定的街巷，历史上各个时期不同风格的古建筑和古文物随处可见，璀璨夺目。

1947年8月，解放军对正定城发起进攻。敌人占据了广惠寺华塔作为制高点，并借助古塔二层的瞭望平台，向外射击。为免华塔遭受炮火毁坏，率军追击至此的晋察冀军区四纵队十旅二十九团副团长赵生明果断下令：停止使用重武器，而改用轻武器强攻。经过激战，解放军消灭了敌人，保护了华塔，然而赵生明却不幸牺牲，年仅30岁。赵生明为保护文物而献出年轻的生命，正定人永远铭记于心。

时钟再拨至20世纪80年代。习近平总书记在正定工作期间，将正定的古文物、古建筑、古树，每一件、每一处、每一地都划出保护范围，立上了明显的标志。在他主持下，还修复了隆兴寺，开展文物普查，组织编写《正定古今》。正是有了诸多举措，正定的文化遗存才更彰唐风华韵。至今，珍视历史文物、保护古城的思维，已经植根于正定人的内心。

近些年来，正定又划出8.9平方公里历史城区范围，实施了24

项古城保护风貌恢复提升工程,将13家企业迁出了古城,又拆除违章建筑7万余平方米,最大限度为古城腾出公共空间,让千年古都的风采得以重现。历史的文化遗产在正定已经有尊严地复活、有价值地存在。

玉 兔

浪急风高可飞越，坐骑老虎最威雄。
怀仁温顺世无敌，玉兔也能变真龙。

解读：

本诗作于 2023 年 2 月 12 日。癸卯兔年的来临，格外引人欢喜。配属于十二地支中对应春天的卯位，兔可谓是名副其实的"春之使者"。春天不仅迎来万物的苏醒，更孕育着新生，令人憧憬。

在中华传统文化中，兔被称为瑞兔、玉兔，代表着机智敏捷、温顺善良、平静美好。"动若脱兔"，表示兔子奔跑的速度极快。"逸"字字面上看即为"走兔"。兔子奔跑的速度比马还要快，每小时可以达到 70 多公里，而且跳得远，一跃就在五六米开外。

在民间，每逢闹红火，或者逢庙会，总会有个兔儿爷出场。这装饰一新的兔儿爷，竟然是将军披挂御敌的盔甲，好不威风。然而，还有更体面威风的，那兔儿爷还有坐骑。那坐骑，不是老子骑的青牛，不是张果老骑的毛驴，那骑的是什么？老虎！老虎这百兽之王甘当兔儿爷的坐骑，天下还有比这更威风的吗？

自古以来，兔子就被视为暖人身心的灵物。兔子一出场，哪怕是在肃杀的深秋，也照样温煦迷人。古人赏识兔子"其容炳真，其性怀仁"，真诚善良，心怀仁德；颂扬兔子"将五灵而共至"，五灵是古人心目中的祥瑞之物，包括龙、凤、乌龟、麒麟和白虎，兔子身系五灵，那是何等珍贵，何等不凡！

1942 年，在四川省成都市西郊的王建墓出土了一件兔首龙身钮雕。这是一只威风凛凛的"兔子"。兔首龙身钮雕质地为纯洁温润的白玉，身腹均刻麟甲。这是前蜀开国皇帝王建的随葬品，寓意"玉兔变真龙"。王建在位十二年，庙号高祖。在他统治期间，任贤用能，减轻赋税，人民休养生息，蜀地社会经济得到发展。

英烈李大钊

矢志铁肩担道义,践行真理不惜头。
寰球变局波澜壮,必是赤旗满目收。

解读:

1889年,李大钊生于河北省乐亭县。自幼父母双亡,靠祖父教养成人。1913年,他东渡日本,就读于东京早稻田大学,开始接触社会主义思想和马克思主义学说。1916年回国后,李大钊到北京大学任图书馆主任兼经济学教授,并参加《新青年》杂志编辑部的工作,他积极投身新文化运动,成为新文化运动的一员主将。

李大钊十分敬仰明代忠臣杨继盛的气节,也很欣赏杨继盛的"铁肩担道义,辣手著文章"这一诗句,便在此句基础上,取陆游《文章》一诗中的"文章本天成,妙手偶得之"的"妙"字,改写成"铁肩担道义,妙手著文章"。这是李大钊一生的追求,也是他精神风范的真实写照。

俄国十月革命的胜利令李大钊倍受鼓舞,他连续发表《庶民的胜利》《布尔什维主义的胜利》等文章和演说,热情讴歌十月革命,他满怀信心地预言:"试看将来的寰球,必是赤旗的世界!"

李大钊是中国共产党早期领导人之一。1927年4月6日,李大钊在北京被捕入狱。在狱中,他受尽酷刑,始终严守党的秘密,坚贞不屈,大义凛然。4月28日,李大钊英勇就义,时年38岁。

英烈瞿秋白

无愧江南第一燕，穿云破雾险中翱。
赤都取火明心史，万丈豪情上九霄。

解读：

1899年1月，瞿秋白出生在江苏常州，1917年考入北京俄文专修馆学习，1920年以《晨报》记者身份赴苏俄采访。

瞿秋白是中国共产党早期领导人之一。他在年轻时就怀着"总想为大家辟一条光明的路"的初心，奔走东西，上下求索。他在自己的一首诗中写道："我是江南第一燕，为衔春色上云梢。"

瞿秋白在莫斯科采访期间，写下了《赤都心史》《饿乡纪程》等不朽之作。他是最早向亿万中国人描绘列宁形象的人，也是中国记者中唯一与列宁交谈过的人。

1923年1月，瞿秋白回国后担任《新青年》等刊物主编，发表了大量政论文章，运用马克思主义分析中国国情，考察中国社会状况，论证中国革命问题，为党的思想理论建设做出开创性贡献。

1931年1月，瞿秋白到了白色恐怖笼罩的上海，与鲁迅并肩战斗，一起领导左翼文化运动。

1934年2月，瞿秋白到达中央革命根据地瑞金，任中华苏维埃共和国中央执委会委员、人民教育委员会委员等职。中央红军长征后，他留在南方坚持游击战争。

1935年2月，瞿秋白在福建长汀被国民党军逮捕。6月18日，他坦然走向刑场，饮弹洒血，从容就义，时年36岁。

英烈邓中夏

南来北往欲何求？大义总怀家国忧。
骨纵成灰志不渝，如归赴死血花流。

解读：

1894年，邓中夏出生于湖南省宜章县，1914年考入湖南高等师范学校，1917年考入北京大学中文系，后转入哲学系学习。1919年参加五四运动，任北京学生联合会总务干事，参与火烧赵家楼的行动。邓中夏是中国共产党最早的党员之一。

从1920年4月起，邓中夏长期在北京长辛店从事工人运动。1925年中华全国总工会成立后，任秘书长兼宣传部长。在大革命失败的紧急关头，他坚决主张在南昌举行武装起义。随后，参加党的八七会议。1928年3月赴莫斯科，出席赤色职工国际第四次代表大会。1930年7月，邓中夏从莫斯科回到上海。1932年在上海任全国赤色互济总会主任兼党团书记。

1933年5月，邓中夏在上海工作时被捕。在狱中，他对狱中地下党支部负责人说："请告诉大家，就是把邓中夏的骨头烧成灰，邓中夏还是共产党员。"

1933年9月21日，在南京雨花台刑场，邓中夏高呼着"打倒国民党反动派！""中国共产党万岁！"口号，英勇就义，时年39岁。

英烈向警予

瑟瑟秋风溆水寒，愁云惨雾满关山。
舍家万里寻真理，血洒神州震宇寰。

解读：

1895年，向警予出生于湖南省溆浦县。回顾当时中国国内的形势，1894年中日战争的失败，清代海军的精锐部队全军覆没。1898年6月11日开始的维新变法，遭到以慈禧太后为首的守旧派强烈反对，1898年9月21日，光绪帝被囚，康有为、梁启超逃往国外，谭嗣同等六君子被杀，历时103天的变法失败。当时的中国处于国力衰败、政治黑暗的年代。

1912年，向警予考入湖南省立第一女子师范学校，两年后转入周南女校，在这里认识了蔡畅，并通过她结识了蔡和森和毛泽东。1919年12月，向警予和蔡和森一起赴法国勤工俭学，并寻求革命真理。共同的理想信念使两人产生了爱情。

1922年初回国，向警予在上海加入了中国共产党。她为党中央妇女部起草文件，发表论述妇女解放运动的文章，培养了大批妇女工作干部。1924年，向警予出色领导了上海闸北丝厂和南洋烟厂的大罢工。

1928年3月20日，向警予因叛徒出卖不幸被捕。狱中，敌人用尽伎俩，终无法动摇她的革命意志。5月1日，她昂首阔步、慷慨就义，时年33岁。

英烈恽代英

杜鹃有泪山河破,鸿雁无家南北征。
忧患已摈生死以,愿将磷火引光明。

解读:

1895 年,恽代英出生于湖北武昌。1915 年入中华大学(华中师大前身)文科中国哲学门学习。1918 年从中华大学毕业后留校任中学部主任。1919 年,参与领导了武汉地区的五四运动,在 1921 年加入中国共产党。恽代英是中国共产党著名的早期领导人之一,是党内杰出的理论家、宣传家。

恽代英曾在《新青年》《东方杂志》《青年进步》《妇女时报》《光华学报》等报刊上发表了大量文章。1923 年任中国社会主义青年团中央宣传部长,主编《中国青年》并兼任上海大学教授。

恽代英在中华大学读书时,曾写下诗句:"杜鹃空有泪,鸿雁已无家。"1930 年,他在上海被捕后曾在狱中写下诗句:"已摈忧患寻常事,留得豪情作楚囚。"此诗意思是,他已经摒除个人得失,即使被囚仍保持革命者的豪情壮志。

在生命的最后时刻,恽代英曾对狱友说:"我身上没有一件值钱的东西,只有一副近视眼镜,值不了几个钱,我身上的磷,仅能做四盒洋火,我愿我的磷发出更多的热和光,给社会增添一分光明。"

1931 年 4 月 29 日,恽代英被国民党当局杀害于南京,时年 36 岁。

英烈董振堂

宁都起义红旗展,屡建战功一路开。
万里长征作铁卫,满腔热血洒高台。

解读:

1895年,董振堂出生于河北省新河县。1917年考入北京清河陆军中学,1923年毕业于保定陆军军官学校。毕业后投身于冯玉祥的西北军。1930年,曾任26路军第73旅旅长。"九一八事变"后,他反对蒋介石"攘外必先安内"的政策,与赵博生、季振同等率领第26路军1.7万余官兵在宁都起义,宣布加入红军。起义部队编为中国工农红军第5军团,董振堂曾任红5军军团长。

董振堂先后率部参加赣州、漳州、南雄水口等战役,屡立战功,曾获中华苏维埃共和国临时中央政府授予的红旗勋章。1932年,他加入了中国共产党。

1934年10月,董振堂率部参加长征,红5军团担任最艰苦的"后卫"任务,为保障中央红军主力北上立下了赫赫战功,红5军团因此荣膺"铁流后卫"的光荣称号。

1935年6月,第5军团改称第5军,董振堂任军长。1936年10月红军三大主力会师后,红5军被编入西路军,向西北方向进发。1937年1月12日,董振堂率部在甘肃高台县城与六七倍于己的敌人浴血苦战,战至最后一人一弹,于20日壮烈牺牲,时年42岁。

英烈彭湃

心中牵挂是农民,热血奔流志入云。
焚契分田闹革命,海丰火种遍乾坤。

解读:

1896 年,彭湃出生在广东省海丰县一个富贵人家,早年赴日本求学,1921 年回国。彭湃出身富贵,却亲近农民。农村凋敝、农民贫苦的现实曾让年少的彭湃深刻了解了旧社会的腐朽和苦难。1922 年,彭湃只身走进农村,了解农民疾苦,组织农民开展农民运功。

彭湃把家中的田契烧掉,把土地分给农民,并组织农民起来闹革命。彭湃曾说:"什么是革命?革命就要为大多数人的利益去奋斗,我们要革命就要主张大多数人的利益。"中国大多数人在哪里?大多数人就是农民。

1922 年 7 月,彭湃和张妈安等 6 人成立海丰第一个农会,从此点燃农民运动的火种。到次年 7 月,扩展到陆丰、惠阳等 10 县,农民运动以燎原之势迅速发展。

1927 年 3 月赴武汉,彭湃与毛泽东等发起组织中华全国农民协会临时执行委员会,并任执行委员兼秘书长。大革命失败后,彭湃赴南昌参与领导南昌起义。1927 年 11 月,彭湃领导建立海陆丰苏维埃政权。

1929 年 8 月,因叛徒出卖,彭湃被捕关押在上海龙华监狱。当年 8 月 30 日,彭湃壮烈牺牲,时年 33 岁。

英烈陈潭秋

萍踪浪迹平常事，一路刀光剑影行。
风雨征途多壮志，英雄虽死还犹生。

解读：

1896年，陈潭秋出生于湖北省黄冈市。1916年，陈潭秋进入国立武昌高等师范学校英语部学习，阅读进步刊物，学习和宣传马克思主义。1920年秋，陈潭秋与董必武等发起建立武汉的中国共产党早期组织，是中国共产党最早的党员之一。1921年7月，陈潭秋出席了中国共产党第一次全国代表大会。

此后，陈潭秋先后任中共安源地委委员、武汉地方执委会委员长、湖北区委组织部主任、江西省委书记等职，领导各地的工人运动、学生运动和兵运工作，为党的事业四处奔波，他曾说："我始终是萍踪浪迹、行止不定的人。"

1939年9月，陈潭秋任中共中央驻新疆代表和八路军驻新疆办事处负责人。他同新疆军阀盛世才进行了灵活巧妙的斗争。当盛世才公开走上反苏反共道路后，1942年夏，在新疆工作的共产党员全部撤离。陈潭秋把自己列入最后一批。

1942年9月17日，陈潭秋被捕。敌人对他施以酷刑，他拒不屈服。1943年9月27日，陈潭秋被秘密杀害于狱中，时年47岁。

英烈叶挺

人要上行叶要挺,振污起弱战平生。
攻无不克铁军铸,北伐名将热血情。

解读:

1896年,叶挺出生于广东省惠州农家,启蒙老师陈敬如为其改名"叶挺",意为"人要上行、叶要上挺",有挺身而出、拯救中华之期冀。叶挺先后就读于广东陆军小学、湖北陆军第二预备学校和河北保定陆军军官学校。1917年,他在《新青年》上发表长信,抒发"振污世,起衰弱"之志。

1924年,叶挺前往苏联学习,同年10月加入中国社会主义青年团,12月加入中国共产党。1925年回国后,叶挺任国民革命军第四军参谋处长,后改任独立团团长,参加北伐战争。他带领独立团进攸县、打醴陵、克平江、夺汀泗、取咸宁、占贺胜、陷武昌,战无不胜,攻无不克,"铁军"威名由此远播,"北伐名将"享誉中外。

革命危急关头,1927年8月,南昌起义号角吹响,叶挺任前敌总指挥。1937年抗战全面爆发,根据党的指示,叶挺亲自组建和领导新四军驰骋大江南北,再展"铁军"雄风。

1941年,皖南事变震惊中外,叶挺被国民党非法扣押,被囚5年多。他作《囚歌》明志,誓言"在烈火和热血中得到永生"。

1946年3月,叶挺终于获释,4月8日,因飞机失事,叶挺在山西遇难,时年50岁。遗体葬于延安"四·八"烈士陵园。

英烈张太雷

小家一别谋天下，化作惊雷扫雾霾。
铁骨丹心奔火线，广州浴血哭英才。

解读：

1898年，张太雷出生于江苏武进。1915年考入北京大学，同年冬转入天津北洋大学（现天津大学）法科学习。因立志化作"惊雷"，冲散阴霾，改造旧社会，将原名张曾让改为张太雷以铭志。

1919年五四运动爆发，张太雷积极投身其中。在运动中，张太雷与李大钊建立了联系。1920年10月，张太雷和邓中夏等一起加入李大钊等在北京发起成立的共产党早期组织，成为中国共产党最早的党员之一。

从1921年春开始，张太雷赴苏联学习、工作，任共产国际远东书记处中国科书记。1924年回国后，张太雷负责团中央工作。1927年八七会议后他被派往广东工作。张太雷一到广东，立即研究制定广东全省的暴动计划。正当准备工作紧张进行时，起义消息泄露。张太雷当机立断，广州起义的枪声于1927年12月11日凌晨提前打响。

12月12日，广州起义的第二天，敌军攻占了起义军的重要阵地，并分兵直扑起义军总指挥部。张太雷闻讯立即乘车赶赴前线指挥战斗。车在行驶中遭到敌人伏击，张太雷身中三弹倒在敞篷汽车中，壮烈牺牲，时年29岁。

英烈方志敏

戴铐身躯执巨笔，铁窗描绘未来图。
中华今日如君愿，一片光明天下殊。

解读：

1899年，方志敏出生于江西省弋阳县一个贫困农民家庭，从小就立下了"为劳苦工农大众谋利益"的志向和愿望。1922年8月，方志敏加入中国社会主义青年团；1924年3月，加入中国共产党。1928年至1933年，方志敏创建了赣东北革命根据地。1931年和1934年，他分别当选为第一、第二届中华苏维埃共和国中央执行委员和第二届主席团委员。

1934年11月底，时任红10军团军政委员会主席的方志敏奉命率红军北上抗日，同时策应中央红军实行战略转移，途中遭国民党军重兵围追堵截，于1935年1月29日在江西玉山陇首村被俘。

方志敏身陷囹圄，戴着脚镣手铐，写下了《可爱的中国》等重要著作，在狱中描绘了未来新中国的美好图景："朋友，我相信，到那时，到处都是活跃跃的创造，到处都是日新月异的进步，欢歌将代替了悲叹，笑脸将代替了哭脸，富裕将代替了贫穷，康健将代替了疾苦，智慧将代替了愚昧，生之快乐将代替了死之悲哀，明媚的花园将代替了凄凉的荒地！这时，我们民族就可以无愧色地立在人类的面前，而生育我们的母亲，也会最美丽地装饰起来，与世界上各位母亲平等的携手了。"

写完《可爱的中国》后，1935年8月，方志敏在南昌英勇就义，时年36岁。面对行刑的刽子手，方志敏的眼中依然充满光明。

英烈夏明翰

铁血男儿勇受命,为民除害主义真。
刑前挥就临终笔,慷慨壮歌励后人。

解读:

1900年,夏明翰出生于父亲任职的湖北秭归,12岁时回到家乡湖南衡阳。1919年,五四运动爆发,他和同学们走出校门,开展了抵制日货等一系列爱国运动。1920年,他在长沙结识了毛泽东。1921年,经毛泽东、何叔衡介绍,夏明翰加入中国共产党。1924年,夏明翰担任中共湖南省委委员,负责农委工作。1927年6月,夏明翰任湖南省委委员兼组织部部长,同年7月,大革命失败后,他参与发动秋收起义。1928年1月,党组织决定调夏明翰到湖北省委担任领导工作。1928年3月18日,由于叛徒出卖,夏明翰不幸被捕。3月20日清晨,他被押送刑场。行刑之前,敌人问夏明翰还有什么话要说,他大声道:"有,给我拿纸笔来!"夏明翰面对酷刑和死亡,临刑前写下了一首气壮山河的就义诗:"砍头不要紧,只要主义真。杀了夏明翰,还有后来人!"

夏明翰为了中国人民的解放事业献出了自己的生命,时年28岁。他留下的那首正气凛然的就义诗,激励和鼓舞着一代又一代中国共产党人为了理想信念不惧牺牲,英勇奋斗!

英烈杨开慧

牺牲我小成功大，不老青山不变心。
纵使海枯意已定，愿随革命献芳魂。

解读：

1901年，杨开慧出生于湖南省长沙县板仓村。父亲杨昌济是一位思想进步的学者、教育家。1913年，杨昌济到湖南省立第一师范教书，杨开慧随父亲迁往长沙市，并在那里认识了毛泽东。

1918年，杨昌济到北京大学任教。这年9月，毛泽东因组织赴法勤工俭学也到北京，在这期间，毛泽东和杨开慧有了更多的接触并开始相爱。1920年8月，杨开慧和毛泽东在长沙举行了简朴的婚礼，结为革命伴侣。1922年，杨开慧加入中国共产党。同年，毛泽东在湖南建立了中共湘区委员会，任区委书记。杨开慧成为毛泽东的得力助手。

1925年2月，杨开慧随毛泽东回到韶山开展农民运动，协助毛泽东创办农民夜校并担任教员。大革命失败后，毛泽东按照党的八七会议指示领导湘赣边界秋收起义，杨开慧带着3个孩子回到长沙县板仓开展地下斗争。

1930年10月，杨开慧被捕。敌人逼问她毛泽东的去向，要她公开宣布与毛泽东脱离夫妻关系。杨开慧坚定地说："牺牲我小，成功我大"，"要我和毛泽东脱离夫妻关系，除非海枯石烂"！1930年11月14日，杨开慧就义于长沙浏阳门外识字岭，时年29岁。

英烈邓恩铭

辗转胶东怀壮志,狱中禁锢奈何天。
一声诀别悲天地,华夏腾飞慰九泉。

解读:

1901年,邓恩铭出生于贵州省荔波县。1918年,在山东的亲戚资助下,他考入济南省立第一中学。五四运动爆发后,邓恩铭被选为学生自治会领导人。组织学生运动期间,他同济南省立第一师范的学生领袖王尽美一见如故,结为革命战友。1921年7月,邓恩铭赴上海出席中国共产党第一次全国代表大会,参与了中国共产党的创建。

1925年2月,邓恩铭与王尽美发动胶济铁路和四方机车厂工人举行全厂大罢工。五卅运动前后,他又组织领导了以青岛日商纱厂工人为主的工人运动,历时3个多月,成为五卅运动的先导。大革命失败后,邓恩铭辗转山东各地,继续领导党组织开展斗争。

1925年11月,山东地方委员会机关被敌人破坏,邓恩铭第一次被捕入狱,经党组织多方营救,他得以保外就医。1929年1月19日,由于叛徒出卖,他再次被捕入狱。1930年,邓恩铭在狱中写下遗作《诀别》:"卅一年华转瞬间,壮志未酬奈何天。不惜惟我身先死,后继频频慰九泉。"

1931年4月5日,邓恩铭身负镣铐,高唱《国际歌》从容就义,时年31岁。

英烈刘志丹

投笔从戎屡克敌，苏区红遍陕甘边。
前方告急亲上阵，耿耿忠心一片丹。

解读：

1903年，刘志丹出生于陕西省保安县，1922年考入榆林中学。1924年冬加入中国社会主义青年团。1925年春转为中国共产党党员。同年冬入黄埔军校第四期学习。1926年秋从黄埔军校毕业后，参加北伐战争。

1931年10月，刘志丹与谢子长等组建西北反帝同盟军，任副总指挥。后改编为中国工农红军陕甘边游击队，刘志丹任总指挥，开辟以照金、南梁为中心的陕甘边革命根据地。此后，曾任中共陕甘边军事委员会主席、西北革命军事委员会主席，把陕北、陕甘边两块苏区连成一片，成为中共中央和各路北上抗日红军长征之后的落脚点。

1936年3月，刘志丹率红28军参加东征战役，挺进晋西北，屡克敌军。4月14日在中阳县三交镇战斗中亲临前线侦察敌情，不幸左胸中弹，壮烈牺牲，时年33岁。

英烈赵一曼

英姿飒爽女豪杰,立志为人不为家。
林海雪原驱日寇,甘将热血沃中华。

解读:

1905年,赵一曼出生在四川宜宾。五四运动爆发后,赵一曼开始阅读《向导》《新青年》《妇女周报》等革命书刊,接受革命新思想。1923年,赵一曼加入中国社会主义青年团。1926年夏加入中国共产党。

赵一曼在她所作的《滨江述怀》中,尽显炽热的爱国情怀和大无畏的英雄气概,诗中写道:"誓志为人不为家,涉江渡海走天涯。男儿岂是全都好,女子缘何分外差?"

1931年九一八事变后,赵一曼被派往东北地区发动抗日战争。在东北,她先在沈阳、哈尔滨领导群众地下抗日,后在珠河等地带领农民开展武装斗争。这位巾帼英雄在东北林海雪原中英勇抗击日寇,令敌人闻风丧胆。1935年秋,赵一曼任东北抗日联军第3军1师2团政治委员。在一次与日伪军的战斗中,她为掩护部队突围,身负重伤,不幸被俘。1936年8月2日,赵一曼被押上去珠河的火车。她知道最后的时刻到了。她给心爱的儿子写下遗书。临刑前,她高唱《红旗歌》:"民众的旗,血红的旗,收殓着战士的尸体,尸体还没有僵硬,鲜血已染红了旗帜。"她高呼"打倒日本帝国主义!""中国共产党万岁!"壮烈牺牲,时年31岁。

英烈江竹筠

红岩顶上傲青松，雨骤风狂不改容。
大炮隆隆声渐近，黎明永别国先锋。

解读：

1920年，江竹筠出生于四川省自贡市江家湾，是小说《红岩》中江姐的人物原型。

1939年，江竹筠加入中国共产党。1940年秋，她进入中华职业学校学习，并担任该校地下党组织负责人。1943年，党组织安排她为当时中共重庆市委领导人之一的彭咏梧当助手，他俩扮作夫妻，组成一个"家庭"，作为重庆市委的秘密机关和地下党组织整风学习的指导中心。1945年，江竹筠与彭咏梧正式结婚，留在重庆协助彭咏梧工作，负责处理党内事务和内外联络工作。

1947年，江竹筠受中共重庆市委的指派，负责组织大中学校的学生与国民党反动派进行英勇斗争。此时，江竹筠还担任了中共重庆市委地下刊物《挺进报》的联络和组织发行工作。

1948年，彭咏梧在组织武装暴动时不幸牺牲。江竹筠强忍悲痛，毅然接替丈夫的工作。同年6月14日，由于叛徒出卖，江竹筠不幸被捕，被关押在重庆渣滓洞监狱。国民党军统特务用尽各种酷刑，妄想从这个年轻的女共产党员身上打开缺口，破获重庆地下党组织，江竹筠始终坚贞不屈，"你们可以打断我的手，杀我的头，要组织是没有的。""毒刑拷打，那是太小的考验。竹签子是竹子做的，共产党员的意志是钢铁做的！"

1949年11月14日，重庆解放前夕，江竹筠被杀害于渣滓洞监狱，时年29岁。

英烈刘胡兰

伟大一生耀日月,坚贞少女重如山。
泰然赴死惊天地,魑魅凶顽心胆寒。

🕮 解读:

1932年,刘胡兰出生于山西文水县云周西村一户农民家庭。

抗日战争全面爆发后,党的抗日队伍来到文水开展抗日救亡。当时,刘胡兰家对面是中共地下党的一个工作站,少年刘胡兰经常去听抗日故事,学唱抗日歌曲。

抗战期间,刘胡兰的父亲刘景谦等群众为八路军运送物资。刘胡兰的继母胡文秀曾是娘家村妇救会委员,嫁过来后经常给刘胡兰讲进步道理。在革命氛围和家庭氛围的熏陶下,刘胡兰很快成长起来。1942年,文水平川第一支儿童团在云周西村成立,10岁的刘胡兰担任了儿童团团长。

1945年11月,刘胡兰参加县党组织举办的妇女训练班。回村后,刘胡兰担任云周西村妇救会秘书,与党员一起发动群众送公粮、做军鞋,还动员青年报名参军。1946年6月,她被批准为中共候补党员。1946年冬天,刘胡兰经过侦察,协助武工队处决了一名为非作歹、群众恨之入骨的伪村长。

1947年1月12日,刘胡兰被国民党军和地主武装抓捕。在敌人威胁面前,她坚贞不屈,大义凛然地说:"怕死不当共产党!"刘胡兰从容地躺在铡刀下,英勇就义,时年15岁。

1947年3月,毛泽东得知刘胡兰的事迹后深受感动,挥笔写下了

"生的伟大,死的光荣"8个大字。8月1日,中共中央晋绥分局追认刘胡兰为中国共产党正式党员。

红船路

惊涛险恶红船路，斩浪奋舟斗志昂。
万众同心成大业，百年风雨铸辉煌。

解读：

本诗作于 2021 年 1 月 1 日。

2021 年是中国共产党成立百年华诞。百年征程波澜壮阔。1921 年 7 月某日，中国共产党第一次全国代表大会开幕的那一天，就遇到了凶险。13 位来自全国各地的代表在上海石库门树德里开会时，法租界有一个密探突然闯入大门，随即匆匆离开。在门口望风的王会悟感到蹊跷，立即上楼报告，警惕性很高的代表们马上紧急撤离。仅仅过了十多分钟，一批法国巡捕破门而入，到处搜查，却毫无发现，空手而归。后来代表们转移到嘉兴南湖一条小船上继续开会，完成了建党的全部议程。在党的历史上把建党这一天定为 1921 年 7 月 1 日。

从上海石库门到嘉兴南湖，一条小小红船承载着人民的重托、民族的希望，越过急流险滩，穿过惊涛骇浪，成为领航中国行稳致远的巍巍巨轮。

中国共产党从最初的几十位党员，发展到今天成为有 9900 多万党员的伟大的党，百年风雨历经千难万险，铸就了举世瞩目的辉煌。

嘉兴南湖

南湖曾著星星火,烈焰熊熊已换天。
霹雳一声惊世界,乾坤扭转史空前。

解读:

1921年7月的一个夜晚,中国共产党第一次全国代表大会在上海法租界一座二层居民小楼中秘密开幕,因法租界密探滋扰,中共一大会议被迫转移到浙江嘉兴的南湖继续举行。这是1921年8月初的一天,中国共产党第一次全国代表大会最后一次会议,在南湖的一艘游船里悄然开始了。会议首先通过中国共产党第一个纲领。党纲开宗明义第一条即是"本党定名为中国共产党",提出"党的根本政治目的是实行社会革命","把工人、农民和士兵组织起来"。

党纲只有15条,不足1000字。党纲每通过一条,船舱里便响起一阵掌声。

大约下午6时,代表们悄然离船。从此,各位代表把革命的火种带向全国各地。一艘小船,一天短会。然而,这一天极不平常。历史永远铭记这一天!

这一天,通过了中国共产党第一个纲领和《关于当前实际工作的决议》。这是开天辟地的大事变。这一大事变,犹如擎起的一把熊熊火炬,给近代饱受战乱、灾难深重的中国人民送来了光明和希望。从此,中国人民谋求民族独立、人民解放和国家富强、人民幸福的斗争就有了主心骨,中国人民就从精神上由被动转为主动。

中国共产党成立100周年的时候,我国全面建成了惠及十几亿人口的小康社会,实现了中华民族千百年来的夙愿。

祭先烈

先驱志士已长眠,不灭初心世代传。
万里长城非一日,复兴伟业壮云天。

解读:

本诗作于 2021 年 4 月 6 日。

历史不会忘记,从 1840 年到 1949 年,中华民族百年沉沦。历史更加瞩目,从 1949 年到 21 世纪中叶,中华民族百年复兴。

从石库门到天安门,从兴业路到复兴路,百年来,信仰在奋斗中淬火,一代代革命先烈秉承为中国人民谋幸福、为中华民族谋复兴的初心使命,赴汤蹈火、矢志不移,用鲜血和生命书写了气壮山河的英雄史诗,凝聚起亿万人民共创未来的磅礴力量。

近代以来,为中国革命和建设事业献出宝贵生命的烈士约有 2000 万。他们大多数是共产党员,大多数无名无姓。有名有姓的烈士只有 196 万。

马克思曾说:"我们的事业并不显赫一时,但将永远存在。"先驱志士虽已长眠,但留给后人的那弥足珍贵的精神财富,将世代长存,永不磨灭。英雄不寂寞,初心留人间。

2014 年 8 月 31 日,十二届全国人大常委会决定,将 9 月 30 日人民英雄纪念碑奠基日确定为烈士纪念日。革命英烈,如同永不陨落的星辰,照亮了夜空,照亮了大地,也照亮了民族复兴的前行道路。

缅怀之一

梨花风起正清明,回首百年欲断魂。
多少英雄多少血,换来华夏眼前春。

解读:

本诗作于 2021 年 4 月 7 日。

本诗借用宋代吴惟信的诗句开篇,风吹梨花的时候正好是清明,然后怀今追远,缅怀先辈。在清明节这个特殊时刻,最不能忘记的是那些为民族独立和解放、为国家繁荣和富强、为人民幸福和安康抛头颅、洒热血的革命先辈。一百年来,无数革命先烈用生命践行理想,用坚毅守护夙愿,用鲜血浇灌梦想,建立了彪炳史册、万古流芳的卓著功勋。

英雄的鲜血没有白流,今日之中国已经成为一个独立民主自由的中国,他们梦寐以求的夙愿已然变成现实。如今的中国,以伟岸的身姿屹立于世界民族之林。今天,中国人充满自信,可以不用仰视而是平视这个世界了,我们铿锵有力地告诉全世界:"任何国家都没有居高临下跟我们说话的资格。"

我们要在学习弘扬先烈精神中接受洗礼,让红色基因代代传承,成为激励在新长征路上奋力拼搏的强大精神动力。未来之中国,中华民族伟大复兴的梦想一定能够如期实现。

缅怀之二

先辈舍生定乾坤，白山黑水埋忠魂。
浩然天地英雄气，百代不衰励后人。

解读：

本诗作于 2021 年 4 月 8 日。

1931 年 9 月 18 日，日本关东军在中国东北悍然发动了震惊中外的"九一八"事变。国民党政府奉行不抵抗政策，短短四个多月内，中国东北全部沦陷。不屈的东北人民自发组成义勇军，奋起抗日，反日斗争风起云涌。

在事变的第二天，中共满洲省委发表《中共满洲省委为日本帝国主义武装占领满洲宣言》，号召中国共产党人勇敢战斗在抗日战争最前线。中国人民在白山黑水间奋起抵抗，成为中国人民抗日战争的起点，同时揭开了世界反法西斯战争的序幕。

后来东北大部分抗日义勇军都团结在东北抗日联军周围，统一接受中国共产党的领导。此后，东北抗日联军不断发展壮大，兵力达三万余人。杨靖宇率领东北抗联打击了日伪的嚣张气焰。在极其艰难的环境下，东北抗联同敌人进行了艰苦卓绝的战斗。战至 1940 年 2 月时，东北抗联仅存一千八百余人，大部分将士都英勇牺牲了。

杨靖宇，东北抗日联军第一路军总司令兼政委，1940 年牺牲，时年 35 岁。赵尚志，东北抗日联军第三军军长，1942 年牺牲，时年 34 岁。赵一曼，东北抗日联军第三军第一师第二团政委，1936 年牺牲，时年 31 岁。王德泰，东北抗日联军第一路军副总司令兼第二军军长，

1936年牺牲，时年29岁……

让我们永远缅怀英勇牺牲的先烈！在生与死、血与火的磨砺中熔铸成的伟大抗联精神，将永载中华民族史册，永载人类和平史册！

百年回望

破碎山河举国危,松花江上不胜悲。
百年回望换天地,今日中华尽朝晖。

解读:

1936年,在东北军中开展抗日宣传工作的张寒晖,目睹当时西安街头东北军民无家可归的惨状,谱写出了《松花江上》这首歌。"西安事变"前夕,这首歌从西安一所中学唱响,其后迅速传遍全国。

2021年,101岁的抗战老兵魏克回忆说:"1937年,我17岁。我是唱着这首《松花江上》,义无反顾地加入了革命队伍。在泰安,我看到年轻人聚在一起,高唱《松花江上》,很多人流下了泪水。几十年过去了,我依然能一字不落地唱出来。"《松花江上》既是国难之痛的悲歌,又是亿万人高唱的战歌。无数人闻曲悲叹,燃起革命热情,高歌前进,奔赴抗日战场!

抗战老兵魏克说:"2019年10月1日,庆祝新中国成立70周年的阅兵典礼上,我坐在'致敬'方阵的礼宾车。我穿着八路军军装,胸前别着'独立自由勋章'和'解放勋章'。礼宾车驶过天安门,我再次认认真真地行了一个军礼,手久久没有放下。"

现在,所有中国人都在为国家的强盛欢呼喝彩。从城市到乡村,从平原到山区,到处是五星红旗飘扬。那些牺牲的战友们,他们若能看到今日繁荣的中国、看到他们曾舍命守护的国家已如此强大、看到祖国已经不再是任人宰割的羔羊,而是一只雄壮的醒狮傲然于世,该多高兴啊!

井冈山

仰望群山五百里，杜鹃满目舞东风。
当年点点井冈火，燃得神州遍地红。

解读：

毛泽东在《井冈山的斗争》一文中写道："军事根据地：第一个根据地是井冈山……东麓是永新的拿山，西麓是鄱县的水口……四周从拿山起……共五百五十里。"我们常说的"五百里井冈"就是由此而来的。

四月的井冈山到处绽放着杜鹃花。映山红、春鹃、马樱花杜鹃、鹿角杜鹃等等，漫山遍野，井冈山一片花海。绿色的山林中一簇又一簇红色，宛若一片又一片红霞，绵延数百里，蔚为壮观。东风吹来，花朵欢快地摇曳起舞。井冈山的杜鹃为什么这样红？因为它扎根在鲜血染红的土地中。井冈山是"红色摇篮"，杜鹃花是井冈山的市花。红色是井冈山的本色。

1927年大革命失败以后，党的工作重点由城市转入农村，毛泽东同志领导建立了第一个革命根据地——井冈山根据地。但是，当时党内有"左"倾思想的人，仍幻想以大城市为中心举行武装起义；而党内一些有"右"倾思想的人，怀疑革命根据地发展的前途，提出了"红旗到底能打多久"的疑问。1930年1月5日，毛泽东为了批判党内存在的悲观思想写了一封信，后来收入《毛泽东选集》第一卷中，题为《星星之火，可以燎原》。毛泽东在信中指出，1927年大革命失败以后，革命的主观力量确实大为削弱了，但"星星之火，可以燎原"，现在虽然只有一点小小的力量，但它的发展会是很快的。当时现实的客观情况是，各种矛盾都向前发展了，全国布满了干柴，很快就会燃成烈火。

毛泽东写了这封信以后，仅仅过了 19 年，新中国宣告成立。中国从此走上了从站起来到富起来再到强起来的伟大的中华民族复兴的历史进程。

长 征

围追堵截浑不怕，夺隘闯关气若虹。
猛士远征两万里，乾坤扭转毛泽东。

解读：

1934年9月上旬，国民党军队加紧对中央革命根据地腹地发动进攻，红军已无在原地扭转战局的可能。10月，中共中央率中央红军主力8.6万多人，踏上战略转移的漫漫征程，开始了世界历史上前所未有的长征。

原来推行"左"倾错误的中央领导人，在实行这次突围和战略转移的时候，又犯了退却中逃跑主义错误。国民党"追剿"军达16个师、77个团，布置了四道封锁线。在突破第四道封锁线湘江时，红军在国民党湘军和桂军夹击下，付出了极大牺牲。渡过湘江后，中央红军从长征出发时约8.6万多人锐减到3万多人。

湘江战役后，党内对中央红军的前进方向，一直进行着激烈的争论。1935年1月，党中央在贵州遵义召开政治局扩大会议。会议增选毛泽东为中央政治局常委。会后不久，成立由毛泽东、周恩来、王稼祥组成的三人小组，负责全军的军事行动。

遵义会议是党的历史上一个生死攸关的转折点。这次会议在红军第五次反"围剿"失败和长征初期严重受挫的历史关头召开，事实上确立了毛泽东在党中央和红军的领导地位，开始形成以毛泽东为核心的第一代中央领导集体，开启了党独立自主解决中国革命实际问题的新阶段，在最危急关头挽救了党、挽救了红军、挽救了中国革命。

桂　东

万里长征此地始，千年文脉忆濂溪。
高山台地好风景，满目葱茏树葳蕤。

解读：

"五岭逶迤腾细浪，乌蒙磅礴走泥丸。"诗中的五岭，是长江与珠江流域的分水岭及周围的群山，位于赣、湘、粤、桂四省边境，东西走向。五岭在湘赣分界线上与南北走向的罗霄山脉交会，形成了一个特有的高山台地，这就是湖南省桂东县。这里平均海拔881米，拥有海拔800米至1800米的山峰536座。

桂东是井冈山革命根据地的重要组成部分，毛泽东、朱德、彭德怀、陈毅、任弼时等无产阶级革命家曾在这里开展革命活动。1928年4月3日，毛泽东同志在桂东颁布了《三大纪律八项注意》。桂东是群众路线发祥地、第一军规颁布地、红军长征首发地。

北宋庆历六年（1046），著名理学家、《爱莲说》的作者周敦颐到桂阳任县令，任期之内曾在文峰塔附近建有濂溪书院。南宋嘉定四年（1211），濂溪书院所在的宜城、零陵二乡划归桂东县。近年来，桂东县正在重建濂溪书院，以传承千年文脉。

丰富的革命文化与传统文化的资源，哺育和鼓舞着桂东人发奋图强建设家乡。现在，桂东已经发生了翻天覆地的变化，被国务院列为"全国生态示范区"。桂东的交通大为改善，厦门至成都高速、武汉至深圳高速，一条条现代化的交通要道连通桂东。桂东正在加速奔向文明、富裕的新时代。

斋郎大捷

挺进浙西到斋郎,运筹帷幄摆战场。
红军气壮如猛虎,智勇双全斗志昂。

解读:

斋郎村,地处浙西南丽水市庆元县东北。

1935年初,中央红军离开中央根据地,师长粟裕和政委刘英率领北上抗日先遣队余部组成挺进师,进入浙西南一带开展游击战争。

1935年4月下旬,红军挺进师从福建寿宁进入浙江庆元斋郎村。粟裕师长、刘英政委马不停蹄,立即对斋郎村周围地形进行考察,一个如何摆脱困境、克敌制胜的战斗方案很快形成。

挺进师到斋郎村后赢得了近一个星期的休整,这期间还对群众进行宣传教育,同时积极构筑战斗工事。挺进师虽然只有500多人,但个个都是久经考验的老战士,有丰富的战斗经验,士气高昂,敢打硬战。

1935年4月28日,是挺进师进驻斋郎村的第六天,天未亮红军就吃罢早饭,又备好中饭。六时许,就进入战斗。八点多一点,敌人凭借人多势众,反复发起十多次冲锋,战斗异常激烈,粟裕、刘英的手先后受伤,仍坚持在第一线指挥作战。战斗持续到下午五时许,敌人阵脚大乱,攻势失却,指挥员见时机已到,毅然下达了冲锋的命令。英勇的红军战士如猛虎下山,追歼敌人,打得敌人魂飞魄散、尸横遍野。这场战斗,挺进师毙敌300多人,俘敌200多人,还缴获重机枪一挺,轻机枪四挺,长短枪一百五十多条,子弹一万余发。

斋郎战斗,是挺进师进入浙江后的第一大胜仗,也是关键性的一仗。它为挺进师打开了进入以仙霞岭为中心的浙西南大通道,奠定了建立浙西南革命根据地的基础。

南歌子·南泥湾

岁月艰难急，官兵开垦忙。镢头劈石战豺狼，竟把不毛荒地变粮仓。

奋斗出才俊，国家有栋梁。同心戮力中华强，试看青山绿水幸福长。

解读：

1940年，抗日战争进入相持阶段后，由于日军扫荡、国民党顽固派经济封锁和严重的自然灾害，陕甘宁边区经济遇到极大困难，军民们没粮吃、没衣穿。毛泽东同志在生产动员大会上发问："饿死呢？解散呢？还是自己动手呢？"

于是，一场大生产运动迅速展开。毛泽东同志亲笔题词："自己动手，丰衣足食。"毛泽东、朱德带头开荒种菜，周恩来、任弼时参加纺线比赛，成为纺线能手。朱德还走遍延安周边的山林沟谷寻找开荒地，最终，视线聚焦南泥湾。那时，南泥湾还是"狼豹黄羊满山窜，一片荒凉少人烟"的"烂泥湾"。

1941年开春，359旅在旅长王震带领下，唱着"一把镢头一支枪，生产自给保卫党中央"的战歌，浩浩荡荡挺进南泥湾。仅仅3年，20多万亩农田"横空出世"，几十个工厂、矿场从无到有，"荒山臭水黑泥潭"变成了"陕北好江南"。

百年来，无数共产党人和志士仁人迎难而上，披荆斩棘，勇往直前，顽强奋斗，才建立了新中国，迎来了新时代。新时代是一个鼙鼓催征的时代。新时代呼唤我们再立新功，继续奋斗。

历史不忘开路人,时代不负追梦人,未来不枉有心人。未来,呼唤奋斗者;未来,成就奋斗者;未来,属于奋斗者。

如今,中华大地,暖阳和煦,春光无限,我辈当继往开来,奋斗不止,团结进取,让祖国河山更加秀丽,让更多的绿水青山成为真正的金山银山。

战地黄花

烽火连天赴国难,舍生忘死战太行。
青春洒尽满腔血,换得新华绽芬芳。

解读:

2020年,以黄君珏为原型的新编晋剧《战地黄花》在山西上演,观者无不落泪。

黄君珏(1912—1942),湖南湘潭人。1927年,年仅15岁的她就参加了革命工作,在长沙做妇女工作。大革命失败以后,白色恐怖严重,她只身来到上海,考入复旦大学经济系。1930年加入中国共产党。抗日战争爆发后,黄君珏在长沙参加抗日工作。1939年,她来到华北太行敌后抗日根据地,从事战地文化工作,担任新华社华北总分社、《新华日报》(华北版)经理部秘书主任。

1942年侵华日军发动残酷的"五一大扫荡",对太行根据地进行"铁壁合围"。日军在太行山庄子岭一带的山顶上"安营扎寨"十余天,搜查八路军。在敌人扫荡下,为缩小目标,减少牺牲,新华社人员和报社人员化整为零分散隐蔽。黄君珏与另外两位战友隐蔽在一个山洞中。然而不幸的是,黄君珏她们藏身的山洞被日军发现。在敌人步步紧逼下,为救洞中的战友和太行山的父老乡亲,黄君珏向日军开枪后,纵身跳下山崖,壮烈牺牲,年仅30岁。

盐城五条岭

壮怀激烈五条岭,浩气冲天万古名。
忠骨巍峨平地起,山魂挺立英雄城。

解读:

盐城处于江苏省中部沿海地区,是长三角城市群中二级大城市。盐城是一座全国唯一没有山的地级市,却因当年一场感天动地的战斗而高峰巍峨。1947年12月下旬,国民党军整编第4师、第21师、第51师各一部13000多人,从东台北犯盐城。12月26日,华野第11纵队、第12纵队所属6个团,会同当地武装,展开阻击战。战斗持续了4天4夜,打得非常惨烈。英勇的华野将士消灭了国民党军7000多人,华野将士牺牲了2000多人。

战斗结束以后,盐城的民工含着眼泪掩埋华野烈士的遗体。民工们开挖长40多米、宽3米、深1.5米的沟。挖了几天几夜,共挖了五条沟。仓促准备的棺材用完后,就用白布裹尸,白布将罄,只得把烈士遗体摆在铺着芦席的沟底,覆上白布再摆一层遗体。每条沟都叠放了5层。掩埋好烈士,民工们望着荒野上隆起5条一米多高的土岭,忍不住失声痛哭。

五条岭,这个用烈士忠骨铸造的新地标,和着人们的泪水走进历史。正值解放战争战略转折的关键时刻,华野2000多名将士用生命换来的沉甸甸的胜利,在使历史天平向人民倾斜时,显示出特有的分量。

五台山

吉签到手莫当真,扭转乾坤靠人民。
击木撞钟惊寰宇,登高望远满山春。

解读:

中国革命到了1948年,革命斗争新的高潮已经来临,夺取革命胜利的条件已经成熟。为了解放全中国,进行战略转移刻不容缓。1948年3月,毛泽东主席率队告别陕北,东渡黄河,前往河北西柏坡。同行人员有周恩来同志和任弼时同志。

这次战略转移,五台山是必经之路。4月9日,毛泽东主席一行参观了五台山寺庙。在一位老僧的邀请下,毛泽东求了一支签。现场一片肃静,所有人都注视着那不停转动的签筒。随着"叮"的一声,一支红色竹签一跃而出,那老僧拾起后双手捧给毛泽东主席,并说:"施主,这是一支上上大吉签!"毛主席莞尔一笑,对老僧颔首道:"感谢您的好意!"待老僧离去,毛主席转身对身边人员笑道:"莫当真,莫当真!"其实,毛主席最在意的是民心,是人民。

从抽签的正殿离开后,毛泽东主席一行人来到了铜殿,参观那里的大铜钟。当时,周恩来同志提议毛主席用击木撞一撞铜钟,毛主席先看了看老方丈,没有说话。此时,老方丈道:"施主今日撞钟,必能声震寰宇,为敝寺增辉。"随后,毛主席与周恩来同志两人一起撞响铜钟。钟声雄浑而悠远,振聋发聩,让人心潮澎湃。

在五台山期间,毛泽东一行还曾登上山海楼,登高远眺,俯瞰五台山壮丽群峰,重峦叠嶂,蔚为壮观。恰逢清明时节,冬去春来,万物萌发,到处生机盎然,满目春色葱茏!

南海民兵

聚如烈火冲天照，散若繁星彻夜明。
守护海疆钢铁志，岛礁奋战三代兵。

解读：

1985年，海南省琼海市潭门镇海上民兵连成立，王书茂第一批报名，成了一名光荣的南海民兵。海上民兵连积极投入南海维权斗争。他们聚如烈火，散若繁星，无时无刻不在捍卫着祖国海疆的尊严。

2014年5月，我国"981"钻井平台在南海我方水域受到外方船只的非法强力干扰。王书茂率领民兵连10艘渔船共200多名民兵骨干，顶风破浪驶过茫茫大海，日夜兼程赶到了事发海域。王书茂不顾生命危险，用自己的船只挡住外方船只，义正词严地阻止他们的非法行为。结果，外方船只不得不撤离。

南海岛礁修建是另一种形式的战斗。海上民兵连也是岛礁建设的重要力量。1997年，王书茂和父亲、儿子三代民兵一起加入岛礁施工队伍。他们与其他民兵一起，顶着高温、高湿的环境，不惧皮肤被紫外线严重灼伤，连续奋战100多个日日夜夜，完成了岛礁修建的任务。

王书茂作为潭门海上民兵连的一名带头人，早已成为民兵们心中的主心骨。从1985年到2022年，王书茂当了37年民兵。他从年富力强的小伙子变成了白发苍苍的花甲老人。37年来，他积极培养南海维权民间力量，带领潭门渔民和民兵始终冲锋在前。

2021年6月29日，年过六旬的共产党员王书茂被党中央授予"七一勋章"。7月1日，王书茂受邀登上天安门城楼观礼，实现了儿时的梦想。

加勒万河谷

千仞冰峰谷水长，官兵洒血守边疆。
河山寸土不能让，宁死舍生志若钢。

解读：

加勒万河谷，这条位于西部边境喀喇昆仑山脉褶皱深处的细长峡谷，乱石嶙峋，激流滔滔。来自天南海北的官兵，挺立冰峰雪谷，用青春和热血筑起巍峨界碑。

中国人民解放军某机步营，就驻守在这巍巍高原之上。该营原营长陈红军坚守高原边防多年，带领官兵完成各种急难险重任务。2020年6月，陈红军奉命带队前往一线执行紧急支援任务，在同外军战斗中英勇顽强，誓死不屈，为捍卫祖国领土主权、维护国家核心利益壮烈牺牲。2021年，陈红军被中共中央授予"七一勋章"，被中央军委追授"卫国戍边英雄"荣誉称号。

那场战斗之后，"宁将鲜血流尽，不失国土一寸"被很多官兵自发写在头盔里、衣服上，"学英雄、当英雄"成为他们共同的信念。陈红军用生命践行"铁拳尖兵忠诚守防，祖国山河寸土不让"的誓言，激励着年轻的边防战士奋勇前行。

神舟回家

大漠染霜秋色好，上天三月平安归。
星辰刮目皆惊叹，华夏齐心已腾飞。

解读：

秋色正好，大漠染霜，胡杨渐黄，金色戈壁见证了中国载人航天事业走出了铿锵的步伐。

2021年6月17日，神舟十二号载人飞船点火升空。9月17日，神舟十二号载人飞船成功返回，航天员聂海胜、刘伯明、汤洪波安全出舱，中国载人航天空间站阶段首飞完美收官。

90天里，航天员打开舱门，极眺宇宙，扑面而至的，是太空带给人类如梦似幻的美感。远望天边，左手是月亮，那是地球唯一的天然卫星，阴柔幽美；右手是刚刚升起的太阳，那是滋润万物的能量之源，光芒万丈。

从无人飞行到载人飞行，从一人一天到多人多天，从舱内实验到太空行走，中国载人航天事业一步一个脚印地向着既定目标前进。

据统计，直接参与载人航天工程研制工作的研究所、基地、研究院就有110多个，配合参与这项工程的单位多达3000多个，涉及数十万科研工作者。载人航天真的是"以平凡成就非凡，以无名造就有名"。华夏同心，腾飞太空。为了一个共同目标，形成了强大合力，凝结成了光耀东方的"载人航天精神"。

科学家李四光

英伦辗转归如箭,不畏万难志似钢。
身处异乡为异客,一生只为故乡强。

解读:

李四光(1889—1971),中国著名地质学家,地质力学的开创者和新中国地质事业的开拓者与奠基人。

根据李四光的理论,我国相继发现了大庆油田、胜利油田、大港油田等重要油田,为国家的社会主义建设做出了卓越贡献。

李四光之女李林院士回忆,当年李四光从英国回到祖国有一段艰难的经历。1947年,李四光被邀请到英国伦敦参加第十八届世界地质学大会。1948年8月25日,李四光在会上宣读了《新华夏海之起源》。会议结束后,李四光与夫人在英国海滨城市博恩默斯居住,一面养病一面等待回国。在1948年10月的一个星期天,李四光在英国报纸上看到了沈阳解放的头条消息,非常高兴地对夫人说:"我们马上要做好回国的准备"。

1949年9月21日,中国人民政治协商会议第一届全体会议开幕。李四光被列入政协委员的名单中。正在准备离开英国的前一个月,老友陈源突然打电话说他得知国民党当局已通知驻英大使郑天锡,要李四光发表一个拒绝做全国政协委员的声明,如不发表这个声明,国民党大使馆将采取措施,将李四光扣留再送往中国台湾。

于是,李四光果断决定马上离开英国。李四光从英国的普利茅斯港到达法国的一个小港口。再绕路通过法国到瑞士边境城市巴赛尔。

然后再到意大利热那亚港。从热那亚港上船后，再到中国香港。那时，在中国香港国民党特务很多，大陆就派人用一种秘密的方式把李四光与夫人送到九龙的轮渡上。就这样，李四光历经艰辛回到了祖国的怀抱。

科学家竺可桢

烽火连天西迁路，弦歌不断到湄潭。
舍生取义真风骨，铸就宗师天地间。

解读：

竺可桢（1890—1974），中国近代气象学和地理学的奠基者。

1918年，竺可桢在美国获取博士学位后毅然回到祖国。1936年起，竺可桢担任浙江大学校长。1937年8月，日本侵略军进攻上海，逼近杭州，浙大被迫举校搬迁。9月，竺可桢带领师生离开杭州，横穿浙江、江西、广东、湖南、广西、贵州6省，行程2600多公里，历时两年半，最终将校址迁到贵州湄潭，并在当地办学7年，为国家培养了李政道、叶笃正、谷超豪、程开甲等一大批杰出人才。

1938年11月19日，竺可桢在广西宜山主持召开校务会议。在他的倡议下，会议确定了"求是"为浙江大学校训。竺可桢说："所谓求是，不仅限为埋头读书或是实验室做实验，而要有杀身成仁、舍生取义的精神，要有刻苦耐劳、富于牺牲的精神。"正是这种"排万难冒百死以求真知"的求是精神，支撑着竺可桢在物资匮乏、居无定所的困境中，依旧坚持办学、坚持科研，使浙大在烽火中发展壮大，崛起为全国著名的学府。

竺可桢年轻时在美国留学8年，他先进入伊利诺大学农学院学习农业，毕业后又进入哈佛大学攻读当时新兴的气象学。他认为："与农业关系最为密切的便是气象。"回国后，他领导创建了我国第一个气象研究所和首批气象台站、第一个地学系。竺可桢始终关注并尽毕生之力开展气候变化研究,最终成为中国气象学界、地理学界的一代宗师,中国近代科学家、教育家的一面旗帜。

科学家华罗庚

一生坎坷非凡路，矢志不移报国心。
穷理致知悟大道，反躬实践为人民。

解读：

华罗庚（1910—1985），数学家，中国科学院院士，曾任中国科技大学副校长兼数学系主任。

初中毕业后，华罗庚曾入上海中华职业学校就读，因拿不出学费而中途退学。此后他顽强自学，用5年时间学完了高中和大学低年级的全部数学课程。20岁时，华罗庚以一篇数学论文轰动数学界，被清华大学请去工作。他在清华大学一边工作，一边学习，用一年半时间学完了数学系全部课程，并在国外杂志上发表了3篇论文，被破格任用为助教。华罗庚18岁时因病导致左腿残疾，后来他一生都只得借助拐杖艰难地走路。他走路时要左腿先画一个大圆圈，右腿再迈上一小步，这种费力的步履，被他称作"圆与切线的运动"。

1936年，华罗庚赴英国剑桥大学读书，两年内写了十多篇论文，先后发表在英、苏、法、德等国的杂志上。1937年，全面抗战爆发，华罗庚立即决定尽快回国。1938年，华罗庚加入西南联合大学，在这里他完成了自己的数学名著《堆垒素数论》。

1946年赴美国，任普林斯顿大学和伊利诺斯大学教授。新中国成立后，1950年，华罗庚选择第一时间回国。1965年，华罗庚把深奥的数学原理转变为最朴素易懂的"双法"，即优选法和统筹法。此后，他亲自去了20多个省份办培训、搞推广。20年间，"双法"广泛用于化工、电子、邮电、冶金、煤炭、石油、电力、环境保护等等行业，受益者众多。

科学家钱学森

回来不带一丝云,唯有满腔爱国魂。
事理洞明心胆壮,人生得意已归根。

解读:

钱学森(1911—2009),应用力学家,航天技术和系统工程学家,中国科学院学部委员(院士),中国工程院院士,两弹一星功勋奖章获得者,生前是中国人民解放军装备部科学技术委员会高级顾问。

钱学森于1929-1934年就读于国立交通大学机械工程系;1939年获得美国加州理工学院航空和数学博士学位;1943-1945年任美国加州理工学院航空系助理教授;1947年任麻省理工学院教授。1950年,钱学森决定回国,可是受到美国当局阻挠,结果在美国滞留5年。1955年10月,钱学森经过千辛万苦终于回到了祖国。当时,钱学森不带任何资料,不带一张纸,不带一丝云,只带着自己的全家和对祖国的热爱,踏上了归途。

钱学森等留学人员在美国经历了5年的软禁和特务跟踪的不自由生活到达深圳后,他们相互恭喜,如履新生。钱学森很快就投入到新中国导弹、火箭的研究、设计、制造和试验中。纵观钱学森的一生,有三大贡献:一是"两弹一星";二是载人航天;三是系统科学。

钱学森晚年最喜欢吟诵的诗是"事理看破胆气壮,文章得意心花开"。他始终有一个坚定的信念:"我的事业在中国。"钱学森回到祖国后,大展宏图,取得了辉煌的业绩,而他说出了发自肺腑的话:"一切成就归于党,归于集体,我本人只是恰逢其时,做了该做的工作,仅此而已。"

科学家郭永怀

凭栏远眺心澎湃,告别他乡报国家。
地冻天寒怀壮志,一身血肉献中华。

解读:

郭永怀(1909—1968),著名力学家、应用数学家、空气动力学家,中国科学院院士。1956年6月,一艘从美国起航的邮轮驶往遥远的中国。郭永怀凭栏远眺,心潮澎湃。郭永怀要回中国了,康奈尔大学的同事大惑不解。"搞研究,美国有全世界最好的条件,你为什么非要回去呢?"郭永怀目光澄澈,朗声答道:"我来留学,就是为了将来报效祖国呀!"

1960年初春,根据上级指令,核物理学家王淦昌、理论物理学家彭桓武、空气动力学家郭永怀等科学家参与到原子弹研发工作中来。攻关战斗悄然打响。郭永怀经常到研发现场指导工作。朔风凛冽,地冻天寒,气温低至零下二十多摄氏度,郭永怀和大伙一样,咬牙坚持。

1968年12月4日,为了不耽误研发进度,郭永怀决定当晚乘飞机赶回北京,参加次日一早的会议。没想到,数小时后意外发生了。凌晨时分,飞机抵达北京的机场时发生了事故,郭永怀不幸以身殉职。生死关头,郭永怀的第一反应就是保护科研资料。清理现场的时候,人们惊讶地发现,郭永怀与警卫员的遗体紧紧搂抱在一起,那只装有资料的公文包紧贴在郭永怀的胸口,里面的资料竟然完好无损。

1999年,在庆祝新中国成立五十周年之际,中央隆重颁授"两弹一星功勋奖章",以表彰二十三位为研制作出突出贡献的科学家。郭永怀是唯一以烈士身份被追授"两弹一星功勋奖章"的科学家。

科学家程开甲

当年国难压头顶,凡事眼光应向前。
一片赤诚铸国盾,终生如炬上峰巅。

解读:

程开甲(1918—2018),"两弹一星功勋奖章"获得者,中国核武器事业的开拓者之一。

1937年,程开甲以优异的成绩考入浙江大学物理系。那时的中国正遭受日寇蹂躏,在竺可桢校长的领导下,学校整体西迁。持续时间两年半,行程2600公里,最后抵达贵州湄潭。泱泱中华之大,竟没有一张供学生安心读书的课桌!这让程开甲深深明白,落后是中国挨打的原因,从那时起"科学救国"的信念便在他心中扎根。

1946年,程开甲赴英国留学。1949年的一天,程开甲看到电视播出英国"紫石英号"军舰在长江游弋阻扰中国人民解放军渡江作战,遭到解放军数十枚炮弹击伤,举起了投降的白旗,那一刻,程开甲高兴极了!就是从那一天起,他看到了中华民族的希望。新中国一成立,程开甲就决定回国。当时有人劝他留在英国,对他说:"中国穷,中国落后。"他当即回答:"不看今天,我们看今后!"

1960年夏,程开甲毅然接受国家给他的重要任务,火速赶到了北京。从此,"程开甲"这个名字进入了国家绝密档案。此后20多年,程开甲在大漠戈壁成为我国第一颗原子弹研制队伍的一员。程开甲一片赤诚,把自己的一生奉献给祖国,他成为中国指挥核试验次数最多的科学家,人们称他为"核司令"。

1964年10月16日,中国第一颗原子弹爆炸试验成功。1969年9月23日,中国首次地下平洞方式核试验成功。1976年10月14日,中国首次地下竖井方式核试验成功。在地下竖井方式核试验前,程开甲曾坐简陋的吊篮冒险下到100米的井下实地察看实情。这些试验的成功,打破了美英苏的遏制,为我国核武器的研制起到了重要作用。

2017年,程开甲被授予"八一勋章"。

科学家师昌绪

战乱煎熬生死别,献身家国炼经韬。
心无杂念有闲事,随遇而安格自高。

解读:

师昌绪(1920—2014),金属学及材料科学家,中国科学院学部委员(院士),中国工程院院士,生前是中国科学院金属研究所名誉所长。长期从事高温合金、合金钢、金属腐蚀与防护等领域的研究。2010年,获国家最高科技奖。

师昌绪在年轻时,全家饱受战乱煎熬,抗日战争时期,狂妄的日本军机从他家乡的上空掠过发出撕心裂肺的轰鸣。1937年中秋前夜,师氏一家从河北徐水开始了逃难之旅。在满城火车站,南下的列车苦等不至,一家人不得不作出了一个艰难的决定:家中老弱妇孺走不动的留下,听天由命;日本人屠刀所向的青壮男子继续徒步南逃。月圆之夜,竟是生离死别。这是师昌绪亲身经历的家国之痛。

师昌绪千里跋涉报考西北工学院。1948年他留学美国,最初在密苏里大学攻读硕士,后在欧特丹大学完成了博士论文,接着在麻省理工学院做博士后研究。1955年,在历经波折后回到了朝思暮想的祖国。
经韬:经韬纬略,指本领。

在师昌绪的带领下,金属所科研团队研制出了我国第一片9孔铸造空心涡轮叶片。在科技界,人们都知道,师老为人做事一心为公、心无杂念。他不仅出色地做好分内事,而且还做了许多分外事。后辈都戏称他是一个"爱管闲事的老头"。师昌绪笑着说:"我的确好管'闲事'。"凡是于国有利、于民有益的所谓"闲事"他都要管一管。

有人问他对生活的态度是什么？他说："随遇而安。"熟悉他的人都知道，老人之"遇"，皆为祖国所需；老人之"安"，尽是殚精竭虑。他对自己总是轻描淡写，只因为，在他心中，与国家荣辱相比，个人得失永远"是用纳米尺来度量的"。

科学家邓稼先

顶天立地真人杰,百折不回志气昂。
光照中华强盛史,鞠躬尽瘁为兴邦。

解读:

邓稼先(1924—1986),核物理学家,中国科学院学部委员(院士),生前是核工业部科技委员会副主任。1999年被追授"两弹一星功勋奖章"。他的一生主要从事中国核武器的发展与研制工作。

邓稼先,这简单的三个字,在国人心中,在新中国国防事业的发展史上,有着某种"力拔山兮气盖世"的气概。在1986年之前,国家进行的32次核试验中,邓稼先亲自在现场主持过15次。20世纪70年代的一次核试验中,发生过一个偶然的事故,核弹头没有爆炸。为了迅速查找出事故的原因,邓稼先亲自进入实验现场的核辐射密集区。

邓稼先年轻时毕业于西南联大。在联大校歌中唱出了"千秋耻,终当雪;中兴业,须人杰",从此将"人杰"定位于能够洗雪国耻、振兴中华的具有雄才大略的人。邓稼先就是这样的真正的"人杰"。

从1958年起,邓稼先与家人一别就是28年,等再次团聚,已是1986年邓稼先因受核辐射罹患癌症病重之时。邓稼先的伟烈气概,高尚品德,折服了世间每一个人。因为他具有顶天立地的人格、百折不回的意志、洞察时代穿透历史的慧眼,更有"虽千万人吾往矣"的铮铮铁骨。

科学家于敏

身为一叶无轻重,隐姓埋名三十秋。
戈壁茫茫望北斗,终生许国献宏谋。

解读:

于敏(1926—2019),著名核物理学家,我国核武器事业的重要奠基人。

于敏的青少年时代是在抗日战争时期的沦陷区度过的,他曾说:"亡国奴的屈辱生活给我留下深刻的惨痛的印象。我们国家没有自己的核力量,就不能有真正的独立。"

于敏于1949年毕业于北京大学物理系,1951年研究生毕业后,进入中国科学院近代物理研究所。他在原子核理论研究中不断取得突破。1961年,他接受了氢弹理论的预先研究工作。"从此,他开始了隐姓埋名的生活,一藏就是30年。"(见2019年1月17日《人民日报》)他说:"不要计较有名无名,踏踏实实地做一个无名英雄。"他在73岁那年作了一首《抒怀》诗,其中写道:"身为一叶无轻重。"他认为,国家的需要重如泰山。

西北核武器研制基地地处青海高原,茫茫戈壁,飞沙走石,冬天气温低至零下30摄氏度,大风如刀削一般。于敏的高原反应非常强烈,食无味,觉无眠,他数次休克,多次与死神擦肩而过,但他心中明白:"中华民族不欺负旁人,也不能受旁人欺负,核武器是一种保障手段。"在极其艰苦的环境里,他一直没有停止试验的脚步。1966年12月28日,氢弹原理试验取得圆满成功。1967年6月17日,我国第一颗氢弹试验圆满成功。

1999年,于敏被授予"两弹一星功勋奖章"。2015年1月9日,习近平总书记在人民大会堂为他亲自颁发了2014年度国家最高科学技术奖。

科学家孙家栋

年逾古稀未伏枥,苍穹仰望寄深情。
饮冰十载为探月,璀璨寰球北斗星。

解读:

孙家栋,1929 年生,运载火箭与卫星技术专家,中国科学院院士,探月工程首任总设计师,中国北斗导航系统第一代和第二代工程总设计师,实现了北斗卫星导航系统的组网和应用。

1958 年,孙家栋从苏联茹科夫斯基空军工程学院毕业回国后,长期从事卫星研制工作。2004 年 1 月 23 日,国务院批准绕月探测工程立项,将我国第一个探月工程命名为"嫦娥工程"。当年 74 岁的孙家栋被任命为总设计师。"未伏枥",意思是继续出征。2007 年 10 月 24 日,载着嫦娥一号卫星的火箭腾空而起,开始了探月之旅。2010 年 10 月 1 日,嫦娥二号成功发射,此时,孙家栋已是 81 岁高龄。此后,他作为高级顾问,参与了嫦娥三号、嫦娥四号和嫦娥五号的发射。梁启超曾说:"十年饮冰,难凉热血。"意思是,不管遇到什么困难,满腔热血都无法被浇灭。比喻一个人志向远大,任何磨难都打不败他。

孙家栋一肩负载"探月",另一肩负载"北斗"。1994 年 12 月,他被任命为北斗导航试验卫星总设计师。2020 年 6 月 23 日 9 时 43 分,北斗系统第 55 颗导航卫星冲向太空,至此,中国北斗卫星导航系统宣告全面完成。

目前,北斗基础产品已经出口至 120 余个国家和地区,系统服务覆盖 200 多个国家和地区。北斗成为中国的一张"金名片"——中国的北斗,世界的北斗,一流的北斗。新时代的北斗将继续书写人类时空文明,为构建人类命运共同体、建设更加美丽的地球家园作出新的贡献!

科学家袁隆平

少年立志耕田野，誓教万家有足粮。
济世痴心禾下梦，英雄独爱稻花香。

解读：

袁隆平（1930—2021），杂交水稻之父，中国工程院院士。

一部中华民族史，就是一部同饥饿斗争的历史。挨饿，曾是最深最痛的民族记忆。新中国成立前，少年袁隆平因路遇饿殍，而立志学农。"让千家万户远离饥饿"，一个当时看来遥不可及的梦，让袁隆平开始了长达半个多世纪的追逐。

20世纪90年代，美国经济学家莱斯特·布朗曾对中国的粮食安全提出疑问："21世纪谁将养活中国？"当时西方学者普遍认为，新中国成立前的历代政府都没有解决中国人的吃饭问题，未来以全球的粮食生产也难以满足中国巨大的需求。

袁隆平的一辈子就是研究杂交水稻的。他是杂交水稻研究领域的开创者和带头人，是世界上第一个将水稻的杂交优势成功地应用于生产的科学家。近年来，中国杂交水稻年种植面积超过2.4亿亩，年增产水稻约250万吨。中国以无可辩驳的事实向世界证明，我们完全可以靠自己养活14亿人民。

袁隆平有一个梦想，他在自己的梦里看见稻穗比高粱还高，穗粒比花生还大，风轻轻吹过，他戴着草帽，就坐在稻穗下乘凉。风吹稻浪，这是袁隆平的灵魂回响。

海外人士说，袁隆平研究的是根除饥饿的"东方魔稻"。如今，

"东方魔稻"在全球40余个国家种植已经超过800万公顷。非洲岛国马达加斯加种植了杂交水稻,让这个曾有200万人面临饥荒的国家,结束了进口大米的历史。

科学家陈景润

陋室潜心勇闯关，一灯如豆自加鞭。
怪才原是报春燕，飞越群山达峰巅。

解读：

陈景润（1933—1996），数学家，中国科学院学部委员（院士）。发表研究论文50余篇，出版著作4部，其代表著作有《初等数论》《组合数学》《组合数学简介》《哥德巴赫猜想》。他最重要的科学研究成果是对哥德巴赫猜想的突破。于1982年，"哥德巴赫猜想研究"获得国家自然科学奖一等奖。

他在一个6平方米的小屋里，借了一盏昏暗的煤油灯，用手中的笔写了好几麻袋的草稿纸，终于攻克了举世闻名的数学难题"哥德巴赫猜想"中的"1+2"。他在这方面的研究成果在世界上遥遥领先，被称为哥德巴赫猜想第一人。

数学家王元说："陈景润是中国数论学派的主要人物，他是华罗庚在数论方面的传人。他对数学有重大贡献。他的研究成果在历史上留有痕迹。"

美国数学家安德烈·韦伊说："陈景润的每一份工作都像是走在喜马拉雅山之巅。"

科学家刘永坦

北国边疆三十载,风刀霜剑屡逞狂。
千难万险探新路,最是初心赋力强。

解读:

刘永坦于1936年出生在江苏南京一个知识分子家庭。1953年,刘永坦考入哈尔滨工业大学。

1981年,刘永坦45岁,从海外留学进修归来,便义无反顾地向中国的科研"无人区"进军。他这一生只专注于一种国之重器——新体制雷达的研究。为了迅速形成我国新体制雷达发展的整体方案,刘永坦带领团队,在几个月的时间内,熬出了一份20余万字的对海探测报告。当时没有电脑,就用手一笔一画写出来,一直写到手指发麻、手腕酸痛,连鸡蛋都捏不住。紧接着,刘永坦在北方海边选择一片荒芜地带开始实验。经费不足,发射机、接收机等模拟系统和操作系统也十分落后,住在四面漏风的简易房子里,一天工作十几个小时,生活不便常用冷面包充饥。设计——实验——失败——总结——再实验……刘永坦带领团队经过30年的艰辛磨炼,历经上千次实验和多次重大改进,终于在2011年,具有全天时、全天候、远距离探测能力的新体制雷达研制成功并投入实际应用。

新体制雷达有多重要?我国海洋国土面积世界排名第九,有300多万平方公里,但当时能有效监测的范围不到20%,大部分海洋面积监测不到、管辖不到,别人进入我们的海域,我们都不知道。新体制雷达投入使用就彻底改变了这种状况。

"怕家国难安！怕人民受苦！怕受制于人！"强烈的家国情怀支持着刘永坦攻克千难万险，终于干出了惊天动地事，让新体制雷达这一重器横空出世。刘永坦荣获2018年度国家最高科学技术奖，2019年被评为"最美奋斗者"，2021年被授予"时代楷模"荣誉称号。

科学家汪品先

独坐静思多妙想,人将谢幕又登场。
三潜海底求真谛,赤子一心向大洋。

解读:

汪品先,1936年出生,我国著名海洋地质学家,中国科学院院士。2011年,在汪品先等一批海洋科学家的推动下,国家自然科学基金委立项启动了我国海洋科学第一个大规模的基础研究计划——"南海深海过程演变",简称"南海深部计划",汪品先担任指导专家组组长。随着这个计划的开展,我国科学家已经获得了一系列发现,开始掌握了南海深部研究的主动权,奠定了南海深海科研上的主导地位。

汪品先从小就喜欢遐想,他说:"独坐静思,其实是十分有趣且有益的。我喜欢在飞机上观赏云海变幻,真想步出机舱在白花花的云毯上漫步;也喜欢在大雨声中凝视窗外,想象自己栖身水晶宫的一隅……"

2018年5月,在"南海深部计划"的最后一个航次中,82岁高龄的汪品先乘坐我国自主研制的4500米载人深潜器"深海勇士"号,在南海三次下潜,发现了重要的冷水珊瑚林,他像孩子一般兴奋。

在60多年的科学生涯中,汪品先始终保持着一颗赤子之心。虽然已是耄耋之年,丝毫不减追求海洋科学奥秘的执着与热情。

科学家郑守仁

如履薄冰三峡子,问心无愧忘我身。
长江日夜能作证,大坝一生写赤诚。

解读:

郑守仁(1940—2020),水利水电工程专家,中国工程院院士。2017年获得国际大坝委员会终身成就奖;2019年被评选为"最美奋斗者"。

作为三峡工程总工程师的郑守仁,被称为"三峡之子"。自1993年受命主持三峡工程的工程设计,郑守仁在这里一待就是26年。三峡坝区一套简陋的工房,成了他永久的家,他的生命早已与三峡大坝融为一体了。

他时刻牢记周恩来总理当年对水利建设者的谆谆教诲:"战战兢兢,如临深渊,如履薄冰。"他深知,搞水利工程容不得任何的差池。长期的超强度的工作把郑守仁的身体累垮了。2005年和2015年,郑守仁先后被查出患有前列腺癌和原发性肝癌等多项疾病,连续做了手术。他说:"只要三峡工程需要我一天,我就在这里坚守一天。"他23岁从河海大学毕业,参加水利工作,到79岁高龄依然在三峡工地坚守,56年的水利生涯,他都在工地上度过。

郑守仁与他的老伴高黛安在工地上相遇、相知、相爱,又在工地上相守了一辈子。日夜奔流的长江可以作证,郑守仁用他的一生书写了对水利事业的忠诚。

科学家林占熺

本性至柔蓬勃生,助民致富变黄金。
漂洋过海中华草,默默无言万里情。

解读:

林占熺,1943年出生,福建农林大学研究员、博士生导师,国家菌草工程技术研究中心首席科学家,联合国国际生态生命安全科学院院士。

上世纪70年代,林占熺在农村推广段木栽培香菇技术的过程中,产生了新的思考,"锯了一车树回来,种了一点香菇,值不值得?"他经过很长时间的钻研之后,1986年,"以草代木"栽培食用菌的试验终于成功。

习近平同志在担任福建省省长期间,曾推动实施福建省援助巴新东高地省菌草、旱稻种植技术示范项目。1997年,应巴新东高地省政府的邀请,林占熺带领团队到了东高地省鲁法区,建立菌草技术示范点。

10余年来,林占熺团队帮助巴布亚新几内亚、卢旺达、斐济、莱索托、南非、厄立特里亚等13国建立了菌草技术培训示范中心和基地,与40多个国家的政府、科研机构、企业等建立了相关合作关系,均发挥了很好的经济社会效益。

菌草在宁夏、内蒙古等沿黄河9省区30多个县市试验,均取得了可喜的成果。目前,菌草技术已经在国内31个省份近500个县推广应用。

作为一项中国原创的技术发明，菌草给现代农业技术带来了颠覆性变革。如今，菌草不仅帮助中国百姓致富，而且漂洋过海传播到了海外许多国家。

科学家南仁东

落伍催人须奋起,唯因自力才更生。
苍穹广袤有天眼,华夏又升闪亮星。

解读:

南仁东(1945—2017),天文学家,中科院国家天文台研究员,FAST工程首席科学家兼总工程师。

1972年,美国的阿雷西博射电望远镜口径350米。1993年,中国的射电望远镜口径只有25米。"我们的落伍是明摆着的。"这一年,南仁东提出要争取把国际大射电望远镜建到中国来。他认为,因为"落伍"才应该"奋起"。1994年春夏之交,着手选址。1995年10月,国际大射电望远镜工作推进会就因中国的选址报告,30多位外国天文学家到中国贵州来开现场考察会。当时的形势似乎显示,把"大射电"争取到中国来落户,看来是有可能的。出人意料的是,2006年7月,南仁东一直在争取的国际项目的申请方案被国际组织否定。而就在这年7月,国家发改委批复FAST工程正式立项,由我国独立自主建造500米口径射电望远镜。

这个项目一经决定由我国独立自主来建设,就进入了快速推进阶段。全国踊跃参与这项工程建设的有近200家大学、科研院所和企业。在"自力更生"的旗帜下,他们的研发力量被极大地释放出来。2016年9月25日,"中国天眼"举行了隆重的落成启用典礼。中共中央总书记、国家主席、中央军委主席习近平发来了贺信。

2018年10月15日,中科院国家天文台宣布,经国际天文学联合会小天体命名委员会批准，国家天文台将于 1998 年 9 月 25 日发现的国际永久编号为"79694"的小行星正式命名为"南仁东星"。

科学家钟扬

九死一生终不悔,高原跋涉觅奇珍。
雪峰肃立藏江咽,天地能知许国心。

解读:

钟扬(1964—2017),植物学和生物信息学专家,复旦大学生命科学学院教授,西藏大学特聘教授。

钟扬学术援藏16年,在雪域高原跋涉50多万公里,收集1000多种植物的4000多万颗种子,填补了世界种质资源库没有西藏种子的空白。16年间,他的足迹遍布西藏最偏远、最艰苦、最荒芜的地区,经历过无数生死一瞬。在野外考察中,每有意外和危险,他总是冲在最前面保护学生。痛风发作时,一条腿几乎不能行走,他就拄着拐杖坚持带学生采样。

他的闹钟固定地设在凌晨3点,不是用来叫早的,而是提醒他到点睡觉。他每天只睡3小时。2015年,51岁生日那天,钟扬突发脑出血。抢救后,才过几个月,他又踏上了去高原的路。他在世界之巅无畏地奔跑,追逐梦想,就像夸父追赶太阳。他把事业不断地向着新的高地推进,他的身上有着"亦余心之所善兮,虽九死其犹未悔"的坚韧与顽强。

2017年9月25日清晨,在为民族地区干部授课的出差途中遭遇车祸,钟扬53岁的生命定格在那一刻。消息传开,线上线下,人们深感震惊、悲痛、惋惜。雪峰肃立,江水呜咽,随着钟扬的骨灰融入雅鲁藏布江的浪涛,他忘我奋斗的辉煌人生便化作永远的生命之歌,与祖国的山河一起经久不息放声奔流。钟扬曾说："一个基因可以拯救一个国家，一粒种子可以造福万千苍生。"他认为，种质资源事关国家生态安全，事关整个人类未来。他用自己的生命在天地之间写就壮阔的时代故事。

教育部追授钟扬"全国优秀教师"荣誉称号，中宣部追授钟扬"时代楷模"荣誉称号。

日出无言

日出无言照大地，花开不语吐芬芳。
人间自有脊梁在，奉献图强久久香。

解读：

日出无言，静静地照亮了大地。花开不语，默默地散发着芬芳。这些大自然的现象，给予人类无穷的启示。格局大的人，他们埋头苦干，不事宣扬，却给别人带来幸福，他们不计较个人得失，随时想着他人的需要。

鲁迅曾经说过，中国自古以来，就有埋头苦干的人，有拼命硬干的人，有为民请命的人，有舍身求法的人，这就是民族的脊梁。从大禹治水"三过家门而不入"，到孔子的"匹夫不可夺志"；从诸葛亮的"鞠躬尽瘁，死而后已"，到范仲淹的"先天下之忧而忧，后天下之乐而乐"，无不闪耀着中华民族精神的光芒。

在新时代，各条战线都涌现出大量民族的脊梁。从扶贫中牺牲的第一线实干家，到抗疫中奋战的白衣战士，他们都是民族的脊梁，他们无私奉献的功绩将百世流芳。

中华民族在5000多年漫长的历史中，历经无数的灾难和战乱，正是因为有无数的民族脊梁挺起腰杆，前赴后继，无畏前行，才使今日的中国闯过一道又一道难关，无愧地屹立于世界民族之林，日趋繁荣昌盛、康足富强。

国　运

八方才俊聚神州，集智攻关达一流。
国运升腾天佑我，鲲鹏直上太空游。

解读：

这是一首赞颂人才强国、科技强国、国运升腾的爱国诗，倾注了作者关心国之大事、热盼国之强盛的深厚情怀。

诗歌的一、二句意谓：在强国建设、民族复兴的新时代新征程热潮中，天下英才莫不心怀大志，齐聚神州，他们争先献出才智、团结协作、攻坚克难，在科学领域中不断创下世界一流的辉煌成果。进而让我们感悟到："集智攻关达一流"离不开习近平总书记的掌舵把航。2023年5月29日，习总书记在中共中央政治局第五次集体学习会上就加快教育强国建设发表了重要讲话。讲话中强调，要办一流的教育，在领导体制上要完善党委统一领导、党政齐抓共管、部门各负其责；在经费上要加大投入力度；在组织教育合力上要形成学校、家庭、社会几方面紧密合作、同向发力，共同办好教育强国事业。这是"集智攻关达一流"最重要的保证。

诗歌的三、四句意谓：中国的邦国福运不断升腾，似乎得到了上苍的护佑，你看那一号接一号的神舟飞船像鲲鹏展翅直上太空遨游。鲲鹏一词出自战国时期思想家兼浪漫主义文学家庄周的《逍遥游》。文中说"鲲"是传说中北海的一条大鱼，这条大鱼的长度不知有几千里，后来它变成了一只鸟，名曰"鹏"，其长也不知有几千里，它要凭着九万里的风浪才能起飞。诗中"鲲鹏直上太空游"是借用"鲲鹏"的气势与威力描写神舟飞船上天飞向太空的情景。

事情总是有机缘巧合,当黄学规先生将这首《国运》诗稿寄给我时(2023年5月30日收到),正好遇上"国运升腾"的三件大事:一是5月28日,习近平同志《论科技自立自强》一书出版发行。全书收入了习近平同志关于科技自立自强的专题论文55篇,文章阐述了科技自立自强是国家强盛之基、安全之要。新时代十年来,我国建成了世界上最长的跨海大桥、最大的5G网络、最先进的高速铁路、最远程的电子通信,等等;二是神舟十六号载人飞船于5月30日上午9时31分发射成功;三是5月29日,中共中央政治局举行第五次集体学习,习近平总书记就加快教育强国建设发表了重要讲话,讲话中强调了建设教育强国、科技强国、人才强国三者的有机结合,一体统筹推进。这三件事出现在一起,都是"国运升腾"最有力的佐证。

国内诗坛评论黄学规先生的诗词有鲜明的特色,即有德、有识、有才、有学;他的诗词具有深厚的历史性、国际性、时代性、地方性、人民性和文学典型性;他的诗是爱祖国的诗、爱人民的诗、爱真理的诗、爱大自然的诗。读了《国运》这首诗,深有此感。这首诗从文字上看去很平常,却蕴含了这些特色,这是一首洋溢着爱党、爱国、爱人民、爱科学的诗,体现了作者是一位始终把国家大事摆在心中的爱国主义诗人。

(许汉云)

揽 月

浩瀚星河迷望眼，嫦娥逐梦穿云飞。
李白逸兴空千载，今日旗开揽月回。

解读：

浩瀚的星河中有无数的星星，令人目不暇接。嫦娥五号怀着探月的梦想穿云破雾飞向太空。2020年11月24日，长征五号遥五运载火箭的尾焰喷薄而出，闪烁着耀眼的多彩光芒，托举着嫦娥五号探测器向着月球飞驰而去。经历了23天惊险的太空之旅，于2020年12月17日，携带月球样品，成功返回地球。

唐代的李白曾经在一首诗中写道："俱怀逸兴壮思飞，欲上青天揽明月。"李白当年满怀飘逸豪放的兴致，曾想腾空而上去摘取那皎洁的明月，那终究是一个空想。

现在，当嫦娥五号探测器在月球上展开五星红旗，完成了地外天体采样返回，实现了李白追逐的梦想。

中国成为继美国和苏联之后第三个采集月球土壤的国家，这也是人类时隔44年再次成功采集到月壤。中国为深化人类对月球成因和太阳系演化历史的科学认知作出了贡献。

总部设在法国巴黎的欧洲航天局在社交媒体上发文"欢迎回家，嫦娥五号"，对嫦娥五号探测器顺利返回地球表示热烈祝贺。美国圣母大学地球科学家克莱夫·尼尔说："嫦娥五号带回的样品代表着完全不同的月球历史年代，这无疑将有助于人类更好地了解月球的发展演变。"

戈壁夫妻树

蘑菇云下夫妻树,独向苍天发浩歌。
凝志守心成正果,英雄豪气壮山河。

解读:

在西北戈壁滩上,当年原子弹试验基地有一株夫妻树。这株老榆树的根扎进铁硬的地面,显得非常悲壮、苍凉。树分两股,一股粗壮高大,顶天立地;另一股也是同样的粗壮,但长到一半时突然停止,便依偎在这高股之旁,成连理之状。作家梁衡这样描写它苍老的外形:"这株夫妻树浑身的树皮已龟裂成手掌大的碎片,贴着树身拼接成不规则的网状。每块裂片就像春天犁沟里翻起而又被晒干的泥巴,乍尾翘角,七楞八瓣,摸上去生硬。而树纹也如犁沟之深,我的小臂可以轻松地嵌入。常见有表皮龟裂的树,顶多皮厚如铜钱,纹宽若小指。这戈壁空间之大,竟连树纹也这样地放大了。我知道这是一种适者生存的自我保护,当夏季洪水来时,它就狂喝猛长;雨季过后,风吹日晒,它就炸裂表皮,切断毛细管道,减少蒸发。在这亘古荒原上,它日开夜合,寒凝暑发,生而裂,裂而生,年年月月,竟修炼出这副铁打的铠甲,甲内静静地裹着一位大漠戈壁的守望者。"

这位"守望者"的非凡之处是,它见证了原子弹试验成功。上世纪五六十年代,无数的科学家、将军、青年知识分子,告别条件优越的大城市,告别国外的优厚待遇,来到这个叫作马兰的戈壁深山,进行原子弹试验。他们凝其志、守其心,终于在 1964 年 10 月 16 日原子弹爆炸成功。当年那些英雄们在生存条件十分恶劣的环境里,饱受寒暑之苦、风沙之苦、干渴之苦，还有三年困难时期带来的饥饿之苦，以大无畏的精神排除千难万险，在共和国的天空升起了蘑菇云。

马海德

一腔热血渡天涯,倾力杏林走万家。
大爱仁心铸鸿业,此生无憾为中华。

解读:

马海德,原名乔治·海德姆,1910年生于美国,祖籍黎巴嫩。1933年,在欧洲取得医学博士学位后,得知在中国上海一带流行着一种东方热带病,医者的同情心促使他立即下决心越过重洋,到中国去为苦难的人民解除病痛。当他踏上中国这片土地时,命运随之改变。

1934年秋,马海德有幸结识了宋庆龄,在她的鼓励下,马海德参加了外国进步人士组成的马克思主义学习小组。1936年,马海德到了陕北,他发挥自己医学特长,背着医疗卫生包救死扶伤。1937年,马海德在延安加入中国共产党,此时,他将自己的名字乔治·海德姆改为中文名"马海德"。

新中国成立后,马海德致力于全国范围内的麻风病防治。得知中国边远地区的少数民族中有不少人患有麻风病时,他长途跋涉,到山寨、草原走千村万户考察和医疗,经他之手治愈数以万计患者。在普查疾病时,他亲自示范,让身边的医务人员从他的手臂上先抽血,消除群众的疑虑。他在麻风病的防治和研究方面,取得了国际公认的成绩。

晚年身患癌症的马海德依然坚持日常坐诊,把服务患者放在第一位。去世前一个月,马海德强忍着病痛,召集云南、贵州等省份有关负责人开会,研究防治麻风病同国外合作的问题。病危时,马海德还要求妻子为他读有关麻风病的材料和信件。

1988年10月,马海德在北京病逝。临终前,他满怀深情地对亲友说:"一个人活在世上,总要做些事。我为中国革命做了一些事,死也无憾了。"

聂 耳

电光石火金号角，时代歌坛创新风。
战斗青春如烈焰，救亡开路是先锋。

解读：

聂耳（1912—1935），中国音乐家，中华人民共和国国歌《义勇军进行曲》的作曲者。

聂耳在家乡昆明长大，从小就显露出对音乐天然的兴趣和才能。19岁那年，聂耳从云南到了上海，在思想上和艺术上追求进步，很快加入了进步文艺家行列，最终成长为一名杰出的革命音乐家。

1931年，中国人民面临外敌横行、山河破碎的严峻威胁，聂耳自觉汇入民族救亡斗争的洪流，创作了一批以"抗日救国"为主题的歌曲，开启了一代新歌风。他的生命虽然短暂，但炽热耀眼，用音乐吹响了中国革命的号角。他创作的经典佳作以中国风格、中国气派的音乐语言表现了中国人民的情绪和意志，为中国无产阶级革命音乐树立了榜样。

聂耳立足工人阶级立场，用工人阶级的观点观察和表现他们的思想，深得大众喜闻乐听。他创作的《打砖歌》、《开矿歌》、《码头工人歌》、《大路歌》等等，节奏明朗有力，激励了许多人走上抗日战场，无论敌人用何种方式阻止它的演唱与传播，也吓不住觉醒了的中国人民。《义勇军进行曲》更是充满了爱国主义的热力，掀起了汹涌的抗日热潮，鼓舞民众勇敢加入战斗的行列。聂耳在民族危机的紧要关头担负起动员民众勇于抗日的任务，在很短的时间内便成长为救亡文艺的开路先锋。

　　2009年9月10日,聂耳被评为"100位为新中国成立作出突出贡献的英雄模范人物和100位新中国成立以来感动中国人物"之一。

田 汉

清新芳烈南风起,慷慨讴歌民族魂。
一寸丹心惟报国,葵花总是向阳倾。

解读:

田汉(1898—1968),出生在湖南长沙。1919年,五四运动爆发,田汉积极参与筹备、组织"少年中国学会",希冀以"少年诗心"的热忱与勇气来疗救社会。1924年,田汉与夫人易漱瑜在上海创办文艺刊物《南国》半月刊,"欲在沉闷的中国新文坛鼓动一种清新芳烈的艺术空气"。

田汉想当诗人、画家,最令他痴迷的还是戏剧。1931年九一八事变发生后,民族危机加剧,此后田汉创作了《梅雨》《乱钟》《暴风雨中的七个女性》等剧本,反映了民众的民族意识、反抗情绪和抗敌救国的意志。

田汉看到上海码头上运送着日本的货物,他知道里面装着屠杀中国人民的工具。为此,他写了歌剧《扬子江暴风雨》。剧中有这样的台词:"这是中国人民的颈上还带着巨大锁链的时候;这是扬子江水面还横行着帝国主义强盗的时候","我们不做亡国奴,我们要做中国的主人!"剧本反映了强烈的爱国主义精神。

1932年春,坚决要求入党的田汉,经党组织的考察,被批准加入中国共产党,入党监誓人是瞿秋白。入党后,田汉进入地下中共上海中央局文化工作委员会工作,负责开展党领导下的左翼戏剧运动。

1934年年底,田汉开始创作剧本《风云儿女》。聂耳为《风云儿女》的主题歌《义勇军进行曲》作曲,一首伟大的歌曲由此诞生。1949年9月,在中国人民政治协商会议第一届会议上,《义勇军进行曲》被定为国歌。从此,民族奋进的旋律长久地响彻中华大地。

闻一多

怒火中烧拍案起,一团烈焰赤诚心。
至今犹记红烛泪,创造光明勇士魂。

解读:

闻一多(1899—1946),中国现代诗人、学者、民主战士。

1945年3月,昆明文化界联名发表了《关于挽救当前危局的主张》。1946年7月15日,在悼念李公朴的大会上,与会者怒斥国民党暗杀李公朴的罪行。闻一多拍案而起:"你们杀死一个李公朴,会有千百万个李公朴站起来!你们将失去千百万的人民!""我们不怕死,我们有牺牲的精神!我们随时像李先生一样,前脚跨出大门,后脚就不准备再跨进大门!"当天下午,闻一多在回家途中也遭国民党特务杀害。闻一多的凛然正气真是惊天地泣鬼神。朱自清说:"闻先生真是一团火!"这火永不熄灭。

闻一多早在《红烛》这部诗集中,他的心火已经燃烧。闻一多写道:"红烛啊!/ 你心火发光之期,正是泪流开始之日。/ 红烛啊!你流一滴泪,灰一分心。/ 灰心流泪你的果,创造光明你的因。"

红烛是闻一多独特人格的形象象征,它突显了闻先生的赤诚之心和勇士之魂。比起闻一多在文学、学术、美术上的成就,他在人格与精神层面,有其更独特的彪炳千秋的贡献。

2009年,闻一多被评为100位为新中国成立作出贡献的英雄模范人物之一。

守岛人

热血青年勇受命,终生守岛见精神。
舍家卫国坚贞志,忠义一身风骨存。

解读:

守岛人,指的是王继才与他的妻子王仕花。王继才于 1986 年 7 月受组织派遣,前往黄海前哨开山岛执勤,同年,他的妻子辞掉教师工作,陪伴丈夫守岛。那一年,王继才 26 岁。

开山岛,四面大海,一面朝天,满山的怪石、陡峭的悬崖,夏天是灼人的烈日,冬季是刺骨的寒风,没有电,没有淡水,没有植被,生活环境非常艰苦。王继才夫妇以孤岛为家,坚持每天升国旗、巡逻、看管维护军事设施和民用设备、救助渔民、观察海上空中情况。

开山岛离陆地有 12 海里,是祖国的海上东大门。虽然岛小,只有两个足球场大,但战略位置十分重要,战时是兵家必争之地。王继才夫妇坚持守岛 32 年,三个孩子只能留在岸上。没有人命令他们夫妻二人要一直守下去,但他们一次也没有提出过要离开。王继才说:"守岛就是守国,卫国也是保家。"一年又一年,他们把守岛变成了终生的使命。

2018 年 7 月,积劳成疾的老民兵王继才倒在了开山岛的台阶上,终年 58 岁。王继才被授予"全国优秀共产党员"称号,2019 年被授予"人民楷模"国家荣誉称号。王继才、王仕花夫妇先后荣获"最美奋斗者""时代楷模""全国爱国拥军模范"等称号。

壮美芳华

访贫问苦不辞艰,电闪雷鸣勇向前。
壮美芳华绽异彩,馨香恒久驻人间。

解读:

黄文秀,1989年生于广西壮族自治区百色市德爱村多柳屯,壮族,中共党员。2016年,北京师范大学硕士毕业,她放弃在大城市的工作机会,回到家乡革命老区百色。2018年,黄文秀到乐业县偏远的百坭村担任第一书记。她不辞艰苦走访了全村所有的贫困户,还绘制了村里的"贫困户分布图",每一户的住址、家庭情况、致贫原因等,都一一标注在笔记本中。黄文秀的奔忙带来了她渴望的收获,当年,百坭村88户贫困家庭实现脱贫,贫困发生率从22.88%下降到2.71%。

2019年6月16日,周日,黄文秀利用周末回家看望做完第二次肝癌手术的父亲,看着天气突变,她急着要返回百坭村。病床上的父亲非常担心:"天气预报说今天晚上有暴雨,现在开车回村不安全,明早再回吧!"黄文秀说:"正因为有暴雨更得赶回去,怕村里受灾,我马上得走了。"当晚,她便启程回村。一路上面对危险坚持前行,不幸遭遇突如其来的山洪,她年轻的生命永远定格在扶贫路上,年仅30岁。

习近平总书记说:"黄文秀同志在脱贫攻坚第一线倾情投入、奉献自我,用美好的青春诠释了共产党人的初心使命,谱写了新时代的青春之歌。"黄文秀同志被追授"全国三八红旗手""全国脱贫攻坚模范""时代楷模"等称号。2019年6月29日,中共中央授予黄文秀同志"七一勋章"。

铁肩报国

少小离乡怀浩气,铁肩报国献良计。
风雨追寻过十秋,煌煌三著担道义。

解读:

1945年童禅福出生于浙江省淳安县松崖乡。1999年他在担任浙江省信访局局长时期,在《探索新时期信访工作的新路子——从调查处理几起信访案件引出的思考》的调查报告中提出"用群众工作统揽信访工作"的新理念,并认为"建立群众工作部是新时期信访工作的需要"的新思路。调研报告受到时任浙江省委书记张德江的高度称赞,他批示:"此报告写得很好,从典型的案件分析入手,深入探索了部分集体信访产生的原因并对解决此类上访问题提出了很好的建议"。国家信访局主办的《中国信访》加编者按全文刊发了此文,时任中共中央总书记胡锦涛也曾作出了批示。此后以群众工作统揽信访工作的新理念已被全国许多地方党委和政府的实践证明是新时期信访工作的必由之路,"建立群众工作部"也是不少地方解决新时期新矛盾、新问题的最好组织形式。到2010年5月,我国河南等13个省(市、区)中,已有47个市(地)、467个县(市、区)建立了群众工作部。作者调任浙江省民政厅副厅长直至被省政府聘为参事、馆员,对解决新时期出现的大量矛盾、信访量不断上升的问题仍然不断在思考、琢磨。历经几年北上河南、山东,南下海南调研,2011年12月作者撰写了《建立群众工作部是提高我党执政能力的需要——以群众工作统揽信访工作的调查》的调研报告,此报告引起了时任国务委员、国务院秘书长马凯和浙江省委书记赵洪祝的重视，他们分别作出批示。赵洪祝同志批示："此份调研报告观点鲜明、内容丰富，所提工作建议有深度，值得重视和研究。"中央党校《理论动态》2012年第一期开篇并加了内容提要，全文刊登了这篇调研报告。该调查报告为高中级领导干部研究新时期的社会工作和群众工作，特别是信访工作，拓宽了思路，为党中央高层决策提供了参考。以习近平同志为核心的党中央高瞻远瞩、以高屋建瓴的态势，在2023年中共中央、国务院《党和国家机构改革》中明确，组建中央社会工作部，负责统筹指导人民信访等工作，并作为党中央的职能部门。这是适应现阶段社会发展趋势的应时之举，核心是加强党在社会领域的引领，重塑党和社会的关系。

童禅福至今曾写过大小调研报告200多篇，有的是一昼夜赶写而成，有的长达5年、10年、20年的打磨，甚至50年的思考，不少调研报告在全国和省级评比中得过大奖，省部级以上领导批示超过150人次。习近平、温家宝、李强、沈跃跃等领导都曾在作者撰写的调研报告上作出过批示。不少经过广泛调查研究后的见解得到高层的认可，为高层领导决策提供了依据，有的甚至形成党委政府的文件下发；有的为省委省政府解决了难题；有的反映社情民意的调研报告，为基层、为平民百姓解除了困难和疾苦。

童禅福曾撰写出版著作七部。其中2009年人民文学出版社出版的《国家特别行动：新安江大移民》获浙江省"五个一"工程奖，原浙江省委书记李泽民评价："这是一部有历史价值和现实价值的难得的好作品"；2013年浙江大学出版社出版的《社会调查四十年，咨询国是的报告》，浙江省委组织部推荐中央组织部作为《全国党员教育培训教材》的选评书；2018年人民出版社出版的《走进新时代的乡村振兴道路——中国"三农"调查》一书提出了农村建立以新型集体经济为主体,多种经济成分并存的社会主义新社区是解决我国"三农"问题的根本之路,该书受到人民日报、光明日报等全国主流媒体的高度肯定。

童禅福曾获得浙江省劳动模范、浙江省优秀党员、全国广电系统优秀记者和全国先进工作者等光荣称号。

下姜村

峡涧焕新耀金光,群山苍翠绿水长。
此间就是桃源洞,富了下姜富大姜。

解读:

下姜村坐落于杭州市淳安县西南的群山之中,素有"雅墅峡涧"的美称。因为这里属于偏远山区的偏远山村,交通不便,人穷,环境差,村里有100多个露天厕所,猪粪遍地,污水横流,村子周边流传着这样顺口溜:"土墙房,烧木炭,半年粮,有女莫嫁下姜郎。"据统计,直到1998年,村民的年人均收入仍不足2000元。

2003年至2007年,时任浙江省委书记的习近平同志,多次来到下姜村实地考察,和乡亲们一起探索科学发展、脱贫致富的路子。习近平同志到中央工作之后,依然心系下姜村乡亲们的生产生活,四次致信,表达深切关怀。下姜村的乡亲们深入贯彻落实习近平同志的指示要求,实现了从穷山村向"绿富美"的飞跃。

如今,这个当年远近闻名的贫困村打了一个翻身仗,变成美丽山村,村容村貌整洁和美,人与自然和谐共生。四周群山苍翠,森林覆盖率达到97%。借着千岛湖全域旅游快速发展的东风,下姜村成功创建AAAA级景区,2019年,全村接待游客达73.3万人次,村民人均可支配收入达到39693元,较2003年增长了12倍。2020年国庆期间热映的电影《我和我的家乡》,拍摄地之一就是下姜村,这让下姜村的旅游又火了一把。在这样的背景之下,民宿经济在下姜村成长为一棵难得的"常青树"。

现在，下姜村不仅自己富了，还能带动更多村庄共富。下姜村与周边24个行政村抱团组建"大下姜"乡村发展"共同体"，正在探索以下姜村为龙头、多村统筹协作的的乡村振兴之路。

在2021年2月25日召开的全国脱贫攻坚总结表彰大会上，淳安县枫树岭镇下姜村党总支荣获"全国脱贫攻坚先进集体"称号。

2023年5月，"大下姜"共富示范带荣获省级优秀，示范带共建成项目18个，绘就了美丽乡村新蓝图，实现了强村富民新局面。

神山村

修篁挺拔满山绿,偏仄小村世少闻。
曾是鸟飞不落地,今朝泥土变黄金。

解读:

人们进入井冈山,便如一头扎进了碧浪之中,苍劲挺拔的竹子无涯无际,放眼都是青翠之绿。在重峦叠嶂的五百里井冈中,有一个小小的村落,名叫神山村。它属于偏僻中的偏僻者,正因为偏远逼仄,人迹罕至,适合神仙隐居,故有其名。至今神山村只有 70 户人家,241 口人。

耸峙的群峰阻隔了山民与外面世界的联系。日出日息,尽管村里男女老少没日没夜地在山地里反复挖刨,还是一直走不出贫困的循环。"好女不嫁神山郎"、"鸟儿不落神山村",这些歌谣就是昔日神山村贫穷的写照。

2016 年 2 月 2 日,那天雨雪交加,地上都结了冰,习近平总书记来到神山村,同当地干部和群众一起擘画脱贫之道。总书记说:"要精准扶贫,走共同富裕的道路。脱贫路上,一个都不能少!"2016 年底,进村的道路从 3 米拓宽到 5 米。多方筹集资金,启动了"安居工程"。村里成立了黄桃合作社和茶叶合作社。山村还做起了"山水文章",70 户人家中开办了 16 家"农家乐",年接待游客达 32 万人次,村民收入大幅提高。神山村告别了贫困,正在乡村振兴的征途上奋进。

而今的神山村成了远近闻名的富裕村,先后获得"全国乡村治理示范村"、"全国乡村旅游重点村"等荣誉称号。

金米村

耳子摇身变金米，春风浩荡满目新。
两峰夹峙宛如画，秦岭青山不负人。

解读：

金米村位于陕西省商洛市的大山深处，受困于地理环境，曾经是极度贫困村。之所以取名"金米"，寄托了村民希望"山上有金，地上有米"的美好愿景。金米村抓住脱贫攻坚战略实施的有利时机，通过发展木耳产业，实现了整村脱贫。村里人亲切地把木耳，称作"耳子"。

2020年4月20日，习近平总书记到金米村考察时，夸奖他们把小木耳办成了大产业。习总书记勉励他们："脱贫摘帽不是终点，而是新生活、新奋斗的起点，接下来要做好乡村振兴这篇大文章。"两年来，金米村牢记总书记的殷殷嘱托，积极延伸产业链，做大做强木耳产业，确保了村民持续稳定增收。

金米村处于深山之中，虽然石多土薄，但两峰夹峙，风景如画。现在，一栋栋民居新颖别致，一排排大棚鳞次栉比，村里处处洋溢着快乐富足的气息。结合当地得天独厚的旅游资源，金米村推进了木耳产业与乡村旅游的有机结合。仅2021年，到金米村观光的游客就达20多万人次。

不到两年时间，金米村种植木耳的农户由20多户增加到100来户。2022年春季，金米村种植了400万袋木耳，村民的收入大为增加。

勤劳的人不负青山，青山一定不负人。今天金米村的村民真正端上了"金饭碗"。一幅乡村振兴的美丽画卷，正在秦岭山区的深处徐徐展开。

龙门村

大禹劈山传若神，千年一跃到龙门。
天时地利人心顺，百姓小康模范村。

解读：

2021年，我国全面建成了小康社会，历史性地解决了数千年来绝对贫困问题，创造了人类减贫史上的奇迹。

与全国各地的村庄一样，龙门村的村民们也过上了小康生活。龙门村是山西河津下辖的一个富裕村。黄河沿晋陕峡谷一路前行，从河津进入运城。河津也是黄河冲出峡谷，走向宽阔、坦荡的起点。龙门以北地势狭窄、两峰并峙，水流湍急凶险，一出龙门，水面逐渐开阔，水势趋于平静。

几千年来与龙门相关的传说从未间断，流传甚广。传说大禹曾在龙门历经13年劈山通河，造福万民。大禹精神在当代龙门人身上得到了弘扬。至今，我们可以亲见龙门人的奋斗与拼搏。黄河岸边的龙门村，面积为12.8平方公里，拥有3000多村民。

龙门村原来以农业为主，改革开放以后开始发展村办企业。龙门人经过数十年打拼，现在村集体固定资产超过16亿元，村办企业的福利惠及了村中每一个家庭，真正实现了全村共同富裕。龙门村在发展经济的同时，也在努力保护自然生态，打造宜居适游的环境，走上了融传统和现代于一体的发展之路。龙门村不仅本村的百姓安居乐业，而且每年还吸纳不少大学生来这里工作和生活。龙门村已经被评为全国十佳小康村。

月亮地村

满村山水映月光,百载民居有拔廊。
听罢秦腔新疆曲,农家乐里拉家常。

解读:

月亮地村位于新疆昌吉回族自治州,坐落在东天山北麓山脚,背山临水。月亮地这个美丽的名字源自村落东西两边的河流绕村而过,形成了弯月地形,村民们也就将村庄命名为月亮地村。

月亮地村始建于清代末年,距今已有百多年历史。村里至今仍保留着百余年前的"全框架木结构"拔廊房建筑群。当时迁居到此地的人们发现原来的土房子、土墙容易被雨水冲刷。为了保护门窗,能工巧匠将房屋的廊檐向外延伸一米多,起名为"拔廊房"。这种风格独特的建筑历经一个多世纪的风吹雨打,沿用至今。

月亮地村蕴藏着丰富的戏曲文化,秦腔、新疆曲子广为流传。村里组建了80余人的民间文艺表演队伍,并邀请专家和传承人对秦腔、新疆曲子进行系统挖掘整理。

目前,月亮地村有农家乐和民宿30多家,全部实行统一标准规划布置,室内布局整洁、大方、美观,庭院果树掩映,花木飘香。在这里,既可以观赏美景,又可以体验家的感觉。每到节日,村里各家农家乐都住得满满当当。现在村民们都过着小康的生活。

2014年,月亮地村入选第三批中国传统村落名录,一年四季游客络绎不绝。

鲲鹏新村

鲲鹏展翅崭新乡,高耸村台歌未央。
入鲁黄河奔涌远,明珠璀璨串成廊。

解读:

鲲鹏新村位于山东省东明县,是滩区新建的一个大村,由原来环境很差的 8 个自然村组成。原来有一个自然村名叫北王庄村,简直像河滩里的一座孤岛,七零八落地散布着各家各户低矮的房台,房台之间的道路地势很低,像一条壕沟,每逢大雨,街道就变成了河流。现在的新村情况大不一样,台基有 5.2 米高,与黄河大堤齐平,就不怕下雨了。新村建成房屋 1118 套,人口有 4589 人,村名取自庄子《逍遥游》,有"大鹏展翅"之意。

新村离黄河约 7.5 公里,建在高耸平坦的台基之上,房屋敞亮洁净。整个新村都是统一规划设计的,一栋栋联排别墅白墙黛瓦,古朴典雅。不少楼房的阳台上摆满鲜花,姹紫嫣红,争奇斗艳。新村打造了数字乡村便民服务平台,整合医保、社保、民政、卫健等 16 个部门为民办理事项,实现远程连线,将政务服务窗口延伸到村里。每到晚上,村里不少姐妹聚在一起表演节目,还拍下一段段视频发到网上,传递着黄河滩区村民生活的幸福和美好。

东明是"黄河入鲁第一县",这里拥有山东省面积最大的河滩。从东明县到黄河入海口长达 548.5 公里。如今,像鲲鹏新村这样的新村台,在东明县就有 24 个。每处村台都以省级美丽村居示范点标准建设,做到"一村一韵,一村一品"。24 个新村宛若一颗颗璀璨的明珠镶嵌在河滩上,串联起来像一道美丽的画廊。

寺登村

马蹄得得声已远,古道繁华获新生。
画栋雕梁魁星阁,乡村诗塔别样情。

解读:

寺登村位于云南省大理白族自治州剑川县沙溪镇,曾经是茶马古道上影响力很大的古集市。2012年,寺登村被列入第一批中国传统村落名录。

茶马古道兴于唐宋,盛于明清。随着茶马古道被现代化的公路所替代,这个曾经繁华至极的古集节陷入沉寂。

2001年,寺登村的寺登街被世界纪念性建筑保护基金会列入世界纪念性建筑遗产保护名录,这个曾经热闹非凡的古集市,再次获得世界瞩目。从2002年开始,沙溪复兴工程开始实施。20年的复兴工程,使历史记忆中的古集市获得了新生。现在,在寺登村流水潺潺,巷道纵横,商铺鳞次栉比,天南地北的游人络绎不绝。

焕发新生的寺登村,最为精美的建筑就是雕梁画栋的魁星阁,前为戏台,后为高阁。古韵悠长的魁星阁吸引着八方客人来此参观游览,被视为寺登村标志性建筑之一。

以寺登村为中心,沙溪正在不断探索乡村未来发展的资源。2020年,先锋沙溪白族书局正式营业。独具特色的诗歌塔赫然在目,沿着层层叠叠的扇形木阶梯螺旋而上,中外诗人们的影像和诗歌精品迎面展现,直达心灵的高地。从诗歌塔顶向外眺望,广袤的田野尽收眼底,古老的乡愁注满心胸。

古朴的气息与现代的舒适融为一体,文化遗产的保护为乡村振兴带来了新的驱动力。村民们的生活变得更加和谐与美好。

固新村

太行深处一明珠，绕水环山古券殊。
伟岸千年禹槐立，生生不息茂如初。

解读：

固新村位于河北省邯郸涉县晋冀豫的交界处，站在村口放眼望去，是巍巍八百里太行，固新村犹如镶嵌在太行深处的一颗明珠。

固新村的周围有漳水流淌，在历史上就是一个商贸重镇，自古就有"小江南"之称。漫步村庄，最引人注目的就是分列四周、拱卫全村的四座古券。这四座古券好像四座城门，互相对应，彼此辉映。每座古券都分上下两层，上层殿宇，飞檐斗拱；下层券洞，可供通行。古券属于固新村古代的防御系统，颇具特色。

相传，夏禹在村里种下一棵槐树，至今已有2500年以上树龄，树高29米，根围20米。明代末年，太行山一带闹灾荒，村民只能在树下捡槐豆充饥。槐树通常一年只结一次槐豆，可固新村的古槐十分神奇，头一天村民捡完槐豆后，第二天又长出来。这样，一连数月，缓解了村民的饥饿之苦。更为神奇的是，古槐今天依然枝繁叶茂，昂首向上，生生不息。

固新村是仰韶文化的发源地之一。自古以来传承至今的打铁、席编、印染、刺绣等传统技艺，经过岁月的沉淀，现在依旧闪耀着独特的光芒。2012年，固新村入选第一批中国传统村落名录。在这古老的村庄里，一代又一代固新人幸福地生活着。

王硇村

川寨王硇隐太行,暗门密道通耳房。
石楼小院有红史,抗日健儿藏军粮。

解读:

位于河北省沙河市柴关乡的王硇(náo)村,是众多传统村落中一个独特的存在。它静静地存在于繁华世界之外,隐藏于巍巍太行之中。

从高空鸟瞰,王硇村如一块赭红色的宝石,镶嵌在绿树丛生的山区里。相传,王硇村起源于明代永乐年间。当时有个祖籍四川的朝廷武官,名叫王得才,他在执行公务期间,行至河南、河北交界处被劫,自感无法交差。又畏惧官府追查,后逃至王硇,在此置产建房,繁衍后裔。

村庄因避难而建,所以布局具有很强的防御性,村庄如迷宫一般。村内无直路,无死胡同,院院相连,户户相通,家家有楼,房房有"耳"。"耳"即为"耳房"。"耳房"或称"碉楼",战时用作瞭望口,一旦发现敌情,村民可在最短时间内安全转移。"耳房"的窗口也可作射击口。

由于王硇村隐蔽的地理位置和较强的防御功能,抗日战争时期这里书写了可歌可泣的红色历史。王硇村内的一处石楼小院,院墙高大,门楼却不起眼。这里曾是抗日交通站的驻地,也是一二九师师长刘伯承、政委邓小平当年战斗和生活过的地方。1939年至1945年期间,抗日健儿曾在这里储藏过大量军需品和军粮。

近些年，王硇村相继被评为全国十大"最具魅力休闲乡村"、"中国历史文化名村"、"中国乡村旅游模范村"等，2013年入选第二批中国传统村落名录。

右 玉

黄沙狂虐何时了？不信春风唤不回。
右玉人人齐上阵，荒山亿万树苗栽。

解读：

右玉县位于山西省的西北端。北纬：39.98度，东经：112.47度。这是右玉的经纬坐标。在同一纬度带上，向西看去，是毛乌素沙漠，再向西，是库布齐沙漠；向东看去，是华北平原。右玉，曾经是沙漠与平原之间的一捧沙。

解放初期，这里风沙成患，地瘠人贫，"一年一场风，从春刮到冬；荒山不长草，风吹石头跑"。如何战胜黄沙？如何让人生存下去？县委领导经过近4个月的徒步考察，在县委工作会议上提出："要想风沙住，就得多种树！"为了栽树，右玉人向风沙宣战！树栽下去，活了；一场风沙，树又死去。屡战屡败，屡败屡战。

70多年来，右玉县换了20多任县委书记，唯一不变的是，每一任书记办公室都摆放着一把栽树的铁锹。右玉全县干部和群众义务栽树达两亿多天。在300多万亩的土地上，让山川一点一点绿了起来。

70年来，右玉人让亿万棵树在曾经黄沙横空的版图上铺染，把风沙肆虐的"不毛之地"变成了满目葱茏的"塞上绿洲"，创造了人类生态史上的奇迹。如今的右玉，林涛翻卷，林木绿化率由0.3%提高到56%，成为国家生态文明建设示范县。

愚公志

巍峨独秀王者屋，力压群峰名不虚。
千万愚公齐奋起，移山填海绘新图。

解读：

河南省济源市往西约 48 公里，有一大山峭拔而起，巍峨独秀，颇有睥睨天下之势，名为王屋山，其绝顶海拔 1715.7 米。据中国最早的地理志《禹贡》记载，"以其山形若王者之屋"，因而得名。《列子》一书描述王屋山，"方七百里，高万仞"，虽然有些夸张，但山势确实卓尔不群，力压群峰。

传说中的愚公矢志要移走那座王屋山，表达了一种不畏艰难、持续奋斗的积极志向，鼓舞着后人攻坚克难、勇于进取。在天地之间，至今那座王屋山还在，但新愚公一个又一个不断涌现。

济源市的水洪池村处于海拔 1470 米的高山之上，当年村民想外出一趟山，得手脚并用两三天。老支书苗田才说："不让大山困住咱，就得辟出一条路！"这个村里挑出 55 个人，用 10 年时间苦战，或弯腰弓背，或挥舞铁锹，硬是在悬崖绝壁上凿石挖洞，终于修通了一条长 13.5 公里、宽 4 米的盘山路！

过去济源曾遭大旱，近乎绝收。一个强烈的念头窜上了当地人的心头：修一条人工天河。在 20 世纪 60 年代，上万人开赴太行山，绕过百道弯，爬上千层崖，凿建了 60 余个隧洞、400 多座涵洞，终于修成了一条 120 公里的"挂"在太行悬崖上的"愚公渠"。

如今在济源，交通、水利等各方面的条件都大为改善，但人们的

"愚公志"却丝毫未减。巍峨的山峰,它可以暂时遮蔽眼前的视线,却永远遏制不住人们跨越山海的坚不可摧的志向!

红旗渠

层峦叠嶂红旗展,万马千军战太行。
十载引漳真壮举,林州沃野谷米香。

解读:

位于太行山麓的河南林县(今林州市),自古山高坡陡,土薄石厚,十年九旱,水源奇缺。1954年,26岁的杨贵任林县县委书记。他深入基层,调查研究,提出了"水字当头,全面发展"的方针,带领干部群众治山治水。经过连续几年的兴修水利,情况有所好转。然而,5年后,林县再次遭遇特大旱灾,从春到秋,没有下过一场透雨。这年年底,一个壮举——"引漳入林"工程诞生了,从山西平顺把漳河水引上太行山、引进林县。

元宵佳节,杨贵和县委全体同志率领由3万民工组成的修渠大军,冒着寒风,踏着冻土,浩浩荡荡开上了太行山,扑到荒无人烟的漳河滩和"引漳入林"工程的各个施工段。整个工地顿时成了红旗招展、热火朝天的战场。

从1960年2月动工,到1969年7月建成,杨贵带领林县人民苦干了10年,削平了1250座山头,凿通了211个隧洞,架设了152座渡槽,挖砌土石方2225万立方米,在万仞壁立的太行山上,建成了1500公里长的人工天河——红旗渠,终于结束了林县"十年九旱、水贵如油"的苦难历史。

如今,清澈的渠水顺着山势缓缓地流淌,就像一条碧绿的飘带,紧紧地绕在太行山腰,人们把它称为"世界奇迹"。

滏阳河

滏水沉疴叹已久，悬帆不见舟难行。
喜今河阔清流畅，古老邯郸百业兴。

解读：

滏阳河是邯郸的母亲河，她流经邯郸9个县区、185个村庄，千百年来，滋养着流域内世世代代老百姓。清代诗人裴大鹏曾写过一首诗《滏水春帆》："一湾春水涨玻璃，片片悬帆映绿堤。细雨吹来风势顺，冲烟已到画桥西。"可惜，旧中国国步艰难，滏阳河日渐萧条，风光不再。1910年，《地学杂志》上发文称滏阳河"除磁州外，水常涸断，商船货运，往来不便，舟行涩难……闾里日益萧条。"

新中国成立以后，党和政府带领邯郸人民治水，滏阳河又能恢复通航、灌溉。到了20世纪80年代，滏阳河上游地区工业经济快速发展，大量污水排入河道，水体变质，水流减少，许多河道被用来修田、建房，流域最窄的地方不足两米宽。

党的十八大以来，治理滏阳河的力度空前加强，邯郸市实施滏阳河全域生态修复工程。截至目前，已经基本完成河道内违建清理，累计完成河道清淤171公里。通过一系列措施，滏阳河河道平均宽度由原来的10多米扩展到了60多米。

滏阳河如今又升级了一方产业。新生的滏阳河不仅是招商引资的名片，更是本地企业转型升级的催化剂。在美的集团的带动下，30多家涉及钣金、电子、注塑、包装的家电配套企业也在滏阳河畔的美的工业园落户。由于滏阳河的一湾碧水，古城邯郸日渐复兴繁华。

绿染定西

尘土飞扬无踪影,花开四季美如霞。
三川潋滟奏新曲,绿染定西遍天涯。

解读:

20世纪80年代,曾有人这样描绘甘肃定西:"广袤雄浑的黄土高原腹地,贫瘠枯荒的陇中旱塬,坐落着一个贫困的古城——定西。"

从那时起,"三西"(甘肃定西、河西、宁夏西海固)的扶贫开发就涵盖了以山水田林路综合治理为主要内容的生态建设。城市的行道树、绿化带也是题中应有之义。定西的主要街道都栽植了槐树、柏树、杨树等树种。党的十八大以后,定西市委、市政府把"绿水青山就是金山银山"的理念切切实实落实到城市建设上来。往日尘土飞扬的景况早已不见了,现在定西四季花开,春天是丁香花、迎春花,夏天是黄刺玫、红瑞木,秋天是万寿菊、波斯菊,冬天是霜叶红于二月花。

定西现在有三条漂亮的河流:西河、东河和官川河。西河长流着清澈的洮河水。东河从南部穿城而过,沿岸绿化带高低有序。西河与东河从气象桥开始汇成宽阔的官川河,波光潋滟,倒映着蓝天白云。

金华、福州、青岛三座城市派来了工程师,带来了资金,怀着对定西人民的深情厚谊,在城市北部建起了金华林,在南山建起了福州林,在东山建起了青岛林。青山巍巍,绿意盎然。昔日的定西,贫穷荒凉尘土满眼;今日的定西,脱贫致富绿遍天涯。

月牙泉

清流渐入月牙泉,瀚海通车只等闲。
都道神州国运好,春风劲度玉门关。

解读:

月牙泉位于甘肃省河西走廊西端的敦煌市,南北长近100米,东西宽约25米,弯曲如新月,因而得名。上世纪60年代开始,月牙泉的水位急剧下降,至1985年,平均水深不到0.7米,濒临枯竭。月牙泉是否会消失?成为人们的担忧。从2016年开始,月牙泉恢复补水工程开工,采取多项措施,水位逐渐抬升。现在,月牙泉平均水深已经上升到1.60米左右,重新呈现国家生态旅游示范区的美丽景色。

过去敦煌没有铁路,穿越瀚海主要靠驼队。2012年开工建设敦煌铁路,全长671公里,经过6年艰苦建设,全线已经完成通车。横跨沙漠的沙山沟特大桥,让敦煌铁路成为大漠深处的独特风景。这座大桥是我国唯一的穿越活动性沙漠地区的特长桥梁。敦煌铁路开通运营后,完善了我国西部铁路网布局,加强了甘肃、青海、新疆、西藏四省区的经济往来和合作交流。

现在,在河西走廊一带,一派别样风景从苍黄底色中跳跃而出,那就是郁郁葱葱的绿。随着三北防护林、退耕还林、沙化土地封禁保护、灌区节水改造等项目稳步推进,生态绿网、交通绿廊随处可见。绿意掩映下,路桥纵横,处处通达。"春风不度玉门关",已经成为历史。

八步沙

誓将白发换绿洲,三代传承四十秋。
地覆天翻圆夙梦,蓝图绘就更雄遒。

解读:

甘肃八步沙是腾格里沙漠南缘突出的一块沙漠。20世纪80年代之前,八步沙面积逐渐扩大,每年推进约10米,发展成7.5万亩的沙漠。当地人因八步沙苦了一辈又一辈。

1981年,当地六位老汉郭朝明、贺发林、石满、罗元奎、程海、张润元,在合同书上摁下红指印,以联户承包的形式组建了八步沙集体林场,开始治理八步沙。没有任何现代化设备,手头仅有一头毛驴、一辆架子车、一个大水桶和几把铁锹。六老汉在沙地上挖个坑,上面用木棍支起来,盖点茅草,这就是他们的家。这样的"地窝铺",夏天闷气不透风,冬天沙子冻成冰碴子,摸一把都扎手。渐渐地,漫天黄沙中显现出点点滴滴的绿。十年过去,4.2万亩沙漠披绿,有几位老汉相继离世。"六兄弟"成了八步沙第二代治沙人,他们在沙漠中又度过了十多个春秋,完成治沙造林6.4万亩。从2017年开始,八步沙又有了第三代治沙人。40年中,三代治沙人先后完成治沙造林25.2万亩,管护封沙育林草面积41.6万亩,形成了一条南北长10公里、东西宽8公里的绿色长廊。

如今的八步沙,生态环境越来越好,对生产要素的集聚力也越来越强。当地成立了八步沙绿化有限责任公司,通过"公司+基地+农户"的产业发展模式和其他经营机制,实现了生态保护与脱贫致富的双赢。

一苗树

秋来塞上狂风起,一夜墙平满院沙。
老汉成活奇迹树,卅年渐绿接天涯。

解读:

世界排行第九的库布其大沙漠浩瀚无垠。四十年前的官井村曾是飞沙走石一片混沌。一夜狂风,院墙有多高沙就有多深,早晨起来院子的门就根本推不开。后来,当地所有院子都没有院墙,而且,村民住房的门一律朝里开。

村里有个汉子名叫高林树,全家人在这样的环境中实在过不下去了,就逃到三十里开外一个低沙壕处。一次赶车外出,他向人家要了棵柳树苗,就势插在沙窝子里。借着低处一点水汽,这树苗竟奇迹般成活了。五年以后,这柳树长到一房高。它成了茫茫沙海中的唯一坐标,村里人称这里为"一苗树壕"。后来,高老汉栽树成瘾。这条低沙壕渐渐地染上了一层新绿。1990年,高老汉在树荫下试种了一片籽麻,当年卖油料竟得了一万两千元,成了当地首个万元户。

眼见高老汉的成功,远近的村民纷纷效仿,进壕栽树、种草。光阴似箭,一晃三十年过去了。村里一百六十平方公里的土地早已不是一苗树、一点绿了。这一带壕里产的沙柳苗抗旱、抗虫,成活率高,全国凡有沙漠的地方都来这里买苗。村里现有沙柳苗基地七点六万亩,林地十六点六万亩,甘草地一万亩,苜蓿地一万亩……全村人均收入已经超过两万元。

世界第九大沙漠的变绿,原来是从"一苗树"开始的。

西海固

穷沟迁出百万人，换得峰峦绿成荫。
试看如今西海固，松涛翻卷云山新。

解读：

西海固是宁夏南部山区的代称，这里遍布崇山峻岭，干旱缺水，在清代左宗棠笔下，西海固是"苦瘠甲于天下"之地。1972年联合国粮食开发署确定西海固为最不适宜人类生存的地区之一。西海固是国家确定的14个集中连片特困地区之一，也是宁夏脱贫攻坚的主战场和核心区。

在如此贫困干旱的山区，理论上最大人口承载量为每平方公里22人，却一度要养活142人。人们只能以竭泽而渔的方式向大山讨生计，结果越旱越垦，越垦越旱。最好的脱贫办法是易地搬迁。从1983年开始，历经30多年，西海固向外移民多达123万人，超过宁夏总人口的六分之一。

在迁入地，人口聚集，移民们将荒漠沙丘变成阡陌纵横的绿洲新城；在迁出区，留守者有了更广阔的生存空间，生态环境改善，旱山逐渐变绿。

移民搬迁后的西海固，通过闽宁协作，4000多个援建项目落地。西海固已经迈向了小康之路。脱贫摘帽不是终点，而是新生活、新奋斗的起点。西海固人在技术人员的指导下，将近200万头肉牛实行品种改良；马铃薯产业实行绿色高质量综合开发；枸杞作为纯天然的口红色系进入时尚一族的化妆包等等，西海固人正在乡村振兴的道路上迈步前进。

索玛满凉山

高原古寨羊肠道,陡峭悬崖心胆寒。
奋战终能脱困苦,缤纷索玛满凉山。

解读:

凉山在四川西南彝族自治州内,是大雪山的支脉。海拔2000-3500米,个别高峰达4000米。凉山大部分地区山势高峻、河谷幽深,交通极为不便。类似"悬崖村"那样的状况不是个别。由于自然条件的限制,这里的百姓长期过着贫困的生活。凉山彝族自治州成为区域性整体深度贫困的典型样本。

2015年11月,凉山脱贫攻坚战全面打响。凉山州的党员干部和对口帮扶的干部,日夜奋战在每一个村庄中。蒋富安,凉山州审计局的一名普通干部,辞别新婚不久的妻子,前往四峨吉村担任驻村第一书记。该村平均海拔2300米,村里只有一条狭窄陡峭的出村山路。为了改善乡亲们的生活条件,蒋富安日夜奔波。由于长期过度劳累,蒋富安最终长眠在四峨吉村,年仅26岁。他是凉山全州2072名驻村第一书记中的一个代表。在凉山脱贫攻坚的伟大战役中,有38名同志以身殉职。

现在凉山州已经全面脱贫,村民们过上了小康生活。春暖花开的凉山很美。玫瑰色、鲜红色、粉红色五彩缤纷的索玛花满山绽放,它寓意着爱和快乐、幸福吉祥!

澜沧水长

宛如玉带奔流急,峡谷深深江水长。
边远穷山今蝶变,澜沧已是小康乡。

解读:

青海省玉树藏族自治州的澜沧江两岸山峦起伏,气象万千。澜沧江源头的大峡谷平均海拔超过4000米。江水从高山倾泻而下,宛如玉带一般,奔流东去。

过去由于受自然条件的限制,大江边的乡村经济发展很慢,村民大多从事传统农牧业生产,单一的产业结构制约了村民脱贫增收的步伐。

如今的情况有了巨大的变化,江畔大桥村的村民有着切身的感受。曾经多年村民们在这个"无人问津"的小山村里过着贫困的生活。安万扎美担任党支部书记后,就琢磨着如何把村里的高山生态"秀"出来。他带领村党支部一班人和村里一些头脑活络的村民外出考察取经,回来就规划在村里选一块地方修建生态旅游度假区。村里还申请到了300多万元旅游扶贫资金,现在大桥村的面貌焕然一新。在保护生态环境的基础上,修建了山间观景木栈道、玻璃观景平台、样式别致的木屋、帐篷营地,等等,度假区吸引着各地游客纷至沓来。昔日的穷山村,变成了今日的金饭碗。在澜沧江沿岸,像大桥村这样发展生态旅游的村子越来越多,这里的村民们已经享受着小康的幸福生活。

囊　谦

囊谦秘境久闻名，高耸雪山湖水清。
曾是穷乡边远地，今朝足食踏歌行。

解读：

青海省囊谦县是一方人神共处的土地，一个被称作藏域秘境的地方。这里有高耸的雪山，有澄澈的湖水，有青翠的山林。这里圣洁，这里纯粹，这里清新，这里满足人们对自然秘境的所有想象。

但是，这里也有千年未变的贫困。基础设施薄弱、经济发展滞后，囊谦曾经成为深度贫困的代名词。

脱贫攻坚战打响了！从2013年至2020年，囊谦累计投入基础设施建设资金达到15.3亿元。道路修通了，大批中小学建立起来，全县学校总数由2013年的40所增加到2020年的84所。一批合作社、农家乐、旅游度假村如雨后春笋般冒出来。囊谦人的干劲越干越足了。将近3000个日日夜夜的披荆斩棘，2020年4月，囊谦脱贫了！

脱贫，绝不是终点。囊谦人又铆足了劲，继续奔跑在乡村振兴的大道上。如今的囊谦，正迈步在全面小康的新征途上，乘势而上，踏歌而行。

百花岭

深山穷困久无闻，砍树粗耕狩猎生。
若问缘由何致富？百花岭上百鸟鸣。

解读：

过去，云南保山市深山里的百花岭是一个为穷困所累的少数民族村寨，村民们祖祖辈辈靠在山谷里耕种、砍木与打猎为生，一直都是端着金饭碗讨饭吃。

百花岭迄今共记录有525种鸟类。上世纪90年代以来，陆续有人前来观鸟。随着观鸟声名鹊起，一片比砍树、耕种更能挣钱的新天地在百花岭人面前豁然展开。

让百花岭人做梦也想不到的是，2008年以前大家一年辛苦劳动下来，人均收入不过3000元左右，2008年以后村民人均收入逐年提高，到2018年人均收入增长到近13000元。2018年全村接待观鸟旅游者超过5万人次，实现旅游总收入3500万元，一举改变了过去贫穷落后的面貌。

村民说："是鸟让大家得到了更多收入，改变了村里的面貌。"村民从"猎鸟人"变成"护鸟人"，从"伐木者"变成"护林员"。如今，百花岭被誉为"中国的五星级观鸟圣地""中国观鸟的金三角地带"。

现在，村民们的思想转变了，大家在护鸟和护林的过程中，慢慢理解了"绿水青山就是金山银山"理念的深刻含义；在分享生态红利的同时，不断提高"自我造血"能力，脱贫致富之路由此大大拓展。

七里海

雨云散尽水波明,芦叶青青鸥鹭鸣。
百鸟天堂七里海,声声婉转总传情。

解读:

七里海国家湿地公园地处天津市东北部,是1992年经国务院批准的古海岸与湿地国家级自然保护区,也是津京唐三角地带极其难得的一片绿洲。

盛夏时节,一场大雨过后,天空放晴,水面波光潋滟,芦叶郁郁葱葱,满眼皆绿,海鸥、白鹭等鸟儿在欢快地鸣叫。

七里海有13万多亩芦苇、水面和土地。根据鸟类生活的习性,已经新建、改建了100个鸟岛,形成了湖中有岛、岛上有湖的生态布局。七里海湿地公园的生物多样性逐年恢复,鸟类品种已由10年前的182种增加到当前的258种,被人们称为"百鸟天堂"。

如今的七里海,爱鸟护鸟意识已经深入人心,七里海湿地自然保护区的工作人员和群众中流传着许多爱鸟护鸟的感人故事。有一次,工作人员发现两只黑天鹅受伤,就每天给它们喂食,并为它们搭建了栖息地。黑天鹅伤好后,已经能飞了,却没有离开,留了下来。还有一次,一位村民发现在自家承包地里有两个鸟蛋,就小心地带回家,让自家的老母鸡孵出两只小鸟。经过鉴定,确认是斑头雁。一天早上,它们忽然飞走了,可能是恋恋不舍,当天下午又飞了回来。在七里海,鸟类与人类已经建立了深厚的感情,人爱鸟、鸟恋人已经蔚然成风。

天边格桑花

雪山辽阔须坚守,有国安宁才有家。
玉麦人心红若火,天边熠熠格桑花。

解读:

2022年7月12日,首届西藏文化艺术节在拉萨市金城公主剧场开幕,《天边格桑花》歌舞剧作为开幕大戏荣耀上演。

"在那辽阔壮美的天边,这里森林怀抱着雪山。在那辽阔壮美的天边,漫天遍野盛开着杜鹃,我们是天边的格桑花。"

《天边格桑花》歌颂西藏玉麦一家三口长年坚守边防的动人故事。玉麦位于拉萨东南约550公里的边防线上,行政面积达3644平方公里。20世纪60年代以来,桑杰曲巴带着女儿卓嘎、央宗,两代人几十年如一日默默守护着祖国的领土。曾经的34年间,这里只有他们一家人!他们忍受着寂寞却无比坚韧,一家人犹如盛开在祖国边陲的"最美格桑花"。

一家人坚信:"有国才能有家,没有国境的安宁,就没有万家的平安。"他们数十年抵边放牧、巡逻守护辽阔的国土,用实际行动践行了"再苦再累也要守好祖国的每一寸土地"的坚定信念。

阿爸说:"不要忘记自己的颜色,火堆只要燃着,日子就不会难过。我们是红色。"姐妹俩牢记阿爸的话,心中燃着一把火,这把火是玉麦的火,她们将继续燃烧并传承下去。

雪域高原上,格桑花在严峻的环境中奋力生长,尽显顽强坚韧的品质,在风中摇曳,熠熠生辉。

2017年，国家投资5亿多元，总长50公里的曲玉公路开工建设；国家电网进驻玉麦。现在，玉麦人跟上了潮流，日子越过越红火！玉麦迎来了几十户新搬迁的居民，守边的队伍壮大了，守边人更加安心了，守边人的生活也越来越富足了。

凤凰展翅

忆昔山崩与地裂，如今步履生辉光。
凤凰毛羽焕五彩，昂首云天展翅翔。

解读：

本诗描写的是河北省唐山市，唐山市又称凤凰城。相传在很久很久以前，有只凤凰飞落在冀东大地上，栖息繁衍出这座城市。

从伯夷、叔齐的"不食周粟"到唐王李世民的金戈铁马，这座城市悠久绵长的历史让人们感叹。唐山还是中国近代工业的发源地，这里创造了中国第一座机械化采煤矿井、第一条标准轨距铁路、第一台蒸汽机车，在中国工业编年史上留下了具有里程碑意义的篇章。

人们至今还痛苦地铭记着那个历史瞬间：1976 年 7 月 28 日凌晨 3 点 42 分，唐山突然发生了里氏 7.8 级地震，城市夷为一片废墟，造成 24.2 万人死亡，16.4 万人重伤，地震的猛烈程度比日本广岛原子弹爆炸强烈 400 倍。当时，从渤海湾到内蒙古、宁夏，从黑龙江以南到扬子江以北，这一华夏大地上的人们都感到了异乎寻常的震感。

无畏的唐山人在灾后进行了艰苦的重建，如今唐山已经阔步走上创新发展之路，重污染企业搬迁了，传统产业结构转型升级了，百年老工业基地转变为滨海生态宜居新城，荣获了联合国"人居荣誉奖"。

唐山像一只浴火重生的凤凰，昂首云天，展翅飞翔。

吴根越角

吴根越角脉相连，污染曾经起硝烟。
牵手十年真治水，一湾澄碧映蓝天。

解读：

"吴根越角"，原指吴越故地之边陲，后泛指江浙一带接壤处。蜿蜒曲折的河流，如血脉一般将自古繁华的"吴根越角"紧密相连。因为水污染问题，江苏浙江边界地区曾一度剑拔弩张。

宽约30米、深约2米的麻溪港，是浙江省嘉兴市秀洲区王江泾镇与江苏省苏州市吴江区盛泽镇的界河。上世纪90年代，上游盛泽镇的纺织印染厂林立，日排放印染废水一度超过10万吨，下游王江泾镇就成了污染受害者，河中水生动植物濒临绝迹。"你的布料日出万匹，我的鱼虾日死万斤"，矛盾日趋激化。2001年11月22日凌晨，王江泾一带的300多位村民动用8台推土机、数万只麻袋，自沉28条水泥船，截断了麻溪港，以阻拦来自上游盛泽镇方向的污水。此事被民间称为"零点行动"，引起了中央和省市领导的高度重视。

经多方协商，江苏浙江开展联合治水。江苏的"263"专项行动与浙江的"五水共治"相继展开。监测数据显示，江浙两省交界处的水质由五类提升至三类。2019年，常态水质甚至达到二类水，水环境发生了奇迹般的变化。

如今，重新站在麻溪港，眼前是一汪清水，碧波荡漾，青青杨柳，随风摇曳，一派生态新气象！

大陈岛

劫后废墟百业残,疮痍满目杳人烟。
青春热血洒荒岛,东海明珠天下传。

解读:

大陈岛,行政上隶属于浙江省台州市,处于我国粤、闽、浙海上交通咽喉,总面积14.6平方公里。

中国人民解放军于1955年1月18日攻占了一江山岛,犹如敲掉了大陈岛国民党军的一颗门牙。台湾当局竟在美国第七舰队护航下将大陈岛上18000多名居民全部撤退到台湾,撤退时放火烧毁了24个村庄,并在岛上埋设了1万多枚各式地雷。我军登上大陈岛时,发现岛上只有一名老人和一只猴子。大陈岛成了一个满目疮痍的荒岛。

1955年11月,时任中国新民主主义青年团中央委员会书记的胡耀邦来到浙江考察青年工作,在听闻大陈岛的状况后,当即提议组织一支青年志愿垦荒队重建大陈岛。共青团温州市委承担起了组织青年志愿垦荒队去大陈岛的任务。队伍组成后,《中国青年报》在头版刊发了消息。团中央派代表到温州送贺信和队旗,队旗上绣着"建设伟大祖国的大陈岛"。1956年1月31日,首批227名志愿者踏上了大陈岛。截至1960年,先后有5批467名来自温州和台州的青年陆续上岛支援建设。

垦荒队员们用宝贵的青春创造了大陈岛从荒凉破败变成"东海明珠"的美丽奇迹。

2006年8月29日,时任浙江省委书记的习近平到大陈岛视察,看望岛上的老垦荒队员。2010年4月27日,时任中共中央政治局常委、国家副主席的习近平给大陈岛老垦荒队员回信。2016年"六一"国际儿童节前夕,习近平总书记写信勉励大陈岛老垦荒队员的后代继承和弘扬大陈岛垦荒精神,热爱祖国好好学习砥砺品格。

60多年过去,垦荒队员们当年种下的松树、柏树已亭亭如盖。垦荒年代过去了,而"垦荒精神"则继续感召、激励新一代大陈年轻人接续奋斗。

大道出川

古人悲叹蜀道难,今日何愁出四川?
倘若李白能再世,侧身西望笑开颜。

解读:

唐代诗仙李白曾经悲叹:"噫吁嚱,危乎高哉!蜀道之难,难于上青天!"

为了走出四川,川人不知付出了多少艰辛!

1952年7月1日,穿越秦岭的宝成铁路破土动工。将近6年艰苦奋战,打穿上百座大山,填平数百道深谷,宝成铁路全线通车,被誉为中国人破解"蜀道之难"的里程碑。

2017年12月6日,沿着古蜀道"金牛道"布线,首条穿越秦岭的高铁西成高铁正式通车,四川从此融入了全国高铁网。

截至2021年底,四川省铁路运营里程超5600公里,其中高铁运营里程1390公里,从成都开出的中欧班列抵达欧洲多个国家。

"蜀道难"已经变成了"蜀道通"。

现在,各类出川大道已经达到40条,遍布山川原野的公路通车总里程达到39.9万公里,居全国第一。

大道出川,四通八达。如果李白看到今天四川交通的巨变,一定会眉开眼笑,不再嗟叹!

伶仃洋

一湾环抱奇迹生，创业辉煌举世惊。
曾是悲情古海域，伶仃洋已不伶仃。

解读：

广东省的伶仃洋畔，有一个响亮的名字：粤港澳大湾区。一湾环抱，串联起广州、深圳、珠海、佛山、惠州、东莞、中山、江门、肇庆九市和香港、澳门两个特别行政区。作为当今中国开放程度最高、最具经济活力的区域，这里一天贡献的 GDP 就高达 345.9 亿元，约占全国的 12%。

如今，大湾区不仅吸引了 25 家世界 500 强企业总部落户，更云集了超过 50 家"独角兽"企业、1000 多个产业孵化与加速器、15000 多家投资机构。世界知识产权组织发布的《2021 年全球创新指数报告》显示，在全球创新集群 100 强排名中，"深圳－香港－广州创新集群"连续两年居全球第二。大湾区的辉煌业绩已经令世界刮目相看。

在历史上，伶仃洋曾经是一处令文天祥慷慨浩叹的悲壮之地。南宋末年，元兵入侵，文天祥率兵殊死抵抗，因实力悬殊不幸被俘。元兵把他押解到崖山，途经此地时，文天祥以诗明志："惶恐滩头说惶恐，零丁洋里叹零丁。人生自古谁无死？留取丹心照汗青。"斗转星移，沧海桑田。今天的伶仃洋不再是民族记忆中的悲情海域。伶仃洋，已经不再伶仃！

好句江山助

平生好句江山助,绿水青峰满目收。
处处回头皆可恋,东西南北任优游。

解读:

早在 1600 年前,谢灵运用手中之笔将温州的那山那水写入诗中,并垦出了一个中国山水诗的流派。他所开创的山水诗,把自然界的美学引进诗中,使山水诗成为独立的审美对象。自那以后,历朝历代山水诗源源不绝。

绿水青山是中国文化中传统的美好风景,它不仅仅是自然风光,更蕴含了浓厚的文化内涵。人们常用绿水青山抒发自己对生活的热爱、对祖国的情怀和对未来的憧憬,将内心的愿望展示于景中,让山水与生活实现最佳结合。

绿水青山是一种具有实践意义的文化,传承自然秩序、把握生态平衡、唤醒人们的社会责任感,也体现着中华民族追求繁荣昌盛的伟大梦想。

2005 年 8 月 15 日,时任浙江省委书记的习近平同志在浙江湖州安吉考察时指出:"绿水青山就是金山银山。"2013 年 7 月 18 日,习近平主席在致生态文明贵阳国际论坛年会的贺信中指出:"走向生态文明新时代,建设美丽中国,是实现中华民族伟大复兴的中国梦的重要内容。"2015 年,习近平主席进一步指出:"环境就是民生,青山就是美丽,蓝天也是幸福。要像保护眼睛一样保护生态环境,像对待生命一样对待生态环境。"

现在，在祖国大地上到处展现绿水青山的美丽景观，人们不仅物质生活水平逐年提高，而且感受到自身与自然怡然融洽，诗兴也往往由此激发。

陈　垣

励耘苦读启后人，传世奇文泣鬼神。
木铎金钟声致远，胸怀壮志最足珍。

解读：

陈垣（1880—1971），杰出的历史学家、宗教史学家、教育家。

20世纪初，在中国史学近代化的进程中，他总结、改造我国的传统史学，撰写了《元也里可温教考》《元西域人华化考》《中西回史日历》《校勘学释例》《史讳举例》《明季滇黔佛教考》《中国佛教史籍概论》《通鉴胡注表微》等专著，在元史、宗教史、历史文献学等领域有着开拓性贡献。故宫文献馆馆长沈兼士读了《明季滇黔佛教考》等文后这样评价陈垣："傲骨撑天地，奇文泣鬼神。"

在大师云集的近代学术史上，陈垣是一个特例，他自学成才，既无师承也未读大学，更无留洋史，他一生的学问全部来之于传统文化的熏陶，来之于他求知若渴、数十年如一日的苦读与研究。他将自己的书斋取名"励耘"，以激励自己坚持耕耘之精神。毛泽东主席曾说："这是陈垣，读书很多，是我们国家的国宝。"

陈垣无限的学术激情，源于他要把汉学研究的中心地位夺回中国的决心，这体现了一位有良知的史学家的爱国心。1923年，他在北京大学研究所国学门举行恳谈会时说："现在中外学者谈汉学，不是说巴黎如何，就是说日本如何，没有提中国的。我们应当把汉学中心夺回中国，夺回北京。"此话，陈垣在不同场合多次提到。"把汉学中心夺回中国"，这是陈垣这位热血的爱国史学家毕生研究的使命所在。

陶行知

自身不带半根草，奔走乡村为众生。
风雨同舟二十载，英年早逝泪沾襟。

解读：

陶行知（1891—1946），中国近代伟大的教育家、思想家。

辛亥革命前后就读于南京金陵大学，在毕业论文《共和精义》中即已认识到"人民贫，非教育莫与富之；人民愚，非教育莫与智之"。1915年留学美国哥伦比亚大学师范学院，立志学成回国后与其他教育工作者合作，构建一个高效率之公众教育体系。1917年回国，力倡生活教育理论，多年在乡村从事平民教育。他有一句名言："捧着一颗心来，不带半根草去。"

早在大革命时期，陶行知的教育活动就引起中国共产党早期领导人的注意。恽代英曾写信给毛泽东，建议学习陶行知到乡村发动群众。1927年4月12日，蒋介石集团悍然发动"四一二"反革命政变，中国共产党被迫转入地下，并且由城市转向乡村。陶行知此时开始接触到中国共产党人。此后与共产党人风雨同舟二十年。

1946年4月，陶行知深受上海人民反独裁、争民主、反内战、求和平运动的影响，在一百天的时间里，到学校、工厂、街头发表100多场演说。由于积劳成疾，陶行知于1946年7月25日在上海突发脑出血辞世。毛泽东电唁陶行知家属，并发表了题辞："痛悼伟大的人民教育家陶行知先生千古"。

齐白石

陋巷无名卖画翁，仰君美誉满寰中。
谁知君竟壮年逝，长跪堂前三鞠躬。

解读：

齐白石（1864—1957），近现代中国绘画大师，擅画花鸟鱼虾，简练生动，天趣横生。齐白石曾多次提起："生我者父母，知我者徐君也。"徐君指的是徐悲鸿。在遇到徐悲鸿之前，齐白石多年默默无闻在北平一条陋巷刻印卖画，缺少一个欣赏他的伯乐。

1929年，34岁的北平艺术学院院长徐悲鸿看到齐白石的国画后，感到别具一格，颇有造诣，便亲自聘请当年66岁的齐白石为北平艺术学院教师。齐白石一再拒绝。徐悲鸿"三顾茅庐"，一次又一次登门请齐白石到校任教。直到第三次，齐白石才坦言："不是我不愿意教，我是不会教。我只上过半年学，也没有去过洋学堂，如何去教大学生呢？"徐悲鸿说："您不用教，您只要给学生示范作画就好了。"齐白石这才答应了。

齐白石上任那天，徐悲鸿亲自乘马车来迎接。考虑到齐白石年事已高，不管刮风下雨、夏热冬寒，徐悲鸿都派专人乘马车来接齐白石上班。后来，徐悲鸿虽然离开北平，仍与齐白石保持书信来往，还热心帮助齐白石出版画集，并且亲自为画集撰写序言。从此，齐白石的艺术作品广为流传，享誉神州。

齐白石想不到小自己32岁的徐悲鸿竟然走在自己前面。1953年，57岁的徐悲鸿因脑出血病逝，是年齐白石已经89岁了。当时，徐悲鸿家人考虑到齐白石与徐悲鸿感情深厚，且已高龄，便对齐白石说悲鸿出国了。

终于有一天，齐白石知道了真实情况，顿时泪流满面，哽咽地说："徐君的恩情，我无以为报。"然后就在徐悲鸿的遗像前跪了下来，磕了三个响头。对于齐白石来说，徐悲鸿不仅是忘年交，更有知遇之恩。

丰子恺

无尘童眼观天下，万物可亲皆足珍。
临老依然犹赤子，天真纯净水晶心。

解读：

丰子恺（1898—1975），中国现代书画家、散文家、翻译家、中国现代漫画鼻祖。

丰子恺的画作多以儿童作为题材，风趣幽默。他的漫画以"小中能见大，弦外有余音"的艺术特色备受世人的青睐。

朋友们对丰子恺有这样的评价："人家都说丰子恺的画好，其实他的字更好；人家都说他的字好，其实他的文章更好；若接触到他的人，你就会发现，他这个人比他的画、他的字、他的文章还要好。"

丰子恺这个人最大的特点，就是他一生始终保持一颗童心。他曾经说过："孟子说：'大人者，不失其赤子之心者也。'所谓赤子之心，就是孩子的本来的心。这心是从世外带来的，不是经过这世间的造作后的心。明言之，就是要培养孩子的纯洁无疵、天真烂漫的真心。"他又说："常人抚育孩子，到了渐渐成长，渐渐尽去其痴呆的童心而成为大人模样的时代，父母往往喜慰，实则这是最可悲哀的现状！因为这是尽行放失其赤子之心，而为现世的奴隶了。"

人们都说丰子恺这个人好，好就好在他终生不失赤子之心。丰子恺艺术中的天真与童心，是他赠予世间的最大贡献。

沈从文

自谓湘西乡下人，边城问世始扬名。
船家老少多诗意，梦系故园情最真。

解读：

沈从文（1902—1988），湖南凤凰县人。出身于一个颇有名望的家庭。6岁进私塾，经常逃学而成"顽童"。转入高小时，进预备兵的训练班，后家道败落，又以补充兵的名义，随军队辗转流徙于湘、川、黔三省边境与沅水流域，在长达5年的时间里，过着"不易设想的痛苦怕人生活"。1922年7月，进北京求学，曾是北大不注册的旁听生。1924至1927年间，作品相继在报刊上发表。1934年，《边城》出版，在社会上产生了广泛的影响。

《边城》的主人公是摆渡船的老船夫及其孙女翠翠。茶峒码头船总的两个儿子同时爱上翠翠。兄弟俩相约以唱歌的方式争得翠翠的心，哥哥自知非弟弟对手而自动退出。故事围绕翠翠的爱情纠葛逐步展开。《边城》里的人物都是湘西农村的普通人，但饱含着人性美和人情美。由于《边城》美学艺术的成就，这部小说在中国现代文学史上具有独特的地位，被誉为中国现代文学牧歌传统中的顶峰之作。沈从文最好的作品，无论是小说《边城》，抑或散文《湘行散记》，都是梦系故园的产物。

沈从文是一个非常谦虚的作家和学者。他在《水云》一文中说："我是个乡下人。"1980年11月24日在美国圣若望大学演讲时，他说："我是从一个地图上不常见的最小的地方来的，那个地方在历史上来说，就是汉代五溪蛮所在的地方，到 18 世纪才成立一个很小的政治单位。"他的妻妹张充和如此评价沈从文："不折不从，星斗其文；亦慈亦让，赤子其人。"取出四句中的最后一字联成一句便是：从文让人。

舒 同

马背习书成险绝,刚强遒劲若游龙。
巍巍风骨同五岳,特立独行气象雄。

解读:

舒同(1905—1998),中国书法家协会第一任主席。

舒同出生于江西省东乡县一个贫苦农民家庭。小时候家里穷,买不起练字文具,他常常用泥土当墨,把几根鸡毛绑起来当笔,雪后在洁白的地上写字。后来参加革命队伍了。红军长征时骑在马背上用手指在膝盖上练字。毛泽东同志说他是"马背书法家"。

舒同的练字方法与众不同,所以他的书法险绝生于其中。曾任"中国抗日军政大学"步兵学校教育长的郭化若同志说:"舒同的书法雄浑遒劲、高古峻冷,承颜柳之气象,抒正义之心声;巍巍乎形同五岳,铿铿然响若洪钟。"

舒同的书法艺术确实自成一体,笔画饱满,结字雄劲。启功曾经这样评价舒同的书法:"舒同的书法一半是自己的,一半是古人的。一半是古人的就是弘扬传统,一半是自己的就是特立独行,两者结合起来即是继往开来。"

赵树理

妙笔能书传世文，细微凡事见精神。
胸怀百姓真君子，大道不孤必有邻。

解读：

赵树理（1906—1970），现代小说家，人民艺术家。代表作品有《小二黑结婚》《李有才板话》《三里湾》等。赵树理在他的作品中塑造了农村各式人物的形象，开创了"山药蛋派"，成为新中国文学史上最重要、最有影响的文学流派之一。

赵树理于20世纪50年代初，曾在山西东南的农村深入生活。一天晚上，他和一个同事到几里外的一个村子开会，走着走着，赵树理的脚下突然绊了一跤。回身低头一看，原来是一块石头挡在了路中间。他摇摇头，接着又继续赶路。可是走了一段路后，他忽然又掉头往回走。只见他在昏暗的夜色下，弯下腰把刚刚绊他的那块石头挪到路边。他说："要是不搬走它，就会影响后来的行人、车马的安全。"虽然这是一桩很平凡的小事，但从中可以看到赵树理不凡的精神。

赵树理一生写农民、一心系农民。有一年除夕，漫天大雪，一个老年农妇冒着严寒来卖鸡蛋。他家人向老农妇买了20枚鸡蛋。正好这时候，赵树理从外面回家来，听到这情况马上又追了出去，把老农妇的两大筐鸡蛋全都买了下来。其实，当时赵树理家并不需要这么多鸡蛋，他只想帮老农妇一把，解决燃眉之急。他胸中有百姓、肩上有担当，不愧是一位真君子。

孔子曾说："德不孤，必有邻。"（《论语·里仁》）意思是，有道德的人是不会孤单的,一定有志同道合的人与他相伴。赵树理正是这样一位有道德、行大道的大写的人。

赵朴初

无我利他身尽瘁，一双慈眼报苍生。
丹心朗日断私念，恰似碧潭映月清。

解读：

赵朴初（1907—2000），著名慈善家、诗人、书法家。长期从事社会救济救灾工作。自幼就对佛教充满敬仰。

20世纪30年代，面对日本帝国主义侵略中国的现实，赵朴初和广大佛教信众一起积极地投入抗日救国、救亡图存的浪潮。他夜以继日地奔走于各地难民收容所，集中青壮年进行抗日救亡教育和军事训练。

赵朴初曾任净业教养院的主要负责人，把大批流浪儿培养成为自食其力、服务于社会的有用之才。在他的指导下，在这些流浪儿中，后来培养出了许多人才，有军人、作家、工程师、艺术家等等。

新中国建立前夕，为迎接上海解放，各界人士成立上海临时联合救济会，赵朴初任总干事，负责收容难民、维持社会治安。

上海解放以后，赵朴初负责华东地区生产救灾工作。他曾经手一笔庞大的物资，做到廉洁自律、毫无私念，周恩来总理赞扬地："一尘不染，真是难得！"

晚年，赵朴初在病中仍坚持工作，曾口占一绝："一息尚存日，何敢怠微躬。众生恩不尽，世世报无穷。"

林巧稚

涛声盈袖海上来，立志从医不徘徊。
五万婴儿亲手接，如天大爱铸丰碑。

解读：

林巧稚（1901—1983），医学家，中国妇产科学的主要开拓者、奠基人之一。

林巧稚出生于厦门鼓浪屿，在海边长大。她原本在 18 岁的时候毕业留校于厦门女子学院，但得知北京协和医学院招生的消息之后，毅然决定报考需要读 8 年的医学院。1921 年，林巧稚考入该校。1929 年，她从协和医学院毕业并获得医学博士学位，被聘为协和医院妇产科大夫。1932 年，她被学校派往英国伦敦妇产科医院和曼彻斯特医学院进修深造。1939 年，到美国芝加哥大学医学院当研究生。1940 年，林巧稚被美国方面聘请为"自然科学荣誉委员会"委员。同年回国，不久升任协和医院妇产科主任，成为该院第一位中国籍女主任。1955 年，林巧稚当选首届中国科学院唯一的女学部委员（院士）。

回顾林巧稚的一生，她曾为自己的医生理想而坚定求学，曾坚守在妇产科的岗位数十年如一日勤勉工作，常用她的双手亲自接生过 5 万多新生命。她终身未婚，却拥有最丰盛的爱；她没有子女，却是最富有的母亲。林巧稚无愧是母亲和婴儿的守护神。

2019 年，林巧稚被评为"最美奋斗者"。

林徽因

随父欧游开眼界,平生功业满人间。
才思喷涌遭天妒,雨打芳菲四月天。

解读:

林徽因(1904—1955),中国著名的建筑学家,诗人。

1920年,林徽因因随父林长民赴欧洲游历,深深地被欧洲精美的建筑所吸引。在伦敦受到房东女建筑师的影响,立下了攻读建筑学的志向。1924年,林徽因留学美国,入宾夕法尼亚大学美术学院,选修建筑系课程。1928年,与梁思成在加拿大渥太华结婚。

1928年8月,夫妻偕同回国,一起受聘于东北大学建筑系。他们夫妇经常外出调查古建筑,走遍中国15个省,190多个县城,考察了2738处古建筑。林徽因还多次单独深入晋、冀、鲁、豫、浙各省,实地调查勘测了数十处古代建筑。

在抗日战争期间,她的弟弟牺牲在战争中,自己的生活困顿,常常靠卖衣服度日。林徽因认为,日本侵华是中华民族的灾难,我们要坚韧地"横过历史"。

解放后,林徽因在中华人民共和国国徽设计、人民英雄纪念碑设计等方面做出了贡献。

林徽因在文学方面也硕果累累。她曾创作了著名的《你是人间四月天》,从四月中各种不同的具象来比喻生活中的各种画面。最后,林徽因直抒情意:"你"就是"爱",就是"暖",就是"希望"。林徽因曾在诗中写道:"我情愿化成一片落叶,让风吹雨打到处飘零。"

1955年,林徽因病逝,年仅51岁。她天赋异禀,终生勤奋,虽然生命短暂,却在建筑和文学方面都取得巨大成就,成为中国现代文化史上的杰出女性。

杨 绛

百岁生涯多磨砺，雍容优雅伴烦忧。
无常世道勇趋赴，豁达悦人任去留。

解读：

杨绛（1911—2016）中国现代作家、翻译家，钱钟书夫人。她翻译的《唐·吉诃德》被公认为最优秀的翻译作品之一。

杨绛出身于名门，生活却过得并不平静，一生经历了战乱和动荡。不过，她无论处于何种境况，都能坦然面对。1941年，杨绛一家从英国回到了战乱中的上海，生活过得异常艰辛。为了让丈夫能够安心研究和创作，她扛起了养家的全部重担。她每天都要走很远的路去郊区的小学代课，还要兼做家庭教师来换取生活费。

1966年后的一段时期，在那动荡的特殊年代，杨绛被安排去打扫公共厕所。她没有怨言，用了足足十天时间把满是污秽的厕所打扫得干干净净。杨绛说："人间没有单纯的快乐，快乐总夹带着烦恼和忧虑。"

杨绛天生乐观诙谐，具有雍容优雅的气派。尽管世道无常，她都能够勇于面对。而且，她常常为别人排忧解难，用豁达的处世态度给别人带来愉悦。钱钟书的堂弟钱钟鲁说："杨绛大嫂就像一个帐篷，把身边的人都罩在里面，外面的风雨都由她来遮挡。"杨绛对个人的得失去留从来不挂在心上。

秦 怡

跌宕人生幸百春，艺星璀璨独超群。
天公不肯福双至，历尽千辛玉汝身。

解读：

本诗作于 2022 年 5 月 12 日。

著名电影演员秦怡于 2022 年 5 月 9 日去世，享年 100 岁。秦怡是中国百年电影史的见证者和耕耘者。她先后参演了 40 多部电影和电视剧，其代表作品有《马兰花》《女篮 5 号》《林则徐》《青春之歌》《海外赤子》等，塑造了众多经典形象。2019 年，秦怡荣获"人民艺术家"国家荣誉称号。

福无双至，祸不单行。秦怡个人的婚姻是不幸的。她 17 岁时被逼婚，不久离婚。二婚丈夫出轨。儿子又患精神分裂症。秦怡本人 44 岁时患了直肠癌，经历了 11 小时的手术，又遭遇了术中大出血，去鬼门关走了一趟。她 85 岁时又送走了久病的 59 岁的儿子。

细数秦怡过往的经历，有太多的沉重打击。生活给了她太多的苦难，而苦难铸就了秦怡坚韧的性格。她光芒万丈的人生，都是在苦水里熬出来的。

秦怡曾经说过："所有人生的磨难，我都把它当成命运的馈赠。我要用勇敢的心坦然面对眼前的一切。"

蓝天野

少年踏上烽火路，百炼成钢绕指柔。
小小舞台怀大志，蓝天辽阔任周游。

解读：

蓝天野（1927—2022），著名话剧表演艺术家，北京人民艺术剧院专职导演兼演员。

1945年，18岁的蓝天野正在国立北平艺专学习绘画。离家数年的姐姐石梅从解放区回来，作为地下党员的她，这次回家的任务之一就是在北平开展地下工作。他们家就自然成为北平地下党的一个秘密联络点。

姐姐的进步思想，点燃了18岁蓝天野的热情。他开始主动为姐姐分担一些革命工作。蓝天野成了北平地下党的交通员，专门负责运输情报文件和物资。1945年9月23日，经上级党组织批准，蓝天野加入了中国共产党。

为了更好地宣传革命工作，北平地下党组织成立了北平剧联党支部，蓝天野成为其中的骨干成员。应组织的要求，蓝天野彻底放弃了先前所学的美术专业，转而从事戏剧表演，带头为革命宣传工作出人出力，无怨无悔。从上世纪40年代投身话剧事业以来，蓝天野曾在经典话剧《北京人》《茶馆》《蔡文姬》等剧中饰演重要角色。他一生演过70多部话剧，导演舞台剧10多部，90岁时依然活跃在话剧舞台上，创造了众多个性鲜明的经典角色形象。

2021年6月29日，在人民大会堂举行的"七一勋章"颁授仪式上,当时94岁的蓝天野作为中国戏剧界唯一入选者,光荣地获颁"七一勋章"。

乔 羽

大江南北荡双桨,难忘今宵上太空。
传唱不衰千首曲,人间痛失作词翁。

解读:

乔羽的一生写过 1000 多首歌词,他的那些经典作品,永远会留在人世间。他作词的那些歌曲塑造了一代代中国人共同的集体记忆。

"让我们荡起双桨,小船儿推开波浪,海面倒映着美丽的白塔,四周环绕着绿树红墙……"这首写于 20 世纪 50 年代的儿歌,一经问世便唱响大江南北。

1984 年的央视春晚正在排练,时任总导演的黄一鹤觉得缺少一首与整台晚会相匹配的歌曲,便派人深夜赶到乔羽家中,找他"救急"。乔羽当即动笔,于凌晨 3 点交稿。这首歌后来被"嫦娥一号"带入太空,歌名为《难忘今宵》。

乔羽曾经说过:"艺术家应该是有两个翅膀的大鹏鸟,一个翅膀是坚定不移的爱国心,一个翅膀是光辉灿烂的作品。"

2022 年 6 月 20 日,词坛泰斗乔羽在北京逝世,享年 94 岁。面对脍炙人口的歌曲,人们通常只记住演唱者,往往忽略了幕后辛勤付出的词作者。乔羽毫不在意,他常用三句话自勉:"不为时尚所惑,不为积习所蔽,不为浮名所累。"

智慧女神

豆蔻年华恶运横,寒梅傲雪顶风生。
杏坛屡屡展华彩,智慧女神举世惊。

解读:

教育界流传着一句话:"北有蔡元培,南有吴贻芳。"吴贻芳是与蔡元培齐名的中国杰出校长。

吴贻芳个人的身世十分悲惨,她 16 岁那年痛失父母兄姐四位亲人。吴贻芳悲痛欲绝,在姨父陈叔通的帮助开导下,才渐渐走出人生阴影。金陵女子大学在南京成立后,吴贻芳被推荐入读。她刻苦自励,成绩优秀。吴贻芳在女大毕业后,被推荐到北京女子高师当老师,担任英文部主任。

1919 年,吴贻芳有一次在北京协和女子大学演讲,作家冰心也在场。冰心听后写道:"惊慕她的端凝和蔼的风度,她那清晰的条理、明朗的声音,深深地征服了我。"

1921 年,美国蒙特霍利克女子大学的校长来到北京女子高师作演讲,吴贻芳担任翻译,她的翻译流利而精准,那位校长非常满意。后来吴贻芳被推荐到美国密执安大学研究院学习深造。

吴贻芳学成回国后,曾任金陵女子大学校长 23 年,金陵女大人才辈出,扬名国际。

1943 年,吴贻芳组织"中国六教授"赴美宣传抗日,她的表现让当时美国总统罗斯福眼前一亮,称赞她是"智慧女神"。

1945年，吴贻芳代表中国政府在《联合国宪章》上签下自己的名字，成为第一个在联合国宪章上签字的女性。

指挥家郑小瑛

天才少女非凡路,巾帼指挥第一强。
魑魅逞凶浑不怕,终生磨砺业辉煌。

解读:

郑小瑛,1929年生,中国第一位女指挥,也是第一位登上国外歌剧院指挥台的中国指挥。

郑小瑛6岁开始学习钢琴。聪明活泼的郑小瑛从小就显露出过人的音乐天赋。上小学时,她已经是全校有名的"小明星"了,被称为"天才少女"。此后,她走上了一条非同寻常的人生道路。

1937年,日本侵略军在上海制造了"八一三事变",郑家从上海西迁到成都。家庭教师施兆启教8岁的郑小瑛唱抗日歌曲,使她懂得了抗日救国的道理。

1945年8月15日,日本投降。不久,郑小瑛就读于成都华英女中,在这里她第一次指挥同学唱了法国的《马赛曲》。

郑小瑛高中毕业后,进入了南京金陵女大。大学第二年,她组织了民歌社,向同学介绍从解放区传来的民歌。1948年冬天,南京陷入一片混乱,金陵女大停课,郑小瑛立志参加革命,奔赴解放区。

在革命大家庭里,命运将她所热爱的音乐变成了与自己终生相伴的职业。1952年,郑小瑛进入中央音乐学院。1955年,她成了苏联指挥家杜马舍夫的学生,后来逐渐成长为中华人民共和国第一位女指挥。

1997年,郑小瑛不幸患了直肠癌。2014年、2015年,她两次发作肺癌。20多年来,她一直在跟癌症抗争。2022年郑小瑛已经93岁了,仍然活跃在音乐舞台上。她用一生告诉人们:唯有热爱,才有辉煌。她的活力来源于对音乐的痴迷。她说:"我的人生最浪漫的结尾,就是倒在指挥台上。"

师者张桂梅

冰霜千里等闲踩,红土梅开灿若霞。
鹤发银丝映日月,丹心热血沃新花。

解读:

本诗写于 2020 年 12 月。

张桂梅,女,满族,1957 年出生于黑龙江省牡丹江市。云南省丽江市华坪县民族中学教师兼儿童之家院长,丽江华坪女子高级中学校长,曾荣获"最美乡村教师"、"全国优秀教师"、"时代楷模"等荣誉称号。

2001 年,华坪县儿童福利院(儿童之家)成立,捐款的慈善机构指定要张桂梅当院长。她担任院长后逐一了解福利院孩子们的身世发现,不少女孩并非孤儿,而是被父母遗弃的。一次家访途中的偶遇,更是让她痛心不已。一个十三四的女孩,呆坐在路边,满眼惆怅地望着远方。张桂梅上前询问,女孩哇的一声就哭了。"我要读书,可家里穷,父母要我嫁人。"女孩的话深深地刺痛了张桂梅的心,她觉得应该给山里的穷孩子一个读书的机会,便萌发了创办一所免费女子高级中学的想法。

张桂梅开始四处募捐。很多人说她异想天开,甚至有人说她是骗子。

2008 年 9 月,在各级党委政府关心支持下,全国第一所公办免费女子高中——丽江华坪女子高中正式开学,首届招收 100 名女生。

学校生源差,教学条件更是十分简陋。十几年来,张桂梅不仅每天陪学生自习到深夜,还一直住在学生宿舍。2011年夏天,华坪女高首届毕业生一炮打响,高考百分之百上线,还有几名学生考上了一本。和学生入学时的成绩相比,华坪女高创造了一个奇迹。

2020年,华坪女高本科上线率排在丽江市第一位。2008年以来,张桂梅已经帮助1800多名女孩走出大山,用知识改变了贫困山区女孩的命运。很多学生毕业后都去了艰苦的地区。

云南在历史上被称为红土高原,这是由于其境内广布的红土而得名。张桂梅就是那红土高原一枝梅,傲霜斗雪,灿然绽放,美若红霞。

贺蒋风教授百年寿辰

德业双馨孺子牛，童心烂漫耀千秋。
披荆斩棘七十载，老骥壮怀第一流。

解读：

蒋风教授是中国儿童文学学科的开创者和主要奠基人之一，创建了全国第一个儿童文学研究机构，率先在全国招收儿童文学硕士研究生，开创性地编著了《儿童文学概论》和《中国现代儿童文学史》，培养了一大批著名的儿童文学作家与学者。

蒋风教授曾担任浙江师范大学校长，离休后创建了中国儿童文学研究中心，免费招收了非学历儿童文学研究生，其教书育人的事迹在中央电视台《人物》栏目中播出，引起了社会上很大的反响。

蒋风教授是国际格林奖 9 位评委中唯一的中国评委，也是国际格林奖的获得者，曾被评为中宣部"德业双馨"哲学社会科学工作者。

古代齐景公疼爱的是自己的小儿子，而蒋风教授以博大的胸怀与高远的境界为天下的儿童无私地付出自己毕生的精力和心血，为儿童文学的研究和创作铸就了千秋功业。

2022 年，蒋风教授在 98 岁时曾说："我一个九十八岁的老朽，一接触到儿童文学，力量就来了，心态堪比九零后。我从事儿童文学七十年的感悟是：儿童文学有希望，为儿童文学创作就是为未来工作。"他的这番话令无数人肃然起敬。蒋风教授辛劳一生，勤勉不怠，七十年的专注与坚持为中国儿童文学的研究作出了一流的贡献。

敦煌女儿

倾心大漠黄沙缘,岂让敦煌塞外残?
相守一生终不悔,愿将国宝万年传。

解读:

樊锦诗,生于 1938 年,浙江杭州人。1963 年,毕业于北京大学历史学考古专业。现任敦煌研究院名誉院长、研究馆员。2019 年,荣获"文物保护杰出贡献者"国家荣誉。

樊锦诗大学毕业后,即去西北敦煌。大漠黑乎乎的风沙铺天盖地压过来,石窟里是沙子,鞋子里是沙子,连头发里也钻满沙子。她总是说:"敦煌莫高窟是我的宿命。"她与莫高窟的缘分就是从粒粒黄沙开始的。

莫高窟始建于公元 366 年。公元 4 世纪到 14 世纪,古人用智慧为我们留下了极其珍贵的文化艺术宝库。1524 年,明代政府下令封闭嘉峪关。莫高窟于是 400 多年无人看护,大量洞窟坍塌毁坏。敦煌的壁画、彩塑不断退化让她无比心焦。

20 世纪 80 年代,樊锦诗接触到计算机技术。经过 30 多年的探索,敦煌研究院形成了一整套数字化管理的规范和标准,建立起系统的"数字敦煌"资源库。她主编的 26 卷本大型丛书《敦煌石窟》全集,全面系统地揭示了敦煌石窟的丰富内涵和珍贵价值。

樊锦诗倾尽毕生精力,让敦煌文物永久保存、永续利用。从 1963 年到 2021 年,她与莫高窟持续了 58 年的相守,被誉为"敦煌女儿"。她说:"我这一生就做了一件事,就是守护、研究、弘扬世界文化遗产——敦煌莫高窟,这是我最大的幸福。"

常沙娜

满头银发犹挥笔,万木峥嵘百草香。
人世无常炼豁达,一生幸运因敦煌。

解读:

北京地铁八号线前门站的换乘站台上,有一组《万木峥嵘》壁画,纯净而轻盈,一株株带有敦煌壁画造型的花木香草,让每一位匆匆而过的路人放慢脚步。这是满头银发的常沙娜 90 岁的作品。

常沙娜是"敦煌守护神"常书鸿的女儿,她的一生起起伏伏,尝尽酸甜苦辣、喜悦哀伤。少年时,她拥有过幸福的家庭,转瞬间就承受了母亲离去的伤痛;中年时,刚刚触碰艺术设计的大门,就成了被人唾弃的"资产阶级小姐",久久地被压抑所包围;临近耳顺之年,生活和工作逐渐步入正轨,丈夫却因误服药物猝然病逝,留下她和 13 岁的儿子相依为命;晚年时渴望家庭的温暖,弟弟嘉陵却先她而去……坎坷的经历让她悟透了人生的真谛。她早已超越了苦难,顽强而固执地迎向生命的种种无常,变得无惧无畏、坚韧豁达。

2023 年,已经 92 岁高龄的常沙娜,在闲暇散步时,她的目光都会不由自主地投向路边的草丛,去寻找"幸运草"。她虽然历经坎坷,还是觉得自己是幸运的,因为她是常书鸿的女儿,因为敦煌。

坚守初心

竭力倾心公益梦,无私挽救小黄人。
东西携手精诚志,戈壁胡杨扎根深。

解读:

有一群小孩子出生以后胆道是闭锁的,这些先天性胆道闭锁患儿的胆汁无法从胆管顺利排出,随之浑身蜡黄,变成"小黄人",并逐渐发生不可逆转的淤胆型肝硬化,终至肝功能衰竭,很多活不过一岁。唯一的治疗方法就是做肝移植,平均花费在15万—20万之间,这对于一个普遍家庭尤其是西部经济欠发达地区的家庭来说,是无法承担的。

2019年8月,浙大一院启动"小黄人"公益项目,为终末期肝病患儿提供免费救治。用实实在在的公益行动挽救濒危患儿的生命,托举起困难家庭生的希望。这是我国著名器官移植和肝胆胰外科专家、浙大一院党委书记梁廷波发起此项活动的初衷。这个项目面向全国尤其是西部地区经济困难患儿家庭实施精准健康帮扶。履行"国家队"的责任担当,浙大一院一直在路上,550多个孩子因此重获新生,550多个家庭有了希望。"小黄人"公益项目得到全社会的认可,2022年,浙大这个项目荣获中国慈善榜"年度慈善项目"称号。

除了"小黄人"项目,浙大一院援青援疆、山海提升等一系列"精准扶贫,医疗扶贫"行动都在持续进行。多年来,浙大一院援边队伍像胡杨一样扎根广袤戈壁。

久立精诚之志,让公益助梦,将爱心传承,把好事做大做好,为健康中国事业添砖加瓦。这是梁廷波的初心,也是浙大一院的坚守。

拼命三郎

妙手扶伤总忘我,鞠躬一世怀仁心。
同行痛失领头雁,百姓胸中不灭灯。

解读:

杭州市富阳中医骨伤医院病区创伤学术主任、主任中医师陈金洪罹患肝癌已经长达7年之久,动过12次手术,在此期间他以病人之躯一直为骨伤病人正骨疗伤。他常是下午自己要动手术,上午还在为病人操心;出院后第一件事不是回家,而是去医院看望患者。他心里装满了病人,常常忘了自己。

陈金洪的职业字典里,没有节假日、没有周末,是医院里有名的"拼命三郎"。疫情期间,他数次请战去一线,却由于身体原因"被驳回"。于是,他另辟蹊径,第一时间开通免费在线诊疗服务。在一年时间里,陈金洪共帮助了来自全国107个地区的千余名患者,不但为他们解决了看病难的问题,更省去了来回奔波的时间。

陈金洪的手机上有4000多位好友,其中大多是患者。他总是说:"被人需要是一种幸福,能够帮助别人更是一种幸福。"他出生于1972年,2022年10月27日不幸离世,年仅50岁。

陈金洪是浙江省中医药省级重点学科——中西医结合骨伤科学学科带头人,曾获得很多省、市级科技奖项,他负责的学科获得省重点学科验收优秀等级。

患者说:"虽然陈医师离开了我们,但在我们的心中他永远是一盏明亮的灯。"

花开塞外

折骨一捏便接成,新疆大地传奇闻。
花开塞外教绝技,摸按端提医术精。

解读:

在杭州市援疆指挥部协调下,杭州市富阳中医骨伤医院每季度会派1名医疗骨干到新疆阿克苏市人民医院骨科开展援建工作1个月。关节二病区主任黎键是第一位被派去的专家。

一天,阿克苏市人民医院检验科的一位工作人员摔了一跤致左手腕骨折。黎键仔细看了片子,发现是粉碎性骨折且有移位。以往应对这种骨折都是非手术不可。当时,黎键信心满满地说:"不一定开刀,可以试着捏一下,捏好的可能性非常大。"然后,就在一双双疑惑的眼睛注视下,只见黎键在患者左手腕处"摸、接、端、提、按、摩、推、拿"一通连贯操作一气呵成,只不到半分钟时间,整复结束,当即再拍片复查,一屋子所有的人都惊呆了。"那骨头接得比手术还漂亮!"阿克苏市人民医院骨科主任毛天明惊叹道。

从此,不做手术能把骨头接好的消息,很快在全新疆传播开去。5年来,杭州富阳"张氏骨伤疗法"阿克苏工作站,累计接待患者5万余人次,整复5200余例,节约医保资金8000余万元。杭州富阳"张氏骨伤疗法"已经成为援疆金名片。

杭州市富阳中医骨伤医院党委书记、张氏骨伤第五代传承人张玉良说:"过去5年只是开始。我们两兄弟把'张氏骨伤疗法'传到了阿克苏,让当地百姓在家门口享受到优质便捷的医疗服务。做好援疆工作,我们责无旁贷。"

白衣渡江海

白衣渡江海,红烛照乌蒙。
千里共携手,粤滇情谊深。

解读:

珠江之源在云南,珠江之尾在广东,因为千里珠江连接的情谊,因为怒江、昭通各族群众的期盼,粤滇人民千里携手,共克贫困堡垒。2016年以来,广东省珠海市、东莞市、中山市与云南省怒江州、昭通市开展了东西部扶贫协作,在投入30.28亿元帮扶怒江、昭通发展特色产业、改善医院和学校基础设施的同时,还先后选派1361名以医生、教师为主的专业技术人才,走进怒江大峡谷乡村学校,走进乌蒙山区县乡医院,为许多贫困群众解除了多年难以医治的病痛,为许多山里孩子点亮了希望之灯。他们被怒江峡谷和乌蒙山区的各族群众亲切地称为"广东医生""广东老师",他们给乡亲们带来的,不仅是健康和知识,还有精神的激励和梦想的翅膀。

春风化雨

一盏微灯风雪夜,深情教诲暖融融。
少年今日已成长,永记当初化雨功。

解读:

陆民华是杭州市上城区公安分局望江派出所"在水一方"警务室的一位辅警。2016年有一天傍晚,刚准备下班的陆民华,接到社区便利店老板的电话说,有个女孩在店里未经允许擅自吃了两块小蛋糕,让他管教一下。

刚走到便利店门口,陆民华遇见了低着头不敢说话的小陈。他一看小姑娘知道自己犯错的模样,当时就没有多说,把她带回了警务室。在派出所当辅警多年,开导人、调解纠纷对于陆民华来说再擅长不过。眼前这个小女孩的年纪比自己女儿还小,陆民华就像父亲一样开导她。一个多小时说下来,女孩总算愿意开口了。原来小陈小学刚毕业,她与妈妈发生了冲突,于是,赌气在街上游荡很久直到肚子极饿。母女俩的冲突起源是小陈拿着妈妈手机玩游戏,气急了的妈妈打了她一下,小陈负气出走。

陆民华与小陈的妈妈取得了联系,共同关心和教育小陈。有了陆民华的"介入",小陈顺顺利利地初中毕业了。小陈读高中的时候,陆民华还每个星期给她打个电话,鼓励她好好学习。又过了三年,小陈高中毕业了,被某医科大学录取。陆民华听到这个消息,高兴得眼泪都流出来了。

2022年8月9门,陆民华看到了小陈写给他的一封长长的信,信中写道:"叛逆不是病,但叛逆成不了各种闹剧的借口。要理解父母的不易,学会感恩,立志上进才是该做的。经过陆警官多年的谆谆教诲,我的闹剧逐渐收敛了。我至今仍然难忘雪夜里,'在水一方'警务室的那一盏微灯,那一箱沾有新年喜气的橙子和您那一颗不求回报、盼望少年成才的拳拳之心。"

洞庭之子

男儿立志出乡关，仗剑毅然老家还。
只为一湖洞庭水，碧波万顷润良田。

解读：

湖南省洞庭湖区是全国著名的商品粮基地，也是粮棉等经济作物的重要生产基地，更具有天然的蓄水功能。但在 20 世纪 70—80 年代，洞庭湖旱涝无常，给湖区乡亲们带来种种困难。1972 年出生的余元君立志要为改善洞庭湖的水情尽自己的一份力量。1990 年参加高考的他选择了天津大学水利水电工程专业。

在天津大学求学期间，余元君学习非常刻苦。当年的同学回忆余元君苦读攻关的情景：两个馒头，一包榨菜，在机房里一待就是一整天。为了不给贫寒的家庭增添负担，他还挤出课余时间做家教，甚至有时摆地摊，以弥补学费不足。在做毕业设计时，他是全年级唯一一个选择用计算机编程做拱坝应力分析课题的学生。大学毕业后，他学得了一身有关水利的本领，婉拒了多家单位的工作邀请，毅然回到了家乡。

洞庭湖水情复杂，余元君迎难而上，在湖区披星戴月、摸爬滚打。从余元君的工作日志中发现，仅 1999 年这一年，他就出差 101 天，加班 96 次。一年 365 天，他有一半多的时间是在湖区度过的。参加工作 25 年来的 9000 多个日日夜夜里，他的双脚踏遍了湖区的每一寸堤段，足迹遍及洞庭湖 3471 公里一线防洪大堤。

在他生命的最后 3 天，他的行程多达 600 公里，每次就餐只有十几分钟,还连夜参加工作会议。他被称为湖南省水利系统的"拼命三郎"。2019年1月19日,年仅46岁的洞庭之子余元君,由于过度劳累,心脏病突发倒下了。他的一生都是为了把洞庭湖的工程修成精品,愿湖区的乡亲们旱涝保收。

2019年,余元君被追授"时代楷模"和"最美奋斗者"荣誉称号。

星辰大海

童年折翼命中苦,心有远谋欲放飞。
万险千难终闯过,星辰大海叹雄奇。

解读:

每个人都向往星辰大海,可又往往任由自己困在生活的牢笼。这困住的,不仅是肉身,还有精神。肉身困在日复一日的奔波忙碌中,精神困在自暴自弃的随波逐流里。梦想的星空永远在千万里之遥,我们偶尔仰视,却从未抵达。平凡日子里的所谓艰辛、挫折、压力,成为我们屈服于自身的惰性、从此与梦想诀别的理由。

健康的躯体尚且如此,我们怎么可能将"星辰大海"与瘫痪在床近四十年、体重仅有四十多斤的生命联系在一起?这首《星辰大海》,就向我们诉说了这样一个有关生命的故事,一个"童年折翼"的人如何"飞"的故事。

故事的主人公是当代中国美术界的一个传奇人物,被中国残联誉为"中国绘画界的霍金"。她叫张俊莉,山西太原人,生于1978年。她6岁突发类风湿性关节炎,8岁全身85%瘫痪,只能整日躺在床上。疾病折磨得她四肢细弱如竹竿,但她的画家梦始终没有凋零。她凭借坚强的意志一步步克服身体病痛带来的诸多困难,右手扶画板、左手握画笔,画漫画、学素描、临摹油画……她无法出门旅游、看风景,但她画遍星辰大海、高山草甸……迄今为止的300多幅油画,承载着张俊莉的苦痛,也承载着她的坚强;承载着她的想象,也承载着她的希望。她说:"绘画就是我存在的意义。"她无法走遍大江南北,但她用笔画出了自己生命的星辰大海，以画为梯，她摘到了梦想的果实，找到了自己生命的意义。"童年折翼"不可怕，"心有远谋"才能飞。

人生万险千难，但张俊莉没有在对命运不公的悲叹里内耗沉沦，而是坦然接受生命的苦难，然后超越这些苦难；她闯过生命中一个个难关，抵达梦想的星辰大海，令人称叹雄奇。

这首短短的《星辰大海》，是一个故事，是一幅画，是一曲咏叹调，它刻画出了一个折翼者奋斗不息的激情和信念，它歌颂了那瘦弱的生命的里蕴藏的厚重和雄壮。

这首诗，令人为主人公的多舛命运潸然泪下，也让人反思自身、激发起在困境中奋起的勇气和信心。身体健康、活动自如的我们，有何理由屈从于那或有或无的所谓"挫折"或甘于那得过且过的"平庸"？只要心存梦想、勇敢追求、奋斗不息，星辰大海就在不远处；每一个生命，都可以达到诗歌的主人公能够达到的远方……一首好诗，可以给我们无限的力量。

（李晓娟）

心　鞭

满头白发惊回首，一世光阴似水流。
不负人生当自励，心鞭永策莫停留。

解读：

诗为心迹，画为意流。《心鞭》是诗人黄学规写的自勉诗。此诗作于2021年3月15日，他已经八十一岁高龄。他说："人的生命只有一次，应该在活着的时候多做一些有意义的事情。"他是在告诫和督促自己，要不负人生、不负光阴，为社会做更多的事情。这样才能对得起自己的人生。

"心鞭"：这是诗题，也是作者的聪明和富有才华之处。"鞭"，可作鞭子解，例如鞭子，是名词；也可作为鞭策解，激励、催促、督促之意，是动词。但从全文看，似第一种解释之意较为妥帖、恰当。

"心鞭"：仿佛是个新名词，人们较少用它。可诗人将抽象化为具体，化无形为有形，这就是诗词创作中的意象。"鞭"：古有打马、驱赶马儿之意。《左传·哀公之十七年》："马不出者，助之鞭之"。又有"马鞭"之意：《左传·哀公之十五年》："虽鞭之长，不及马腹。"还有其它三意，即古刑名、竹根、古代鞭笞名等。这里诗人特用心鞭，既新颖又符合诗意，应该说是个创造。

"满头白发惊回首"。这句诗从字面来解读，即现在已经年老白发生，时间过得很快，心头不觉一惊，头发已如银丝一般。可是我们透过字面的意义，就不难理解。据笔者所知，诗人一生都在忙忙碌碌工作。一辈子都在教育战线上工作，在学校勤奋耕耘，为社会培养人才。一生操劳，无闲回忆。当他已满头银发再来回首，所以用了一个"惊"字，用字巧妙、得体，似神化之语。"人所易言，我寡言之；人所难言，我易言之，自不俗。"（宋·姜夔）黄学规写诗锤炼语言，别出心裁，做到了"自不俗"，才有这样的"惊"人之语。

"一世光阴似水流"。"水流"，有惊涛拍岸之状，有水花飞溅之美观，有怒涛汹涌之雄壮……可是我们从全文和诗人的生平来看，诗人是说一生平平静静地这样过去了。其实诗人是谦卑的说法，他的一生曾被评为全国师德先进个人，写出了90多万字富有创意的美学德育专著，出版了诗词集《雨燕斋吟稿》两卷……可谓硕果累累，成绩斐然。可他心清如水，淡泊名利，才华出众，又很谦卑。

英国的萧伯纳说："人生不是一支短短的蜡烛，而是一支由我们暂时拿着的火炬。我们一定要把它燃烧得十分光明灿烂，然后交给下一代的人们。"诗人正是这样做的，故他诗云"不负人生当自励。"负：辜负、对不起的意思。"自励"之意是，自己要激励自己，鞭策自己，他要把"火炬"燃烧得更加灿烂！

"心鞭永策莫停留。"策：古代写字用的狭长竹片。此处名词化为动词，作鞭打讲，用雅语表达，是激励、催促之意。全句意为自己虽然年老了，但前进的步伐不能停留，应该老有作为，继续为人民为社会做有益的事。此处"永"字用得好，表现时间的长度，要奋斗不息。"莫"，表示诗人一生要继续努力，不能停住脚步。

《心鞭》是一篇自励诗，表白自己要生命不息、奋斗不止，具体形象地写出诗人的人生观和价值观。"人生分三个阶段，工作阶段，就是保证自己的衣食住行；生活阶段，对生活质量有了更高的要求；价值实现阶段，更大规模地实现自己的价值。"（张醒生）一个人不要仅仅计较人生的长度，而要计算自己的人生价值。此诗的思想境界是高尚的、纯洁的、美丽的。

这首诗的语言最大特色是：洁白、无华，不作过多的粉饰，没有刻意地去雕琢，显示了质朴、优雅、清新、恬静的语言风格。就像山野中的小花，雪白无瑕，点缀着美丽的春天；似山涧的小溪，水流欢畅，快乐地奔向江河和大海。诗的语言是诗人心灵的写照，反映着他对人生的探求和审美情趣。

（邵介安）

清　明

春风和畅到清明，问祖寻根代代心。
遥望故乡思绪涌，慎终追远泪沾襟。

解读：

本诗作于 2021 年 4 月 4 日，农历辛丑年清明节。

清明是风光清新明丽的时日，万物吐新，大地生机勃勃，到处呈现出春和景明的气象。清明节是中华民族扫墓敬祖、表达自己敦亲睦族情感的全民节日。多少个世纪，多少代人，多少个清明节，炎黄子孙敬奉先祖、怀念故人，早已成为全民族的集体行动。清明祭祖拜宗是民风，是文化，更是孝心、道义和责任。每个逝者都应该受到后人的追怀，每个生者都应该饮水思源，牢记前辈对自己的抚育和培养。寻根问祖已经成为中国人的文化情结。

明代高启在南京任职，节逢清明却不能回籍，他遥望故乡写下这样的诗句："白下有山皆绕郭，清明无客不思家。"诗句也表达了无数在他乡的游子在清明节思乡敬祖的思绪。中华民族的历史文化中提倡"慎终追远"，这已成为全民族共同遵守的传统道德和民族伦理。即使是现在的高科技时代，清明祭祀也引发很多人对人生和生命的思考。面对前辈的墓碑，人们都会想到有了墓茔中的先人，才有了自己。年岁越大，就会越懂得清明，因为"少时难识清明意，如今满襟故人情"。

端午感怀

每逢端午忆屈平,特立独行感慨生。
逸响伟辞悬日月,胸怀家国满腔情。

解读:

本诗作于 2022 年 6 月 3 日,壬寅年端午节。

屈原(前 340—前 278),名平,字原,又字灵均,战国时期楚国人。早年受楚怀王信任,任左徒、三闾大夫。晚年因遭贵族排挤诽谤,被先后流放到汉北和沅湘流域。楚国郢都被秦军攻破后,屈原自沉于汨罗江,以身殉国。

屈原是中国历史上一位非凡的人物。他不仅是一位杰出的政治家,而且是一位伟大的诗人。他的主要作品有《离骚》,鲁迅称其"逸响伟辞,卓绝一世",意为超群响亮的文辞,盖过一个时期,语出鲁迅《汉文学史纲要》。

以屈原作品为主体的《楚辞》是中国浪漫主义的源头之一。"路漫漫其修远兮,吾将上下而求索","长太息以掩涕兮,哀民生之多艰",屈原满腔的家国情怀成为后世志士仁人所追求的一种高尚精神。

1953 年,在屈原逝世 2230 周年之际,世界和平理事会通过决议,确定屈原为当年纪念的世界四大文化名人之一。

书画同心

书画同心最可珍,倾情耕作便凝神。
千忧除尽浑身爽,一气周流百乐生。

解读:

中国书画有一句术语,叫做书画同源,意为中国书法与中国绘画关系密切相辅相成。那么,何谓书画同心?随着文明的发展进步,文字、图画都不再仅仅是记录的工具了,而是成为人们表达思想、直抒胸臆的桥梁。

书法与绘画艺术不再是死的作品,而成为作者活的人生写照,成为有"心"之物。而且,书法与绘画在创作过程中,如何养气凝神都有了相同之处。

当书法家和国画家潜心创作时,他会将全部的激情、热情和感情毫无保留地灌注进去。在整个创作过程中,他实际上是把自己的生命都摆在里面,有生命,有气,气贯而神定,一些神来之作便会产生。

当书法家和国画家全神投入时,他便不受外界干扰,会排除掉各种烦恼,从而呈现一种宁静的心态,保证了内心世界的干净和安宁。这时,艺术家会挥洒自如,心无杂念,成为超凡脱俗之人。

当书法家和国画家进入无我境界时,他的身姿、呼吸和心神都会不由自主地符合天然的法度,形成一气周流,全身便会感受无限的舒畅和快乐。

马行千里

清浊经天犹日月,心明岂怕雾纷纷。
马行千里征途远,不洗尘沙一路奔。

◎ 解读:

《增广贤文》中说:"谁人背后无人说,哪个人前不说人。"人行于世被人议论或议论别人,是常有的事。问题是,如果遇到被人诽谤,该怎么办?王阳明说:"诽谤是外来的,怎么能避免呢?即使是圣人也在所难免。如果自己确实是圣贤之人,纵然别人都来诽谤,也不会有任何损害。就好像浮云遮蔽了太阳,浮云如何能损害太阳的光辉呢?"清者自清,浊者自浊,清浊好像经天运行的日月是能够看得清楚的。时间是最好的裁判者,诽谤就像浮云雾霾一样,终会消散。

一个人确定目标,奋斗不止,不必在乎别人如何议论。人世间,一个人做得再好也会有人议论。重要的是,活好自己,心清气正,以自己的智慧和行为去驱散流言碎语。

风霜雪雨

风霜雪雨总艰辛,平顺一生少有闻。
世事沧桑多骇浪,从容淡定是神针。

解读:

人生常常会遭遇到风霜雪雨,不要期望永远风和日丽。几乎每个人都感受到人生充满艰辛。宋代辛弃疾词云:"艰辛做就,悲辛滋味,总是辛酸辛苦。"意思是,辛家这个"辛"字,是由"艰辛"做成,含着"悲辛"的滋味,而且总是与"辛酸辛苦"的命运结成不解之缘啊!辛弃疾的感叹具有普遍的意义。

人生无常,难以捉摸。很少听说有人在一生中全都平顺无碍,平步青云。命运变幻是人生的常态,跌宕起伏是人生的本相。

人世有无尽的沧桑,物是人非,变化无穷。每个人都会经历人间的悲欢离合、惊涛骇浪。细数过往,伫立当下,生活从来就不是一件容易的事。

纵使岁月无情,人心还有淡定。从容淡定是一种优良的心理素质和精神状态。一个人遇事不必过分在乎外界的看法,要坚持做自己认为该做的事。即使事出意外,也要做到镇定自若、安之若素、稳如泰山。如此,在人生的风浪之中就有了自己的定海神针。在古代,大禹使用定海神针这种工具来治理洪水。在现代,我们可以使用心中的定海神针来面对凶险。不论处于什么样的情况之下,我们都要保持稳定的情绪,有条不紊地处理好所遇到的事情。

淡看繁华

淡看繁华清若水，世间五色不迷神。
放空俗念云舒卷，心底无尘自由身。

解读：

做人不要去追求锦衣玉食、奢侈豪华的生活，要心清如水、平波无澜，满足于过一种简单的生活。在纷繁冗长的尘世间，生活简单就幸福，人心寡欲就快乐。把复杂的生活简单地过，这是一种人生的智慧。

人间多彩多姿、五彩缤纷。青、黄、赤、白、黑，这五种颜色可以调出其他多种颜色。人们说"世间五色"，意思是人世间各种颜色都有，让人眼花缭乱。如果一个人不受外界诱惑，坚守本心，就不会迷乱，不会辨认不清。否则，就会迷失方向，走错道路。

一个人想跳出红尘之外，必须放空杂念。那些思虑不纯正的念头，常常会扰乱一个人的心志。不管人生处于哪个阶段，都应该让趋利浮躁之心归于平静。明代陈继儒在《幽窗小记》中写道："宠辱不惊，看庭前花开花落；去留无意，望天空云卷云舒。"这确实是醒世格言。

心底无尘，天地自宽。天地一宽，便是自由人生。心宽者，内心能容纳万事万物；心窄者，内心装不下一粒尘埃。心宽是一个人的气度。心宽之人，胸怀雄浑辽阔，可以抛弃无数失意与烦恼。心宽之人，别人敬你如神，自己快乐一生。

空谷幽兰

进退人生常有事，我心无愧足开怀。
喧嚣不是藏身处，空谷幽兰诗自来。

解读：

人生不会永远顺风顺水，不如意事十之八九。失败总是多于成功。没有一个人，一生没有坎坷。有进有退是人生的常态，是必然的人生旅程。能进的时候就进，该退的时候就退，这是一种人生智慧。

人生的长途上，凡事顺其自然就好。一时没有人理解，不必焦虑。想做的事，遇到阻碍，等一等再说。这个意外的阻碍，或许不是坏事。柳暗花明又一村，这种机会也是有的。踏实做事，清白做人，即使并不顺遂，只要无愧我心，就可以认为是一个平安如意的人。

中国人都知道宁静致远。繁忙的现代人需要一个宁静的港湾。不妨想办法，离开那喧嚣拥挤的人群、车水马龙的闹市、眼花缭乱的景色、五光十色的风情，寻找一处静谧，享一方山水，让自己的心去聆听泉水的叮咚，去欣赏蓝天的白云。

春风岁岁吹空谷，留得清香入素琴。幽兰生于空谷，不以无人而不香，她默默盛开，宠辱不惊，怡然自得。人生不只有眼前，还有诗与远方。

心若莲花

心若莲花天地阔，红尘万丈不迷茫。
崎岖困顿亦何惧，坦荡襟怀处处香。

解读：

人到晚年，回眸自己的一生，一路走来，真是不易。有时似乎到了穷途末路，竟也能豁然开朗。一个人的心灵如果像莲花一般高尚纯洁，内心世界就会非常开阔。虽然身处俗世，"出淤泥而不染，濯清涟而不妖"，心灵可以不被污染。

在纷纷攘攘的世俗生活中，五光十色，诱惑很多，只要内心纤尘不染、坚守自己的原则，就不会迷失方向。

世道坎坷，生活并不一定都顺风顺水，有时会劳累到难以支撑。艰难窘迫，往往不期而遇。特别是晚年的人生，饱受疾病的折磨，痛苦不堪。即使如此，又有什么可畏惧的呢！人生之路艰难曲折，只要拥有笑对人生的能力，就可以无畏前行。

勇敢地面对现实，包容眼前的一切，坦荡处世，人生的道路上就会洋溢着馨香。生命本来就是一场从生到死的跋涉与攀登。尽管尘世喧嚣、天涯路远，只要心中有景，就会守心自暖。世界给予自己什么，这是难以回避的，重要的是自己用什么样的心态回应这个世界。

心有晴天，无惧风雨。一个人有一种美好的心态，心生梦想与希望，生命中就会处处闪耀着明媚的阳光。

风雨人生

人生风雨一身胆,世事艰难万里程。
熬字当头不怕远,披荆斩棘虎山行。

解读:

人的一生从来不会是风平浪静的,总会遭遇各种挫折和磨难。行走人生的路程,就是与这些不确定的因素对弈的过程。人的生比人的死更难。死,只需要一时的勇气;生,却需要一身的胆识。一个人仅有知识还不够,必须把知识变成有用的见识。有了见识,还必须将见识提升为胆识。当一个人有了胆识,他才会为自己确定一生奋斗的目标。

实现目标的过程是漫长的,说是"万里程"也不为过。要达到重要目标,不可能一蹴而就,往往需要终生坚持。为此,就必须不间断地努力。古代荀子曾说:"骐骥一跃,不能十步;驽马十驾,功在不舍。"成就一件事情,不看一时的力量大小,而要看一个人能坚持多久。正如拿破仑所说:"达到重要目标有两个途径——努力与毅力。"

一个人为某项事情坚持几天或数月并不难,难的是坚持一辈子。这就需要具备"熬"的功夫。如果一个人做到了"熬得住"这三个字,那么无论身处怎样的困境,也注定会有一个美好的未来。倘若遇到困难就退缩,碰到挫折就崩溃,那么肯定会迈不过人生的坎。

要想成就一番事业,就必须具备披荆斩棘的意志、敢上虎山的勇气。要像武松那样,明知山有虎,偏向虎山行。真正的强者,要不畏艰险,勇往直前,坚韧不拔,挑战自我,战胜前进路上一个又一个"拦路虎",直奔成功的彼岸。

红尘滚滚

红尘滚滚三千丈,总羡遨游山水间。
如若心胸常灿烂,何方不是桃花源?

解读:

一个人步入社会以后,常常会觉得处世很难。爱情、事业、交友等等方面一帆风顺的人世上很少,许多人处于有风有雨的状态。在繁华与喧嚣中,会发现许多东西并不符合自己的想象和愿望。在红尘滚滚的社会,人生总会有种种无奈、彷徨和失望。正所谓人生不如意事十之八九,拥有人生快乐并非易事。

为了让人生获得快乐,许多人向往游走于山水之间,在那里寻找适合自己的地方,用来安放不安的灵魂。投入山水的怀抱,会让人放下心中的包袱,淡化世间的恩怨。与山水融为一体,会使忧伤的心灵得到抚慰,郁闷的胸襟豁然开朗。

山一程,水一程,我们又回到了人间。睿智的人们会寻找心中的风景。开阔的心胸之中有青山绿水,有蓝天白云,有大海星辰。一个健康的心态,比什么都宝贵。快乐是一种积极处世的心态。拥有一种好的心态,我们就会在失败中找到希望,在绝望中摆脱烦恼,在痛苦中感受快乐,在黑暗中看见光明。

胸襟坦荡

繁华耀眼总浮云,抛却心枷便是神。
回首一生方悟透,胸襟坦荡万福存。

解读:

这是一首阐释为人之道以及如何立身处世的诗,对于如下问题:我们这一生,该追求什么、该抛却什么、该坚持什么?作者给出了自己的答案。这首诗,也内含着深厚的传统文化内核,承载着传统文化中"出世"与"入世"思想的精髓。

"繁华耀眼总浮云",孔子曾说:"饭疏食,饮水,曲肱而枕之,乐亦在其中矣。不义而富且贵,于我如浮云。"(《论语·述而》)孔子主张简单的生活,他认为"不义而富且贵"如天空中的浮云,随风飘散。名誉、地位、财富,对人的一生来说,不要把它看得至高无上。繁华过后,曲终人散。如果能做到以下几点:在迎接繁华时坚持自身的初心与气节、在身居繁华时坚守内心的清醒与宁静、在繁华散尽后可以享受孤独、重回简单,那便是"抛却心枷"的活神仙。

我们这一生,一不小心,便容易陷入重重"心枷"——包括功名利禄、他人评价、过度的物质欲望和虚荣心、攀比心、得失心,等等。这些"心枷"使我们心思沉重、步履蹒跚,为了迎合世俗的眼光而心力交瘁、失去自我,甚至丧失为人处世的原则。倘若带着沉重"心枷",外在的繁华又有什么意义呢?何况,这繁华本来就易散如浮云。

"抛却心枷"并不是切断所有欲望与需求,而是要了解自己真正想要的是什么,凡事有度有节、有取有舍。老子曾说:"知足不辱,知止不殆，可以长久。"（《老子·第四十四章》）意思是，懂得满足，就不会受到屈辱；懂得适可而止，就不会遭遇危险；这样才可以保持长久的平安。一个人最大的珍贵之处，就是身心的平和、知足、安宁。在这样的状态下，才能更好地审视自我、才能让心志获得更好的滋养，从而去追求真正对自己生命有意义的东西，获得内心的满足感和价值感。

"回首一生方悟透，胸襟坦荡万福存。"这既是诗歌最深的立意，也是作者深刻的生命感悟。做事无愧于心，胸襟坦荡、心无挂碍，便会感到浑身轻松。一切尽意，百事从欢，自己尽心尽力了，便不会有什么遗憾。你若盛开，清风自来，努力上进不懈、不断完善自我，幸福最终便会伴随。

作者一生就是在追求这样的境界，清风明月，心无纤尘，我们都可以从中得到有益的启示。

（李晓娟）

静水无波

心如静水无波浪,不必惶惶表名踪。
自在安宁千种好,雨馀烨烨夕阳红。

解读:

古代经典《中庸》一书中写道:"中也者,天下之大本也;和也者,天下之达道也。致中和,天地位焉,万物育焉。"意思是,中是天下最为根本的,和是天下共同遵循的法度。达到了中和,天地就会各安其位,万物便生长发育了。

一个人达到了中和状态,就不会发生不良的没有节制的情绪,可以说心如静水,安宁自在。他在自己的岗位上该做什么就做什么,不必刻意去追求和显露名声和地位。名踪:名声和地位。

宋代的侯蒙,年轻时没有及第,又因长相奇丑,屡屡被人讥笑。一次村里人放风筝,有人故意将侯蒙的丑陋画像张贴在风筝之上,引线放飞天空,以此嘲讽侯蒙,众人见之皆大笑。可是侯蒙非但没有动怒,反而微笑之下,提笔作了一首气象非凡的《临江仙》:"未遇行藏谁肯信,如今方表名踪。无端良匠画形容。当风轻借力,一举入高空。才得吹嘘身渐稳,只疑远赴蟾宫。雨余时候夕阳红。几人平地上,看我碧霄中。"

侯蒙当时就是守住了"中和",后来他发愤努力、苦心读书,考取了功名。侯蒙的经历给了我们一个启示:谁都会遇到人生的风雨,当雨过天晴,傍晚时分夕阳通红,属于自己的阳光终究会到来。

攻 坚

欲穷大地三千界，常作回旋八百盘。
凡事功成非易举，攻坚化险上峰巅。

解读：

这是一首励志诗，也是哲理警句。它启示我们在人生之中，碰到种种困难，应采取的正确态度；在遇到逆风的时候，应该怎样把稳方向；在险涛恶浪中如何战胜它们，到达胜利的彼岸。

"欲穷大地三千界，常作回旋八百盘。"这是从南宋诗人刘过写的一首七律诗《登白云绝顶》化用而来的。其意是说，要站得高，须作一番努力。"三千界"指辽阔大地上的万物。"八百盘"，言登上高山顶峰的曲折道路。

刘过（1154—1206），今江西省泰和县人。四次应试不中，布衣终生。曾为辛弃疾所赏，诗词风格两人类似，抒发抗金抱负。

本诗化用刘诗，形象地描写了一个人怎样才能到达顶峰及磨砺坚强意志等人生哲理。事物的变化发展是一个由肯定到否定，再到否定之否定这样循环往复的前进过程。从内容上看，这是自己发展自己，自己完善自己的过程；从形式上看，这是事物变化发展波浪式前进、螺旋式上升的过程。故言事物的变化发展，最终达到目的，取得成功，并非一蹴而就的。"穷"不作物质上的匮乏解，而应作寻根究源、穷尽解。"三千"、"八百"系泛指，言其多矣。"界"，应作环境、疆域解，泛指全境内的各种事物，但不能作田界解释。"盘"：作纡曲解，弯弯曲曲。古人诗句也有"青泥何盘盘"之句。诗人黄学规古为今用，诗意活用，并加以升华，从而为现实服务，为时代所用。这是古为今用的一个范例。

"凡事功成非易举，攻坚化险上峰巅。"凡：概、全。举：行、做。荀子："故知者之举事也，满则虑谦，平者虑险。""峰巅"：比喻的说法，即最好的、优秀的、出类拔萃的非凡成就等。不是实指山脉峰峦。这两句诗意思是：世上的事不会随随便便就能成功的，只能排除万险，克服种种困难，才能取胜或完成任务等。红军二万五千里长征是如此，水稻育种专家袁隆平是如此，中国女排成为世界冠军也是如此……不用说是大事，即便是平常事也是"非易举"，例如写诗，写绝句，虽然字数很少，可是要写得好，却非易事，贾岛就有这样体会："两句三年得，一吟双泪流。"可见功夫下得越多越深越到位，才能有所成就。

这首诗告诉我们：人要取得非凡成就，就要舍得下功夫，不怕千难万险，排除种种干扰，战胜各种考验和打击。

这首诗的现实意义和教育意义很强，非常有针对性。艾青说："诗不但教育人民应该怎样感觉，而且更应该怎样思想。""诗不仅是生活的明哲的朋友，同时也是斗争的忠实的伙伴。"此诗就是这样一首难得的佳作。

这首诗语言朴实、生动。能用普通的字眼，取得神奇的效果。例如"三千"、"八百"，这些数量词极为普通，诗人却用高超的智慧，将前者化为无限广阔、众多美好的事物；后者化为种种艰难险阻。此诗的语言饱含着深邃的哲理，而且语言富有暗示性和启示性。又如"峰巅"，诗人是将虚化的事物，变为有形之物，使诗歌可感可亲可读，让读者久久难忘，终身受益。

（邵介安）

善 藏

以屈为伸坦荡心，本真朴鲁大胸襟。
功成事了拂衣去，君子深藏世上名。

解读：

《菜根谭》云："藏巧于拙，用晦而明，寓清于浊，以屈为伸。"意思是，做人宁可笨拙一点，不可显得太聪明；宁可收敛一点，不可锋芒毕露；宁可随和一点，不可太自命清高；宁可退缩一点，不可太冒进。要学会以退缩求稳步前进的方法。《菜根谭》还云："君子与其练达，不若朴鲁。"意思是，君子与其处事圆滑，不如保持朴实的个性。

藏，渗透于中国文化的方方面面，无论是艺术，还是处世，中国人都讲究善藏。因为锋芒太露，峣峣者易折；意气放纵，往往忘了天高地厚。藏，是人生的一种智慧，也是天道运行的法则。藏巧，藏拙，藏锐气；藏锋，藏器，藏功名。诸般藏于心，才能成于事。事成拂衣去，深藏世上名，这是做人的最高境界。

晚　晴

风雨长途成往事，人间自古重晚晴。
老来渐觉风光好，抛尽繁华步履轻。

解读：

世上多风雨，人生多磨难，几乎人人如此。人在一生中不可能一帆风顺，路途坎坷是常态。杨绛曾经说过："在这物欲横流的人世间，人生一世实在是够苦的。苦过，才是生活；熬过，才是日子。"好的人生，都是从苦里熬出来的。奔波如蚁，披星戴月，每个人都有自己的沼泽。生活这条路上，每个人都会过得磕磕绊绊。往事如烟飘散，晚年相对平静安闲。

唐代诗人李商隐写道："天意怜幽草，人间重晚晴。"雨下了很长时间，天公怜惜浸泡在雨水中的小草，于傍晚的时候天气明朗了起来，这是值得特别珍惜的。李商隐感慨于自己的遭遇，多年怀才不遇，到晚年终于安定下来了。他的心境与雨后小草的意象高度契合，于是吟出了这联千古名句。

每个人回顾和总结自己的一生，可以感悟到生命并没有所谓的极盛与极衰，一切全在于自己去把握。人生的晚景并不一定是凄凉的，只要把握得好，在看似凄凉的境况中可以转出另外一种温暖。蒋勋体悟到："生命没有哪一个阶段一定是最好，生命的每一个阶段都可能好，早晴和晚晴是两种不同的意义。"

人到老年不必去追求太多的拥有，会逐渐接受放下，这样，生活就会变得轻松起来。放下的越多，才能让自己越接近生活的真相；放下的越多，才能让自己真正面对生活；放下的越多，自己才能发现更多的存在于身边的美好。只有放下，才能开心；只有开心，才能享受生活；只有享受生活，才能不辜负余生。

老 伴

风雨平生数十春,转身顿作白头人。
天南地北分居久,老病榻前守知音。

解读：

本诗作于 2022 年 5 月 22 日。

人生天地之间，若白驹过隙。短短数十年光阴，飞逝而过，转眼间满头白发，垂垂老矣！

我与庄桂春于 1968 年结婚后，她在北京工作，我在杭州工作，分居长达 12 年。每年春节天南地北来回奔波。在那动荡的特殊年代，工资很低，物资短缺，生活过得非常艰苦。直至国家实行改革开放政策以后，我们全家才在杭州团聚。现在生活条件日益改善，桂春的身体却因衰老而多病。

2018 年 3 月，桂春第一次脑出血。2021 年 10 月，桂春第二次脑出血。2022 年 1 月，桂春第三次脑出血，这一次出血量很大，多达 100 毫升，头颅动了大手术。参照医院过去类似病例，医生认为桂春术后会长期处于昏迷状态。后来，桂春在术后第 5 天竟奇迹般苏醒过来，但状态仍很疲惫，后遗症非常严重。为了照顾桂春，我也入院日夜陪护。

我们的一生经历了诸多风雨，现在我要给桂春很好的陪伴，其他的事情先放下。在病房里，我远离尘世喧嚣，守护自己最爱的人。陪伴桂春走好人生的最后一程，这是至关紧要的。

知 音

人海茫茫何处觅，千帆过尽遇知音。
三生有幸同甘苦，携手白头一世珍。

解读：

我与桂春于1968年结婚时，当年我们都是28岁。在当时年轻人中，我们结婚的年龄是不算早的。为什么不早一点呢？因为没有遇到合适的人。后来经桂春的表哥介绍，我们认识了，终于遇到了知音。

有一种说法是："前世五百次的回眸，才换来今生的擦肩而过。而今日的遇见一定是三生的慈悲种下的善果。"

的确，遇到合适的终身伴侣是难上加难的。能于千万人之中，我遇到了桂春这样的知音，真是上天馈赠给我的最好礼物。半个多世纪以来，我们成为彼此最美丽的风景。

滚滚红尘，漫漫人生，我们心心相印，相依相伴，人生便不孤独。我们无话不谈，无所顾忌，两人早已融入了彼此的生命里。我们的内心是满满的踏实和知足。我们心意相通，彼此专一和温暖。

用现代流行的词语来说，我和桂春是真正的灵魂伴侣。我们肯定会白头偕老，用一生一世来珍惜。

晚　霞

忆昔笑容灿若花，流年似水掩芳华。
人生苦涩今尝尽，久病相依向晚霞。

解读：

平生许多美好的记忆，不会都交还岁月，将永远在心中珍藏。桂春从小就是一个爱唱爱笑的姑娘。1968年，她与我结为夫妻。在那特殊的年代，虽然日子过得清贫，但家庭和睦，生活中仍然充满笑声。桂春虽然没有风华绝代的惊艳，却有着清纯率真的气韵。她那秋水无尘的回眸，灵动多姿，天然动人。半个多世纪飞逝而去，如今芳颜不再，但桩桩往事依然萦绕心头。

意想不到的沉重打击，粉碎了全家的静好岁月。2021年10月，桂春第二次脑出血住院治疗，病情日渐见好，不料2022年1月，桂春又一次脑出血，而且出血量很多，身体元气大伤，卧床不起。我也住院陪护，日夜不离。李商隐诗云："夕阳无限好，只是近黄昏。"我和桂春同龄，至今已经82岁。我们的人生之旅已经到了最后一程，不敢奢望还能做更多的事情，但我们相濡以沫的精神之光犹存，至今唯有期待日暮烟霞灿满天。

咏怀之一

休恋浮名天上云,浑沌自得守本身。
慎言寡欲平常过,霁月风光纯净心。

解读:

活在世上不要被名利所累,名利如浮云,权势似流水。一个人能否有所作为,在于不要活在别人眼中,更不要光看别人的眼色行事。走自己的路,做自己的事,如此才能成就美好的人生。

庄子曾经讲过一个神话:在天地的中央有一个主宰者,名叫浑沌,浑沌待人宽厚友善。有一天,南海和北海的主宰者来找浑沌玩,发现浑沌虽然极为友善,但没有喜怒哀乐、爱恨情仇。于是,替他凿了五官、七窍。可是,七天之后,浑沌就被他们凿死了。这个神话告诉我们,人的初心就像浑沌一样,本来不受外界干扰,天真朴素,纯粹天然。一旦失去本身,就会走向死亡。

值得注意的是,现下内卷的情况非常严重,带来的结果是,让原本奋斗的理由变了味道。坚持把握真心不动摇,牢记奋斗的初衷,方能过得平稳而不普通的生活。

孔子曾说:"君子食无求饱,居无求安,敏于事而慎于言,就有道而正焉,可谓好学也已。"(《论语·学而》)一个人说话时要谨慎,不能信口开河,要考虑最终的结果。老子曾说:"见素抱朴,少私寡欲。"(《老子·第十九章》)告诫人们欲望要少,做一个无欲则刚的人,如此就会减少好多烦恼、痛苦和悲伤。

一个人抱着平常心去生活,凡事未知全貌,不敢妄评,出言有尺，做事有余。

　　风光霁月指自然界雨过天晴时展现的清新明净的景象，比喻做人要胸襟开阔、心地纯净。这样的人内心没有什么杂念，是一个非常清澈的人，心无牵绊，云淡风轻。虽然过着简单的生活，但生命中也会洋溢着幸福。平常并不等同于平庸，能够以平常心过平常生活，就已经是人生一大成功了。

（张炜烨　陈小芳）

咏怀之二

云淡风轻少羁绊，反躬自省近纯真。
锋芒不可太多露，抱朴方能有好音。

解读：

宋代程颢《春日偶成》诗云："云淡风轻近午天，傍花随柳过前川。"这首诗体现了作者对春日美景的真性追求，也表达了忘世脱俗的高雅情调。从这首诗中，我们也感到了理学家所说的"心便是天"的哲理和"心气和平"的养性之道。"云淡风轻"，我们也可以引申到人生的处世态度，做人不要被名利束缚，要摆脱名缰利索，做一个身心自由的人。

反躬自省，常思己过，是中华民族优秀思想的精髓之一。彭德怀也曾说："我是一月一省吾身，以便少犯错误或不犯严重错误。"古往今来凡是有所建树的人，都把反躬自省当作加强自我修养、陶冶情操的重要法宝。我们要让反躬自省内化于心、外化于行，逐步实现自我境界的提升。

《易经》云："亢龙有悔"。能力很强的人，特别要注意戒骄，不能锋芒毕露，否则肯定会导致失败而后悔。自古以来，无数事例告诉我们，倨傲者不免招祸。真正有才华、有格局、有潜力的人，他必定谦虚谨慎，低调做人，高调做事，不会傲气凌人，不可一世。

抱朴一词出自《老子》，即保持朴实、自然、平真的心。陶渊明诗云："开荒南野际，守拙归园田。"守拙，是固守住愚朴拙的意思。抱朴守拙两词常常联用，强调一个人要重视观照自己的内心，主动向内求索。朴为天性，拙为智慧。超然荣辱，淡泊物欲，以出世之心行入世之事，这是做人的极高境界。

咏怀之三

天涯路尽何时通，人世崎岖道不穷。
似水流年已垂暮，心无挂碍笑春风。

解读：

本诗作于 2022 年 11 月 6 日。

老伴桂春因三次脑出血，后遗症很严重，现在处于失语状态。我日夜守在她的床边，至今已经一年有余了。她的一双眼睛注视着我，没有说话，但神态安详，有我的陪护，她的心里很放心、很满足。

在病房里，我一边照顾老伴，一边坚持学习和写作。唐代杜荀鹤诗云："何事居穷道不穷"。意思是，处于穷困之境仍然注重勤奋修业。这种"道不穷"的精神深深感动和鼓舞了我。我目前虽然困于病房，但还是坚持读书，不敢懈怠。

人的一生非常短暂，时光像流水一样日夜奔流。我与老伴都已经到了垂暮之年。回想我们走过的一辈子，在青少年时，该努力的已经努力了；在工作岗位时，该奋斗的已经奋斗了；在晚年身患疾病，同病魔该抗争的也已经抗争了。现在，我们生无遗憾，心无挂碍。

生老病死是一个人生命成长变化的规律，谁也不能改变。如今，我们可以坦然面对眼前艰难的一切，平静地走好人生的最后一程。

人生之一

人生长路多风雨，日月升沉轮替来。
随遇即安称大智，从容入世乐不衰。

解读：

人生，这是一个大题目，用一生去体验和思考，都未必能够尽解。

我到晚年才深切地体悟到人生之路极不平坦，常有风雨阻挡。一路过来，艰辛与磨砺，都留下了深刻的印记。即使如此，还是要努力前行。人生不只花开一路，必有风雨兼程。这是人生必然的现象。走在自己的道路上，欣赏一路的风景，风雨征程，也可谓一种壮美。

凡事都有规律，日月升沉是自然界一种永恒的现象。天行健，地势坤，大自然给予人类一种哲理性的启示。规律具有长期性和稳定性，是不会改变的，人只能顺应这个规律，在这个规律的支配下，活出精彩的人生。

所以，一个人要顺应人生的际遇。清代陈宗石词云："行藏随遇，试看天上明月。"行或止，都须顺应环境，这是有道理的。无论处于什么样的环境，都要顺从适应，安然自得。在所处的际遇中，努力把自己做得更好，这不是消极无奈，而是一种大智慧。

从容淡定、坦然面对人生，如此才能不负人生。浮躁行事，往往适得其反。任何时候，都不要怨天尤人，不要抗拒规律。正如杨绛所言："无论发生任何事情，你都要有快乐起来的能力。凡事都会雨过天晴，记得让自己想办法快乐。当我们扛过风雨，就会迎来晴朗。"回顾自己的一生，我也有同样的感受，要让快乐长伴不衰。

人生之二

咬牙向上寻常事，负重前行用力争。
昂首挺腰熬得住，茹酸攻苦是人生。

解读：

咬牙的过程，就是一个走上坡路的过程。向上是一种进取、阳光的心态。人生向上的关卡一道又一道，每前进一步，都需要坚持与毅力。滴水穿石，这需要长期的功夫。人的能力是无穷的，特别是青少年处于人生不断成长的时期，要把自己的能力发挥到极致。

人生的坚持是一种负重，并不轻松，你坚持一下，就前进一步，你就会发现自己原来也是生而强大。天下事常常是有所激励，才有所前进。更可贵的是一个人要善于自我激励，这是产生能量的源源不断的动力。

人在一生中既要有宁静淡泊、超然物外的一面，也要有积极进取、顽强奋斗的一面，特别是在青少年时期，更需要保持不畏艰难、勇敢拼搏的心态。

在人生的道路上，在拼搏的过程中，失败是不可避免的，凡事不可能一切顺遂、一路绿灯。当自己遭遇失利的时候，不必垂头丧气，而需要昂首挺腰熬过去。坚强的人生必定不怕吃苦、不怕失败。抖擞精神，熬过这一关，成功将为你打开大门。

人生就像爬山，一路上是很吃力、很累很苦的。人世间不存在一蹴而就、轻松可取的果实。攻苦茹酸，是人生永恒的课题。有了这种认识和准备，一个人就会不怕苦和累。唯有坚持不懈地奋斗，才能在困境中出头，否则只能出局。人生便是如此，越是伤痕累累，越要发愤图强。在所有的坚持努力之后，终于登上了山顶，成功在向你招手。

人生之三

天雨不滋无根草,道宽只渡有缘人。
物随心转常修炼,跌宕平生自得春。

解读:

古代老子曾说:"天雨大不润无根之草;道法宽只渡有缘之人。"意思是,雨虽然大,却滋润不了没有根的草;道法非常宽泛,但是不会渡化没有缘分的人。我们可以引申理解,再好的机会也只给有心的人。人世间,没有无缘无故的幸运,凡事皆有因果循环的关系。好的机会从来都是馈赠给那些有上进心、进取心的人。常言道:"世上无难事,只怕有心人。"这个"有心人"就是努力进取、素有准备的人。一个人只要坚持不懈地努力,世界便会为他打开前进的道路。

一个人如果三心二意、朝思暮改、心绪浮躁,他离所追求的目标就会越来越远。人生在世,欲成一番事业,讲究的就是一种持久的韧性、奋发的心绪、乐观的心态,如此,才能行稳致远。我们每一个人只有坚守信念和希望,怀着优良的心态,才能迎来美好的未来。

物随心转,境由心造。一旦遇到人生的低谷,也要从容淡定,泰然自若;一旦走上人生的巅峰,也不要洋洋得意,忘乎所以。无论处于何种境况,我们都应该理智面对,守住自己的心,温暖自己的情,活好自己的一生。

人生没有平坦的路。季羡林曾说:"人间万千光景,苦乐喜忧,跌宕起伏,除了自渡,其他人爱莫能助。"风雨人生要做到自渡,必须修炼一颗优良的心。有了优良的心,乐观的智慧便可以从自己的心底滋生。一个人拥有强大的内心，便能做到宠辱不惊、云卷云舒，进退自如、行稳致远，终有一天能够达到美好的目标。

殷殷插柳

殷殷插柳重耕耘,不为私藏只为春。
赤子情怀无小我,天涯尽绿最欢欣。

解读:

黄学规先生创作的《殷殷插柳》,吸引了我的眼球。细细阅读起来,仿佛一幅美丽的图画在我眼前展开:

早春时节,细细雨丝似雾一般笼罩在河堤、田堤、小坡上,碧绿的小草睁开了明亮的眼睛,从石缝里、硬土中探出头来,看到了这个美丽的世界。有一位长者在河堤上栽柳。他很勤奋,一会儿掘土,又一会除去败叶草根,然后将柳枝剪成一条一条,将它植在泥土中,并用锄头压紧压实。之后,他用水壶浇上水。这位长者颇爱唐诗,工作完毕后,脸带笑容,自言自语地吟诵起贺知章的《咏柳》:"碧玉妆成一树高,万条垂下绿丝绦。不知细叶谁裁出,二月春风似剪刀。"吟毕,这时河堤上恰巧走来一个年轻人。年轻人只见长者手握锄头,又看看新栽的柳条,心中明白了是什么一回事。忙问:"老先生,您栽柳图的是什么呢?"老先生笑笑:"我栽柳一不是为自己,而是保护河堤;二是增添故乡的春色,为乡村之美尽点绵薄之力;三是迎接各地游客,振兴乡村,走共同富裕之道……"长者还要一口气叙述下去,年轻人不禁拍手笑道:"您老为了美丽的人间春色。好,为您点赞!"

晚上归来,睡觉之后,老先生做了一个美梦:天涯海角处处是绿色,生机勃勃,无限春光。春风吹拂着柳条,春日给柳条披上缕缕金光,书写着云霞之章。

"殷殷"：此诗中是众多、昌盛之意。殷殷插柳是一种意象，意为处处生机，遍地希望。这首诗歌通过殷殷插柳的描写，以及联想到天涯尽绿无限欢欣的热闹场景，歌颂了赤子的博大胸怀和宽阔胸襟，颇有"后天下之乐而乐"的意境。傅雷说："一个人为人民服务不一定要站在大会上讲演或者做什么惊天动地的大事业，随时随地、点点滴滴把自己知道的、想到的告诉大家，无形中就是替国家播种、垦殖。"这首诗就是描写插柳的劳动场景，耕耘者为家园勤奋植绿，爱我们祖国河山的情怀溢于言表，令人感动。

这首诗在写作上有两个鲜明的特色：

（一）立意很高。立意的高下、深浅，决定着诗歌思想性的深刻程度。写"柳"的诗词古往今来，往往都是文人笔下的意象，例如唐人刘禹锡的《柳枝词》："清江一曲柳千条，二十年前旧板桥。曾与美人桥上别，恨无消息到今朝。"虽是神来之笔，珍贵的艺术品，却流露出望穿秋水无限恨别的情思、"悲莫悲兮告别离"之感慨。又如白居易《杨柳枝词》："一树春风千万枝，嫩于金色软于丝。永丰西角荒园里，尽日无人属阿谁？"白居易在诗中抒发了痛惜之情。当然，上述两首都是好诗。当今诗人黄学规笔下的"柳"，却别出心裁，一反旧意，它已经是胸怀天下的崭新形象了。它是为了"春"，为了"天涯绿"，胸襟博大，眼光高远。诗人通过插柳的意象，站在时代的高度，表达了我们时代的精神。

（二）语言的艺术美，是本诗的第二大特色。孙犁说："从事写作的人，应当像追求真理一样去追求语言，当把大量语言贮积起来。应当经常把你的语言放在纸上，放在你的心里，用纸的砧、心的锤来锻炼它们。"诗人黄学规就是这样地锤炼，把语言写活了。例如"只为春"

的"春"字,原是季节中的一个名词,此处诗人却赋予它以美好的事物、广大人民、美丽的国家、可爱的家园等意义,境界辽阔,胸怀博大,可谓是神来之笔。又如末一句的"尽绿"的"绿",形容词化为动词,把"绿"播撒在天涯海角,新意无限,世界何等的美好啊!王安石的佳句"春风又绿江南岸",令人颇感春天的喜悦,"天涯尽绿最欢欣"也是妙语天成,脍炙人口,令人拍案叫绝。

(邵介安)

不夸当年勇

千军横扫曾无敌,四面楚歌大折兵。
好汉不夸当年勇,关公也有失麦城。

解读:

季羡林先生有一次做了一个梦。他驾着祥云飞上了天宫,在凌霄宝殿参加了一个务虚会。第一个发言的是项羽。他历数早年指挥雄师数十万,横行天下,各路诸侯皆俯首称臣。他是诸侯盟主,颐指气使,没有人敢违抗的。说到尽兴处,手舞足蹈。这时忽然站起来一位天神,问项羽:"四面楚歌,乌江自刎,是怎么一回事呀?"项羽立即垂下了脑袋,仿佛是一个泄了气的皮球。

后来发言的还有关羽。他久处天宫,人间到处有关帝庙。他威仪俨然,放不下神架子。他发言时,谈到过五关斩六将,不禁圆睁丹凤眼,猛抖卧眉。但是又忽然站起了一位天官,问道:"夜走麦城是怎么一回事呢?"这时,关羽立即放下了神架子,神色仓皇。他跳下了讲台,在天宫里又演了一出走麦城。

季羡林先生说:"在芸芸众生中,特别是在老年人中,确实有一些人靠自夸当年勇过日子。但是,人到老年,争胜有心,好强无力,便难免产生一种自卑情结。对于这种情况,别人是爱莫能助的,解铃还须系铃人,只有自己随时警惕。"

长寿诀

宽阔胸怀藏万物,不思得失宁吃亏。
天伦和睦胜千药,老伴举杯笑齐眉。

解读:

周有光是复旦大学经济学教授、汉语拼音方案的主要制定者。2017年1月14日,周有光在他112岁生日的第二天凌晨三点三十分在北京协和医院去世。

周有光以112岁的高寿辞世,堪称长寿典范。他的长寿有什么秘诀呢?周有光曾说:"我遇事从来不激动。"他认为,在世界上许多事情不可能样样都顺利,胸襟宽大一点就无所谓了,吃亏就吃亏一点,没有什么了不起。

周有光还曾说:"我从来不吃补品。"人家送来的补品,他也不吃。中医理论认为,中药是有偏性的东西,中医是用药物的偏性来纠正身体的偏性,吃得不适当就是补偏了。

周有光认为:"夫妻生活要做到举杯齐眉,古代有举案齐眉一说,现在我们没有案了,就叫举杯齐眉吧。"案,是古代一种有脚的托食物的盘子,送上饭菜时,把托盘举得同眉毛一样高,比喻夫妻相爱相敬。夫妻是人的一生中彼此相处最久的人,只有天天开心,才会身心都健康,所以周有光认为家庭和睦也是长寿的重要秘诀之一。

翠湖观鸟

野色湖光皆绿妆，蛙声伴客稻花香。
凭栏观鸟心同乐，万里长空任翱翔。

解读：

翠湖湿地公园位于北京市海淀区上庄镇，依沙河之畔，西临稻香湖公园，东接上庄水库，是北京市唯一获批的国家级城市湿地公园。公园地处生态海淀"北部绿芯"的核心地带，紧邻清代著名词人纳兰性德的明府花园，规划占地面积700公顷。

翠湖有两大特点：一是由农地脱胎而出，二是湖中鸟类众多。早年间，因防水患，海淀上庄建闸，于是诞生了一座水库，上游农地均成了水田。稻花芳香，蛙声一片。到20世纪80年代，又在宋庄加了一道拦河闸，解决了排水、行洪和灌溉问题，并由此意外地生出了一片沼泽景观，这就是现在的翠湖。在翠湖，迄今已经观测记录到262种野生鸟类。为了给众多鸟类创造好的生存空间，在湿地中特设了鸟岛，并在园中建了观鸟塔。同时，种植了许多鸟类的食源性植物，比如海棠树、山楂树、柿子树，鸟类特别喜欢吃这些树的果实。由于生态环境改善了，许多候鸟变成了留鸟。游人在此观看鸟儿飞翔，天高任鸟飞，顿觉心情非常舒畅，不知不觉间，自己也变成了一只展翅翱翔、壮志凌云的鸟。

库木之秋

又到胡杨叶子黄，塔河两岸泛金光。
秋收硕果春风育，库木传奇誉满疆。

解读：

新疆库木库勒村的秋天，风光旖旎。高大的胡杨树叶子黄了，塔里木河两岸，金灿灿的胡杨，如油画一般在塔克拉玛干沙漠铺开，蔚为壮观。

尉犁县是棉花种植大县，是新疆优质棉花的主产区之一，它下属的库木库勒村的棉花又获得了丰收。村党支部领办了合作社，购买来采棉机。每年10月初，棉花开始大面积采收。这个庞然大物在短短一个月内，就采收了4500亩棉花。村集体的钱包鼓了，村民们都过上了小康生活。

库木库勒村有105户人家，各民族之间团结和睦、互助友爱，生活过得越来越红火。乡亲们一直怀念一位百岁老人，名字叫塔里甫·艾山，他的故事深深感动了每一个人。早在1979年，改革开放的春风吹遍大江南北，也吹到了库木库勒村。当时年近八旬的塔里甫·艾山，找来一块木板，制作成一块长80厘米、宽40厘米的小黑板，将他从收音机中听到的党的方针、政策用粉笔写到小黑板上，挂在村口的胡杨树枝上。小黑板成了村民们了解外面世界的窗口，村民们的思想行为也受到了潜移默化的影响。塔里甫·艾山对这项工作坚持了二十多年，一直到2003年去世，享年103岁。后来，他的女儿、孙子、外孙女、重孙女都继承了这项工作，一块小黑板，一份坚守，如火炬照亮前行之路。

现在,在新疆的天山南北,塔里甫·艾山一家的传奇故事广泛传扬,这种爱国爱疆精神就像奔流不息的塔里木河一样滋润着这片土地,激励着这里的后来人。

雪域桃源

尼洋河北西藏东，雪域春光殊不同。
夹岸桃花次第放，嘎拉笑脸相映红。

解读：

西藏东部的林芝市由于受印度洋季风的影响，形成了雪域高原独特的温带湿润季风气候，域内树木密布，植被丰富。

位于尼洋河北岸的林芝市嘎拉村，拥有数百上千亩野生的桃林，每年三四月份，夹岸而生的桃花次第绽放，漫山遍野一片红霞。

20世纪80年代，嘎拉村的1200亩古桃树被分到各家各户，眼看着一年又一年花开花落，村民却过着贫困的生活。2014年，在广东援藏干部的帮助下，嘎拉村以"村景合一，整村推进"的思路，着力打造"桃花村"品牌，统一经营桃花林，逐步推进造林绿化、道路硬化、庭院美化等工程，完成了从村庄到景区的蝶变，游客纷至沓来。2021年，嘎拉村桃花节接待游客14万人次，实现旅游收入460余万元，户均分红10万元。

村民达瓦坚说："这些年，靠着景区分红、跑运输、种植养殖等，一年下来全家收入达30多万，日子越过越有奔头。"

如今的嘎拉村，瓜果飘香，麦田金黄，呈现出一幅色彩斑斓的乡村美景，映衬着嘎拉人犹如桃花盛开般灿烂的笑脸，向人们叙述着乡村振兴带来的幸福光景。围绕桃花旅游观光，嘎拉村进一步拓展"旅游+"发展模式，建设观光采摘园、升级改造农家乐、制作桃花特色美食，旅游产业得到进一步延伸。片片盛开的桃花铺满了嘎拉村的致富路，嘎拉村正成为雪域高原生态致富的乡村振兴样本。

蓝 田

巍巍秦岭堆碧绣,灞水春来浩浩流。
烟雨辋川多雅趣,惊飞白鹭下渔舟。

解读:

蓝田县,隶属于西安市,位于秦岭北麓,关中平原东南部。蓝田是炎帝和黄帝的直系远祖华胥的故里,是陕西省历史文化名城。

秦岭山地占蓝田总面积的59.66%,主要河流有灞河。环顾四周,灞河之上,秦岭层峦叠嶂,碧绣成堆。灞河如同一条绿带,穿行在蓝田的山峦之中。这里山雄、岭秀、原坦、川阔,绿海飘翠,古韵延绵,吸引了众多艺术家驻足停留,成了陕西国画院授牌的"文化艺术村落"。

位于蓝田县城西南约5公里处的辋川,这里是"秦楚之要冲,三辅之屏障",也是古代达官贵人、诗人文士心醉神驰的风景胜地。唐代著名诗人王维曾经隐居辋川十余载,身后留下大量珍贵的遗迹以及后世纪念的石刻。"辋川烟雨"为蓝田八景之冠。在《辋川集》中,王维以辋川山庄的文杏馆、鹿柴、临湖亭、栾家濑等二十景入诗。王维在《栾家濑》一诗中写道:"跳波自相溅,白鹭惊复下。"水中溅出浪花,白鹭惊飞起来,想必是上游荡下了轻舟。

现在,在辋川镇白家坪鹿苑寺遗址,生长着一棵相传为王维手植的银杏树,树高20余米、树围5.20米,树龄已超过1300年。今人漫步于此,穿越时空,与厚重的古风遗韵重逢,也在明快的现代气息中感受新蓝田。

翠云廊

剑阁长廊树森森，历朝翠柏接天浔。
饱经风雨立千载，蜀道苍茫古栈云。

解读：

"长廊郁翠柏，斜阳照五津。景阳仍风雨，苍茫古栈云。"这是1000多年前唐代诗人李商隐笔下的蜀道胜景。诗中的"长廊"，指的是由近8000株苍翠古柏树所环绕的剑门蜀道，世人又称其"翠云廊"。

"翠云廊"的古柏平均树龄有1000年。蜀道植树目前可考时间为北宋天圣三年，历经后朝数次补植，历代都设有专人管理。及至明、清、民国时期，历朝官府对古柏及驿道的保护，都作为重要的日常工作来抓。

2002年，经四川省人民政府批准，"翠云廊"古柏省级自然保护区建立。2018年，保护区设立了护林员岗位。多年来，剑阁县委、县政府确立了生态立县的发展思路，把蜀道古柏保护作为生态文明建设的首要任务。

"翠云廊"犹如生态文明的绿色长城，要在加强古树名木保护的同时发展好生态旅游，让更多人对古蜀道的历史文化更加了解、更加敬仰。

2020年1月1日起，《四川省古树名木保护条例》正式施行，这是四川省首次以地方立法的形式，确立对古树名木的保护范围和路径，剑阁县的7803株古柏树被纳入其中。

一圈一圈的古柏年轮刻录着千年风雨沧桑，蓄积着生生不息的神奇力量。"翠云廊"古柏林写照着中华民族的智慧与勤劳,也见证了一代代剑阁人对生态自然的敬仰与为保护文化遗产和人类文明付出的努力。

夔州风光

无边红叶入眼来,两岸青山柑橘栽。
坐看白云三峡起,蓝天向我数峰开。

解读:

瞿塘峡口的奉节县,古称夔州,是一座风光壮美的山水之城。如今,百里瞿塘峡、巫峡两岸,不仅年年有红叶,更处处有绿意。过去只有秋冬的红叶可赏,现在一年四季都有绿意盎然的美景。

黄栌是三峡红叶的主要树种。每到深秋时节,黄栌的叶子开始变红,长江两岸层林尽染,呈现出峡江红叶的独特景观,观赏期长达3个多月。

奉节县很长一段时间都以煤为生。2016年以前,奉节是全国产煤百强县之一,全县30个乡镇中,涉煤乡镇多达23个。在新发展理念指引下,当地干部群众关闭煤矿,走上了"产业生态化、生态产业化"的道路,将当地2300多年的柑橘栽培历史发扬光大。如今,奉节脐橙种植面积达35万亩,年产量33万吨,综合产值26亿元。2019年,全县7006户贫困户在脐橙产业的带动下实现了稳定脱贫。

新的三峡文化,就是要让生态优先、绿色发展理念成为三峡库区发展的普遍遵循和价值追求。在生活中,坚持共建生态文明,共享蓝天白云,形成绿色发展方式和环保生活方式,协同推进生态美、百姓富、文化兴,着力描绘一幅新三峡的壮丽图景。

忆江南·湘潭莲花

莲花美，历久芳名传。万里东风芙蓉国，波光潋滟尽荷田。盛况已空前。

解读：

湘潭产莲，久负盛名。南朝江淹在《莲花赋》中写道："著缥菱兮出波，揽湘莲兮映渚。"史籍记载，湖南自战国时期起就培植莲花，至今已有两千多年的历史。历史上湖南就有"芙蓉国"的美称。

湖南湘潭的湘莲、福建建宁的建莲、浙江武义的宣莲是中国的三大名莲，其中湘莲的营养价值位居三大名莲之首。湘莲品种多，以湘潭"寸三莲"品质最好，有健胃、安神、清肺、清心等显著功效，营养价值高，例为贡品。1987年全国首届食品博览会，湘潭"寸三莲"获头奖，被专家誉为"中国第一莲子"。1995年，湘潭被命名为"中国湘莲之乡"。

湘潭乡间，到处可见成片的莲田。在夏日晨风的吹拂中，起起伏伏、相拥相接的莲叶犹如波光潋滟的湖水，那隐约初现的莲朵则像黎明时分跌落湖中的星斗。花石镇是"寸三莲"的主产区，也是全国最大的湘莲交易市场。这里通过推广莲稻轮作和莲田养鱼，单位面积收益增加，加上国家扶贫攻坚惠农政策，莲农生活显著改善。花石镇一百多家湘莲经营户，年收入都在百万元以上。

作家王巨才说："在我的心目中，生活在湘潭是有福的。这地方遍地莲花，名人辈出，存正脉，播清风，元气沛然，催人奋发，足堪自豪，也令世人仰视、追慕。"

朱亭古镇

傍水依山古镇秋,翘檐青瓦吊脚楼。
朱公足迹今何在?万古湘江日夜流。

解读:

湖南株洲衡山东侧,北流的湘江拐了一个大弯,一个因朱熹得名的千年古镇——朱亭,坐落岸旁。

古镇北头有一条老街,全由长条麻石铺成。老街前临湘江,后靠长岭,依山傍水。街道两旁店铺林立,前屋临街一面多为骑楼,后屋靠江一面多为吊脚楼。老街至今保存13处明清风格的民居,翘檐青瓦,十分雅致。南宋时期,朱熹和张栻同游南岳衡山,路过朱亭并讲学。后人为记其事,遂把原名浦湾改为朱亭(停)。古镇还建起了一座桥,取名"朱张"。

朱亭是湖南省历史文化名镇,朱熹曾在此讲学为古镇增添了一种尊师崇文、敬贤尚德的文化底蕴。漫步朱亭,历史的悠远随处可见,朱张桥遗址、一苇亭讲堂遗址,游人如织。日夜奔流的湘江向人们见证着历史的沧桑。

崀山丹崖

丹崖高耸绕云烟,清澈夷江流水潺。
万古堤防犹可见,爱莲诗意至今传。

解读:

崀(làng)山,位于湖南省西南边陲,紧邻广西。崀山是中国丹霞地区中,丹霞地貌丰富程度最有代表性和最优美的区域。崀山的灵气,来自丹山碧水的巧妙组合。丹霞喀斯特混合地貌的峰峦云山与清澈见底的夫夷江水构成了一幅如痴如醉、似梦似幻的山水画卷。

宋代理学家周敦颐,陶醉于崀山的山水之美,触景生情,在夫夷江畔写下了千古传颂的《爱莲说》,并书"万古堤防"四字刻于石崖,虽历经千年风雨,至今依稀可见。自从有了《爱莲说》,崀山清官廉吏层出不穷,享有"君子之乡"的美誉。

1939年,抗日战争时期,著名诗人艾青曾在崀山生活了200多个日日夜夜。在这里,艾青写下了不朽的诗句:"为什么我的眼里常含泪水,因为我对这土地爱得深沉。"在崀山,艾青还动情地留下了传诵至今的名句:"桂林山水甲天下,崀山山水赛桂林。"

红水河

红河已改千年貌,重绘丹青一派新。
碧水清纯如翡翠,青峰蓊郁净无尘。

解读:

红水河是广西的母亲河,亘古以来,自莽莽云贵高原奔流而下,昼夜不息。流到广西大化县城,汇聚五水,聚首三山,山水交融,风情万种。

历史上,红水河的水是红的。红水河的得名,乃因流经红色砂贝岩层,于是水色红褐。改革开放以来,红水河也改变了面貌。1983年开始,大化水电站蓄水发电。1992年,岩滩水电站开始发电。2007年,龙滩水电站又开始发电。这些水电站的兴建,重写了红水河的历史,红色的河水被层层沉淀,变为一条蜿蜒的绿色长河。

从大化水电站至江南乡的红水河段,形成了一道长50公里,宽300-500米,深30-50米的"百里画廊"。两岸青峰屏立,绿树丰茂,芳草萋萋。喀斯特地貌的山峦,或昂首耸立,或俯身低伏,姿态各异,气象万千。

铜钹山

闲来行走铜钹山，长道弯弯直抵天。
村廓田畴美若画，清风一缕吻欢颜。

解读：

铜钹（bó）山，位于江西省上饶市广丰区南部，属武夷山脉东段北麓。距广丰县城二十七公里，主峰海拔一千五百多米。路，一弯拐过一弯，犹如沿着涟漪的波纹逆流直上，抵向天际的那段，就去往铜钹山。

铜钹山堆青叠翠、蓊郁秀逸，却因地处偏远，长时间有着"穷敝困顿"的烙印，百姓过着贫穷落后的日子。

当一条绸带般的柏油路把铜钹山带至身边和眼前，山外的人才发现，原来山中一直这么美：每一片绿意都是目光追逐的底色，每一朵云彩都是心灵寄托的诗笺。自2016年全域推进美丽乡村建设和乡村旅游开发以来，短短数年时间，十多处景区就相继被开发出来。越来越多的山外人不辞偏远纷至沓来，为的只是看看那片天、那座山、那道梁、那条溪，更有人来了就不忍离去。这里的山容水色、村廓田畴简直如图画般美丽，有的山外人就心安笃定地把家镶在了铜钹山野上。

当山外人带来时代的讯息，带来春天的气息，世居山里的人也才发现，原来山中是这么好。于是，铜钹山人顺时就势，相继办起了农家乐。这个集中迁建的扶贫新村，总共十一户人家，就有十户办起了农家乐，每户年收入超过五十万。

如今时代变了，生活富了，城里人都爱往山野跑，大自然让他们流连忘返。山里人、山外人，个个都洋溢着幸福欢乐的笑容。

白鹤小镇

蓝天白鹤任翱翔，千亩田塘莲藕香。
八万游人观鸟舞，倾心守护不寻常。

❀ 解读：

每逢冬季，上千只白鹤或高空翱翔，或低空盘旋，或冲天鸣唳，蔚为壮观。这个地方就是江西省南昌市五星白鹤保护小区，现在称为白鹤小镇。

白鹤小镇一千多亩田塘湿地种满了莲藕，它的清香吸引了远方的鹤群纷纷来此觅食。

白鹤，在中国人的心目中是吉祥、美好的象征，是国家一级保护动物，全球百分之九十五以上的白鹤都在这里越冬。

2021年冬季，白鹤小镇接待国内外嘉宾和游人超过八万人次。在这里，鹤群自由飞翔，人与白鹤各得其乐、和谐共处，是名副其实的一道美丽的风景线。

看着如此美好的景象，对周海燕来说是最幸福的事。周海燕原本供职于电视台，曾任节目主持人，她也是一位生态摄影爱好者。2016年冬季，周海燕和同伴们偶然发现了白鹤的"新家"——鄱阳湖畔五星垦殖场的一片藕田。后来当她得知这片藕田将改种其他作物时，她千方百计把藕田保住了，因为她知道这片藕田对于白鹤越冬是多么重要。周海燕和伙伴们耗资100多万元，租赁藕田、购买藕种，并担任巡护管理。从2017年开始，她住进了附近的简易板房，一直至今。2021年3月，周海燕被评选为江西省三八红旗手。第二届中国鄱阳湖国际观鸟周上，周海燕被授予"鄱湖卫士"称号。

石 城

千里赣江源在此，客家灯彩多风情。
琴流澄碧温如玉，水韵波光暖石城。

解读：

石城县位于赣南，这里山清水秀，风景奇特，全县森林覆盖率达75.6%，县城空气质量稳定在2级以上。江西的母亲河——千里赣江起源于此，赣江的第一滴水就出自于石城赣江源国家级自然保护区。

石城95%以上的居民为客家人，客家风情浓郁，石城客家灯彩被列入国家非物质文化遗产，每年的正月里，琴江岸边锣鼓喧天，灯彩队走街串巷广送祝福，喜气洋洋。

站在县城高处俯瞰，琴江穿城流过，江水绕成一个半弧形，极像中国古代的竖琴。她不仅为石城增添了几分灵动与诗意，而且以亘古不变的低吟浅唱教会石城人只争朝夕、奋斗不息的人生哲理。琴江的流水温婉如玉，为石城增添了勃发拼搏的活力。

近年来，石城县紧紧围绕着打造"全国知名生态休闲养生旅游目的地"的目标，深入实施河湖长制，着力推进琴江流域生态综合治理。石城以琴江为主线，在两岸已经开发建成北滨江公园、赣江源国家湿地公园、花海温泉、森林温泉、天沐温泉、九寨温泉、琴江水利风景区等一大批生态休闲旅游项目。琴江的水韵波光温暖着秀丽的石城，从而使这里更加闪动着熠熠神韵，激荡着奋发向上的灵魂。

忆江南·白洋淀

微风起,一叶小渔舟。漂荡烟波浩渺处,水天一色野鸥浮。白云自悠悠。

解读:

白洋淀属海河流域大清河南支水系湖泊,是保定市、沧州市交界143个相互联系的淀泊的总称,它汇聚了上游自太行山麓发源的9条河流之水,是河北省最大的湖泊。白洋淀古老而多变,经历几万年地壳活动和河道变迁演变而成。这是在漫长的时间里,自然界缓慢、均衡地运行,才塑造出的自然之美。

白洋淀辽阔幽深,无边无际。微风扑面而来,游人坐在一叶渔舟之中,随风漂荡。渔舟越漂越远,漂到一处空旷无涯、烟波浩渺的水域,这里远离人世的喧嚣、城市的繁华,只听见水在船底流过的哗哗声,似乎进入了一个无人的世界。绿色的芦苇在天底下蓬勃又写意地生长着,各类鸟儿在愉快地鸣叫,野鸥水鸭在自由地戏水。时间在此仿佛不再流逝,既没有过去,也没有未来,带有某种永恒的意味。这里水天共一色、万类竞自由。作家王加婷写道:"雄浑、苍凉、壮阔的生命的诗意,写在这片大地上。在白洋淀,你能发现一种隐没已久的简朴的意味。这种简朴来自人与自然的和谐关系、对传统和历史的尊重和传承,还有日常生活的从容。"

水天尽处,蓝天上方,从容地飘过一团又一团白云,不禁让人体悟到"去留无意"的豁达、"云卷云舒"的闲适和"白云千载空悠悠"的寥廓。

鸡公山

与众不同非云海,盘山入胜是鸡公。
引吭高唱响寰宇,独绝风光报晓峰。

解读:

鸡公山位于河南信阳境内,这座山风光如画,云海、雾凇、雨凇、霞光、奇峰、瀑布等大自然美景,引得无数游人前来观赏。

鸡公山两侧峡谷深平,似两条通风走廊,加上其正处于亚热带向暖温带的过渡地带,雨量充沛,气候湿润,形成得天独厚的避暑条件。鸡公山与庐山、莫干山、北戴河并称中国四大避暑胜地,有着"三伏炎蒸人欲死,清凉到此顿疑仙"的赞誉。

鸡公山是因有报晓峰而得名的。报晓峰在群峰间突兀拔起,海拔744.4米,该峰是燕山期花岗岩体在地壳上升过程中露出地面,经长期风化剥蚀而成。顶端岩石后部有树木点缀似雄鸡巨冠,巨冠之下鸡嘴前伸,脖颈高昂向东,宛如一只引吭报晓的金鸡,栩栩如生、形态奇美。

山上有 500 多幢外国人的避暑别墅,令人注目的是还有一块英文石刻"LONGLIVE CHINA",意为"中华万岁",刻于 1935 年,刻字人于绳武是当年东北的流亡学生。正值日军侵占中国东北,因不满外国人瓜分中国的土地,他在一个雨夜,手执铁钎和铁锤,一下一下凿成了这行字。之所以刻成英文,就是要让鸡公山上所有的外国人都能看得懂,都能感受到中国人不甘做亡国奴的意志,表达了奋力抗争的斗志和气概。

芮城风光

万里奔腾无尽波，龙门直下尚多磨。
长河至此东流处，百转千回一路歌。

解读：

黄河从青藏高原巴颜喀拉山发源，自西向东流经青海、四川、甘肃、宁夏、内蒙古之后，进入了山西。在临汾壶口完成了惊天动地的壮举之后，继续奔腾前行。唐代李白遇到狂放不羁的黄河曾写下这样壮丽的诗句："黄河西来决昆仑，咆哮万里触龙门。"

河津龙门是黄河的咽喉，河道最窄处仅36米宽，河水破"门"而下，便是传说中鱼跃龙门之地。《名山记》曰："黄河到此，直下千仞，水浪起伏，如山如沸。"黄河流经此处，破山峦而径出，往下直泻千里，一路上浪卷沙翻，水波滚滚。

黄河从河津龙门往下，由北向南流经万荣、临猗、永济，来到了芮城，在这里拐出了一个90度的弯，把芮城抱在了"黄河母亲"的怀里。从芮城开始，黄河就浩浩荡荡一直向东。芮城历史悠久，是中华民族和中华文明的发祥地，是黄河文明的重要源头和"古中国"的核心地。芮城已经有1600多年的建城史，拥有各类重点文物保护单位132处。元代永乐宫壁画是中国绘画史上的重要杰作，被誉为"东方艺术画廊"。

从芮城开始，黄河沿岸还有一条公路与之并驾齐驱，犹如两条玉带千回百转于苍茫大地之间。黄河东流之后，再过平陆、夏县，最终在垣曲出境，一路上众多的文物古迹、迷人的自然风光、生机勃勃的村落民居,好像颗颗明珠,熠熠生辉。山西省黄河流经的各县规划创建200个"产业兴旺、生态宜居、乡风文明、治理有效、生活富裕"示范村,与黄河一号旅游公路及主干道串成线,连片成带,形成独具晋南特色的黄河文化风情体验带。

塞上绿洲

乔林苍翠满目收,种树固沙利千秋。
久久为功七十载,荒山奇幻变绿洲。

解读:

山西省右玉县地处晋蒙两省(区)交界,毛乌素沙漠边缘。新中国成立初期,地处沙漠风口的右玉,荒凉的沙地秃岭随处可见,土地沙化面积高达76%。

面对恶劣的自然环境,如何让百姓安居、乐业、致富?1949年,右玉首任县委书记张荣怀上任后,进行了近4个月的全县徒步考察。面对"十山九秃头"的荒凉,在县委工作会议上,全县干部达成一个共识:"右玉要想富,就得风沙住;要想风沙住,就得多种树。"这一信念,成为右玉县20多任县委书记们延续不断的坚守。70多年来,一任接着一任干,一张蓝图绘到底。

县委领导带领百姓顽强奋斗,全县森林覆盖率从0.3%增加到了56%,创造了荒漠变绿洲的生态奇迹。"吃人"的黄沙,终于被绿意击退,昔日的"不毛之地"已经变成"塞上绿洲"。右玉县从严重沙化地区改造成为宜居、宜业、宜游的山西唯一的全县域国家4A级旅游景区。

不屈的右玉在大漠荒原创造出绿水青山,先后荣获全国治沙先进单位、国家生态文明建设示范县、"绿水青山就是金山银山"实践创新基地等荣誉称号。

蓬 莱

临水依山绝世埃,丹崖耸立宋楼台。
空中海市无穷美,不若人间有蓬莱。

解读:

蓬莱仙境,古今闻名。蓬莱原是山东省海边的一个县城,现在已经成为烟台市蓬莱区。这里依山傍海,风景秀美,空气清新,令人感觉到弃绝尘世的喧嚣。长长的海岸线呈现弧形,烘托着一字排列的蓬莱阁、八仙渡、三仙山。蓬莱恰如神话所说的,是仙人生活的地方。

蓬莱已经有两千一百余年的悠久历史,山、海、林、阁如诗似画,风光独特。特别是蓬莱阁,令中外来宾赞不绝口。宋代始建的蓬莱阁位于海边的丹崖山上,它与黄鹤楼、岳阳楼、滕王阁一起合称中国的四大名楼。

著名散文家杨朔在《海市》一文中写道:"只见海天相连处,原先的岛屿一时不知都藏到哪儿去了,海上劈面立起一片从来没见过的山峦,黑苍苍的,像水墨画一样……山峦时时变化着,一会山头上幻出一座宝塔,一会山洼里又现出一座城市……"尽管天空中的海市变幻无穷、奇妙无比,可哪里比得上风光壮丽、人文荟萃的人间蓬莱呢!

马踏湖之春

积垢浚通湖水纯,东风和畅又一春。
悠长号令何方出?马踏湖边放鹰人。

解读:

马踏湖位于山东省淄博市桓台县,方圆96平方公里,相传是齐桓公会盟诸侯时马踏而成。历史上,马踏湖水域辽阔、物产丰饶,曾经是鸟类的天堂。从上世纪50年代起,生产队先是在湖里种藕养鸭,后又大面积围湖造田,使得湖区面积减少了近八成。80年代起,大量的工业污水顺着上游河道排入湖中,湖区积垢大量增加,湖水污染严重,飞鸟一度销声匿迹。

近年来,桓台县把马踏湖定位为限制开发的生态保护区,加强了生态修复、环境保护,因地制宜发展特色生态产业,逐步建设成为区域性的重要生态功能区。2016年,马踏湖生态修复工程通过验收,成为淄博市首家国家级湿地公园。

上世纪80年代以前,马踏湖周边有上千只鱼鹰,后来因为污染影响了水质,鱼少了,放鹰人也越来越少了,许多年轻人选择外出打工。现在,每天清晨,马踏湖边又能见到放鹰人划着小渔船在湖面劳作。放鹰人宋述智载着自家的12只鱼鹰在湖上捕鱼,一只只鱼鹰仪态一致地昂首挺胸立于船沿儿,犹如一个个即将开赴前线的战士。"吆嗬嗬……",伴随着放鹰人一声声悠长的号令,鱼鹰们全都一个猛子扎入水中,上了渔舟后,竟然魔术般从嘴里倒出七八条鱼来。

马踏湖不仅天蓝、地绿、水清了,经济效益也逐渐提高。湖区的人们已经通过绿水青山获得了金山银山。

莫莫格

万里彩霞景色新,江湖浩瀚冲波行。
引来百鸟舞仙境,遮尽白城天上云。

解读:

吉林省莫莫格自然保护区,位于白城市境内,曾经"藏在深闺人未识",如今已经成为世界重要的湿地之一。全区总面积14.4万公顷,辽阔的科尔沁草原和广袤的松嫩平原相汇地带,清澈纯净的江流与河道蜿蜒曲折,数不尽的湖泊犹如珍珠串连在莫莫格,孕育了这块美丽富饶的热土。莫莫格这个名字源于蒙语,意思是母亲和乳汁,用这圣洁的字眼命名,可能在世界上是独一无二的。

10多年前,莫莫格由于连年干旱,湿地面积一度缩小70%。关键时刻,吉林省把绿色发展作为永续发展的必要条件,飞速上马了西部河湖连通供水工程,打造了河湖互济、草茂粮丰、碧水蓝天、渔兴牧旺的新景象。为了让好生态得到永久保持,吉林省还积极探索湿地保护"共管共建"新模式,强化了区内湿地保护管理工作,对合理开发、利用湿地资源起到极大的促进作用。

现在,莫莫格已经成为世界上最大的白鹤迁徙停歇地,白鹤栖息数量和停歇时间堪称世界之最。这里有鸟类193种,尤以白鹤和丹顶鹤居多,各种鸟类多达几十万只。

莫莫格,仙鹤的天堂。愿这吉祥的大鸟,在天地间奋力翱翔,去播撒大爱、播撒美丽、播撒幸福!

漠河之秋

绿海苍茫好个秋,神清气爽层林稠。
当年烈火全无迹,遥见龙江天际流。

解读:

漠河位于黑龙江省西北部,境内河流纵横,多在10月下旬开始冰封,4月下旬开始化冻。漠河是国内无污染的天然净土之一,其中北极村是中国大陆最北端的临江小镇,是全国观赏北极光和白夜奇景的最佳之地。漠河北隔黑龙江与俄罗斯外贝加尔边疆区相望。

初秋去漠河,沿途碧空白云悠悠、层林尽染,令人顿感神清气爽。远山近坡林海苍茫,白桦相伴落叶松,英姿伟岸,金灿灿的野果在向人们招手。

眺望这山、这水、这片森林,很难想象眼前的这片绿色屏障曾经被一场大火无情地焚烧过。1987年5月6日,漠河附近的大兴安岭地区几处林场同时起火,引起新中国成立以来最严重的一次特大森林火灾,震惊国内外,主要受灾地区在漠河县、塔河县。经过28个昼夜的奋力扑救,于6月2日火场明火、余火、暗火全部熄灭,火场清理完毕,取得了扑火胜利。

在新时代,漠河人聚焦"保生态",建设"烈火攻不破的绿色堡垒",以"守绿、护绿、增绿"为主责主业,一代接着一代干。如今大兴安岭已经获得再生,重现了郁郁葱葱的绿色屏障,曾入选第一批国家森林康养基地,被授予第四批"国家生态文明建设示范市"称号。

人们走到漠河市北极村,远远就可以看见烟波浩渺的龙江水缓缓流过。如果在太阳快要落山的时候，人们就可以看到天边的晚霞嫣红，落日浑圆。眨眼之间，龙江上空一幅天然的水墨丹青便呈现在眼前。

忆江南·勇立潮头

潮有信，早晚不曾休。寥廓江天惊壮美，弄潮击浪立涛头。举世叹雄遒。

解读：

钱塘江的潮水，千百年来拨动了无数人的心弦。人们不仅感慨潮水的雄伟，更加推崇潮水的诚信——潮涨潮落准时守约。所以，唐代诗人李益的《江南曲》中写道："早知潮有信，嫁与弄潮儿。"白居易在《潮》一诗中写道："早潮才落晚潮来，一月周流六十回。"

钱塘潮的壮美天下闻名。因为江道的复杂多变，钱塘潮有"一线潮""回头潮""冲天潮""交叉潮"这万般模样。在一个晴朗的农历八月十八，钱塘江边，碧空如洗、江天寥廓，按约好的时刻，只见浪花翻卷着汹涌而至，蓦地冲上云霄，一时间，如金钟齐鸣、万马奔腾，惊涛拍岸、荡气回肠，这是何等的壮观！

人与大潮相比，是非常渺小的，但自古以来，人就有勇立潮头的勇气。北宋词人潘阆曾写道："弄潮儿向涛头立，手把红旗旗不湿。"改革开放以来，浙江的"弄潮儿"就是凭着诚信加勇气，屡屡创造令人惊叹的奇迹：没有森林资源的嘉善，胶合板产业平地起高楼，一跃成为全国知名的"木业大县"；不产羊毛的濮院，羊毛衫生产遍地开花；不沿海不沿边的义乌，成为联通四海的世界小商品之都……

"走在前列，干在实处，勇立潮头"的浙江精神鼓舞着浙江人永不停歇地创新创造！

浣溪沙·钱塘新城

百挫不回势若奔，铺天盖地伴雷鸣。潮头勇立浪中行。
浙水千年润古越，霞光万丈照新城。钱塘璀璨满园春。

◎ 解读：

钱塘新区是一座新城，地处长三角南翼地理中心、杭州都市区东部门户。钱塘江潮赋予钱塘新城一种壮阔的气象，大潮犹如千军万马奔腾而来，那声音如同高空雷鸣、山崩地裂，弄潮儿勇立潮头、破浪前行。

这里有独特的"蜀山文化"。1956—1983年间，蜀山遗址经历多次考古发掘，先后发现商周文化和良渚文化的堆积层，出土青铜矛、纺轮、稻谷灰化石、鹿角等文物100多件。1987年，蜀山遗址又出土玉璧、玉琮等典型的良渚时期文物。

近年来，杭州市推进制造业质量变革、效率变革、动力变革，公布了一批未来工厂培育企业名单，钱塘新区有32家企业入选，数量居全市第一。

钱塘新区还拥有浙江省最大的高教园区，集聚了14所高校和25万在校师生。钱塘新区正在重点推进钱塘科学城建设，该科学城将以环大学城为技术创新引领核心，目标是打造成为具有全球影响力的创新策源地。

回头潮

一路狂奔动地潮,猛然冲坝碎惊涛。
浪花飞溅半空转,满腹悲情达九霄。

解读:

钱塘江大潮是天下闻名的。苏东坡诗曰:"八月十八潮,壮观天下无。"其实,钱塘江大潮不只是农历八月十八日这一天。月亮一天绕地球一圈,走过太平洋再走大西洋,一吸一吐,潮水一天涨落两次。月初和月中的吸力最强,头尾持续各五天,每个月杭州湾至少有十天大潮。

每当大潮来临时,江上远远一条银线从下游向上游平移,银线越来越近,传来隆隆的吼声,望得见潮头上你追我赶的浪花。更近,忽而变成了一大群白色的野马,义无反顾地朝着上游奔腾,真是惊天动地、豪情万丈。

更加惊心动魄的是"回头潮"。奔涌向前的大潮前面有一道长长的堤坝,横卧挡道。大潮竟是浑然不觉,直扑过去。潮头似乎积蓄了整个太平洋的巨大能量,浩浩荡荡、长驱直入,却突然被一座大坝正面挡住,于是,大潮愤怒地咆哮起来,鼓足满腹悲情,迎面冲撞过去。狂奔的潮头被堤坝猛然掀翻,刹那间产生了极为强烈的反作用力,冲天弹起几十米、上百米的浪涛。浪涛似巨人在空中转身、弹跳、反扑,这就是钱江潮著名的"回头潮"。它在三百米以外的堤坝一角落地时,几百吨重的江水在瞬间如同炸弹一般爆裂,仅仅是浪尖的压力,即可将人体的骨头和内脏拍扁压碎。"回头潮"如此勇猛,如此壮美,完全是因为堤坝的拦截而被迫生成的。人们终于明白,潮可顺应不可逆之,潮可导流不可拦阻。

读《湖心亭看雪》

一点一痕三两粒,湖心看雪夜将深。
喜逢捷足金陵客,吾道不孤更有人。

解读:

《湖心亭看雪》是张岱写于清代初年的一篇散文,但作者在文章开头仍然写"崇祯五年十二月,余住西湖"。这年冬天,大雪下了三日,一天夜里,作者"独往湖心亭看雪"。接着,作者运用极妙的修辞手法,描写夜间杭州西湖雪景,"雾凇沆砀,天与云与山与水,上下一白。湖上影子,惟长堤一痕,湖心亭一点,与余舟一芥,舟中人两三粒而已。"

令张岱始料未及的是,他到了湖心亭,见到已经有人铺毡对坐,围炉烧酒。那两人雪夜偶遇张岱,非常高兴。"拉余同饮。余强饮三大白而别。问其姓氏,是金陵人,客此。及下船,舟子喃喃曰:'莫说相公痴,更有痴似相公者!'"

此文记叙了张岱自己在夜间湖心亭赏雪的经过,描绘了所看到的洁白辽阔、幽静深远的湖上夜雪图,体现了作者的故国之思,也反映了作者不与世俗同流合污、不随波逐流的品质以及远离红尘、孤芳自赏的情怀。

文章的最后,借船夫的话,来点明自己夜间赏雪的痴态,却又用一个更痴的人来作陪衬,弦外之音是"吾道不孤",天下除自己之外还有同样情怀的高逸之士,这是令他特别高兴的。

桐　庐

都道桐庐山水清，望峰窥谷最怡神。
烟波钓叟誉天下，心共白云名利轻。

解读：

桐庐，是浙江省杭州市辖县，位于浙江省西北部、杭州市中部低山丘陵区，富春江和分水江交汇之处，四面环山，中部为狭小的河谷平原。桐庐历史悠久、人文荟萃，素有"钟灵毓秀之地，潇洒文明之邦"的美誉。

桐庐境内，峰峦竞秀、江河争流，山与水的交融，营造出一种清幽殊绝的韵致。钱塘江流入桐庐、富阳境内，被称为富春江，这一段江山之美，尤其桐庐境内，赢来题咏无数。苏轼曾这样赞美它："三吴行尽千山水，犹道桐庐更清美。"

对于桐庐，早在南北朝时期，吴均的《与朱元思书》一文中，就已经有着极为生动的描写了。"自富阳至桐庐一百许里，奇山异水，天下独绝……鸢飞戾天者，望峰息心；经纶世务者，窥谷忘反。"

东汉时代的高士严子陵，坚辞光武帝许以的高位，归隐富春江畔，耕钓以终，在山水之间寄托自己的灵性。北宋名臣范仲淹知守桐庐期间，也曾充分表露对大自然和洒脱生活方式的倾心，他在《潇洒桐庐郡十绝》中写道："潇洒桐庐郡，身闲性亦灵""使君无一事，心共白云空"。

今天的桐庐，经济发达，产业丰富，是多个领域中的翘楚：全国综合实力百强县、长三角最具投资潜力县市、国家级生态示范区，等等。占据中国快递业的大量市场份额,被称为"三通一达"的申通、中通、圆通和韵达,都是从这里起步的。桐庐的明天必将更加美好!

忆江南·富春山水

绝佳境，极目富春舒。百里逶迤风烟净，青山绿水木扶疏，
  尽是山居图。

解读：

"风烟俱净，天山共色。从流飘荡，任意东西。自富阳至桐庐一百许里，奇山异水，天下独绝。"南朝文学家吴均写的《与朱元思书》，写尽了富春江两岸的美。

"天下佳山水，古今推富春。"富春江源于皖南，全长110公里，其中52公里在富阳境内。元代画家黄公望晚年隐居富阳，在富春江畔，观烟云变幻之奇、赏江山钓滩之胜，酝酿7年，作水墨长卷《富春山居图》，这幅画卷将秋色中富春江岸的大美景致尽收画中。

富春江曾经有一段令人揪心的历史。改革开放后，造纸业成为沿岸的支柱产业，鼎盛时期，山间水畔云集了500多家造纸厂，大量污水涌入富春江，清波粼粼的母亲河渐渐地变得病容满面、形色枯槁。近几年，富春江两岸进行了活态化改造，抖落了一身尘土，重新焕发美丽的姿色。现在，四周大片湿地、青翠的洲渚和以山为形、以水为韵的水上运动场馆，镶嵌于富春江两岸。一幅现代版的《富春山居图》，呈现于大自然之中，生机盎然、美不胜收！

淳安方塘

为有方塘活水清，瀛山赢得重学名。
朱熹题咏含深意，云影天光传古今。

◎ 解读：

这是一首从读朱熹《咏方塘》"半亩方塘一鉴开，天光云影共徘徊。问渠那得清如许？为有源头活水来"原诗演化而来的诗歌。

方塘在原遂安县城西北四十里的瀛山书院遗址旁，现属淳安县的郭村乡。瀛山书院原为宋熙宁间邑人詹安辟建于山之冈，初称"双桂书堂"，主要吸收詹氏弟子入学就读，在学堂旁凿了一口方塘。到了詹氏其孙詹仪之因信奉理学结识了著名理学家、教育家朱熹，并多次邀请他来此讲学，遂改名为"瀛山书院"。朱熹在讲学之余，面对方塘源头潺潺而来的流水，触景生情题写了一首千古绝唱《咏方塘》。这首诗的诗题还有《观书有感》《题方塘诗》等。

黄学规先生写的《淳安方塘》这首诗，一、二句意谓：因为有方塘从古至今源源不断的清澈活水流来，瀛山书院才获得千古不衰、历久弥新的重学名声。三、四句意谓：大学问家朱熹题写的《咏方塘》含意很深，"云影天光"的美句传颂至今。从这活水清澈的客观事理中，让人领悟到只有不断地学习新的知识，才会取得更多的成就，达到更高境界的道理。这正是：方塘题咏传古今，最是书香能致远。

黄学规先生如今写就这首诗具有特别的意义。2023 年 5 月，习近平总书记在文化传承发展的座谈会上发表了重要讲话，全党全社会展开大学习、大宣传，一个"赓续历史文脉，谱写现代华章"蔚为壮观的传承文化景象正一波推着一波向前发展。这首诗正应和了这样的形势。当今最具权威的政论评论家任仲平在他写的学习总书记讲话的评论文章中也引用了朱熹《咏方塘》中两句诗"问渠那得清如许？为有源头活水来。"

笔者在学习这首诗之余想到了一个问题。诗人黄学规是浙江东南沿海温州人，但他对地处浙西边缘山区的淳安县却情有独钟，他曾披阅淳安的历史，也曾到千岛湖采风，在他已出版的一、二卷《雨燕斋吟稿》诗集中描写淳安的诗词就有《淳安风潭洲》《淳安千岛湖》《桂岛望月》《威坪》《诗乡淳安》5首，加上这一首已是6首了。他还请淳安籍的邵华泽、徐金才、童禅福三位先生专为他的诗集题词。天下美景、人文掌故处处有，但山清水秀、人文厚重的淳安成了诗人心目中的"风景这边独好"，我作为一名淳安人甚感欣慰。

（许汉云）

鹧鸪天·柯桥

一到兰亭百感生，钟灵毓秀古今名。稽山鉴水育人杰，才俊文豪灿若星。

时世变，百业兴，乌篷满载越乡情。三桥眺望新丝路，达海通江天下行。

解读：

王羲之在东晋穆帝永和九年（353）写下《兰亭序》，由此成就了中国书法史上一座难以逾越的丰碑。兰亭就位于浙江省绍兴市柯桥区，这里钟灵毓秀、人杰地灵，稽山鉴水滋养着柯桥具有深厚的历史文化底蕴。绍兴历代人才辈出，大儒王阳明、书圣王羲之、文学家鲁迅、教育家蔡元培，以及陆游、徐渭、陈建功、钱三强、竺可桢等文化名人灿若星河。

时移世异、岁月变换，现在绍兴柯桥百业兴旺。如同水流经久不息，以丝绸、茶叶、瓷器为代表的传统产业依旧兴盛，而且汽车工业、能源运输、海洋工程、建筑材料等一大批新兴产业迅速发展。更为著名的是水乡柯桥已经崛起了一座"国际纺都"，这里成为亚洲最大的布匹专业市场所在地、世界最大的纺织贸易集聚地，纺织产品在此交易，远销190多个国家和地区。

运河悠悠，柯水潺潺，一条条乌篷船"吱呀呀"地摇过，满载着越乡人心怀四方的情思。此地桥多，有宋代的柯桥、明代的融光桥、清代的永丰桥，人们站上"三桥"眺望，可以穿越历史时空看到现代的新丝路，沿着水路的贸易曾经繁华绵延千年，如今东海的巨轮沿着"一带一路"将丰富的商品远销到了全世界的各个地方。

洛舍漾

烟雨朦胧洛舍漾，碧波浩淼百情生。
苕溪天目源头水，一路畅流东海行。

解读：

洛舍，杭嘉湖平原上一个水乡小镇，位于湖州市德清县境内。洛舍与众不同，在于镇北有一个"大漾"。洛舍漾的面积有两千多亩，其水面浩阔，水波淼淼。江南多雨，湿润的水汽从湖上飘过来又散开去，犹如甘霖洒在小镇的上空，像一幅幅烟雨朦胧的水墨画。

东苕溪从德清穿境而过，洛舍漾为东苕溪水系形成的湖泊，而东苕溪来自东天目山。古往今来，水就这么来去自由地荡漾着。

如今的洛舍更具水乡小镇的情致了。洛舍人将多年的老河道进行疏通，让流水更通畅；路跟着河走，道路所经之处，临河的老房子都露出了外墙，略加修整装饰，凸显出杭嘉湖农家的建筑元素。在老镇的外围，以河为界、以水为媒，形成了一个生活与休闲多用、独具神韵的湿地公园。

平凡的小镇并不甘于平庸，闲适的小镇人也能创造奇迹。上个世纪80年代，小镇开始生产一种钢琴，初名"伯牙"，是专门从上海钢琴厂聘请来退休的老师傅，帮助洛舍精心研制打造出来的牌子。

洛舍漾既古老又年轻，她的目光投向了外面的世界。洛舍漾有自己应循的水道，它最终要经太湖入黄浦江而汇东海。

南　浔

小镇人家多近水，晶晶万象写南浔。
湖丝行世传珍品，嘉业藏书天下闻。

解读：

南浔古镇位于浙江省湖州市南浔区，地处江浙两省交界处，历史上是一个蚕丝名镇。

清代诗人袁枚用"人家门户多临水，儿女生涯总是桑"来赞美湖州，当然，也是南浔的写照。当代作家徐迟在晚年自传体小说里一口气用了66个"水晶晶"来形容他的故乡南浔。徐迟写道："这里有——水晶晶的水，水晶晶的天空，水晶晶的日月，水晶晶的星辰，水晶晶的朝云，水晶晶的暮雨，水晶晶的田野……"赋予了南浔令人回味的无限风情。

20世纪在南浔钱山漾考古发现，4700多年前这里已经有丝线、丝带和丝绸，这是全球发现的最古老的丝织品，4700多年后的钱山漾一带依旧桑树成林。南浔的丝织品曾经于1915年在巴拿马博览会上获奖。在中外历史上，湖州南浔的丝织品被人们称为珍品。

古人说，仓廪实而知礼节。对南浔人来说，则是仓廪实而知诗书。南浔刘承干修建的嘉业堂藏书楼极盛时，藏书约13000种，计60余万卷，其中，称为海内秘籍的孤本有62种，还有一些极其稀有的珍本，如《永乐大典》《四库全书》残本等等。1949年，当解放军南下浙江时，周恩来曾特意要求陈毅的部队对嘉业堂藏书楼予以特别保护。

西塘夜色

长廊烟雨夜朦胧,千盏灯笼满镇红。
忘却时光将老去,汉唐流水明清风。

解读:

西塘镇,隶属浙江省嘉兴市嘉善县,位于江浙沪三地交界处。西塘历史悠久,是古代吴越文化的发祥地之一。在春秋战国时期是吴越两国的交壤之境,素有"吴根越角"之称。2003年被列入第一批中国历史文化名镇,同年,被联合国教科文组织授予"亚太地区文化遗产保护杰出成就奖"。2017年,西塘古镇晋升为国家5A级旅游景区。

烟雨长廊是江南水乡中独一无二的建筑,是古镇中一道独特的风景线。所谓雨廊,就是带顶的街,廊棚沿河一侧有靠背长椅,供行人休息。夜幕下的西塘最美,红灯笼高高挂起,满镇灯火通明,那温暖的灯光让人们尽享人间的温馨和安逸。

西塘古镇距今已经有2000多年的历史了,古镇在春秋战国时期开始形成。春秋的水,唐宋的镇,明清的建筑,现代的人,在这里和谐共生。

江南一埠

浦阳江畔石埠头,夺目风标凤凰楼。
绿树繁花梧桐路,千帆重现胜一筹。

解读:

浙江省浦阳江畔有一个古老的村庄,名叫石埠头村。作为钱塘江上游重要的支流,浦阳江上一度千帆云集,而石埠头村就是南来北往的客商停舟歇脚的地方。后来公路四通八达,如今的浦阳江早已不再通航,石埠头村也就逐渐静寂。

沧海桑田,世事日新。石埠头村作为浦江的南大门,离义乌小商品市场仅10多分钟车程。在村党支部书黄惟善的努力下,该村进行了整体搬迁和旧村改造,在村口竖立了牌坊,取名"江南一埠",并在村里建造了3幢32层大厦,命名为"凤凰楼",以表达求贤若渴、盼望有凤来巢之意。10多年来,被吸引到该村创业的外地客商和人才越来越多。网商园签约入园的企业已达150多家。全村的电商产业蓬勃发展,交易额节节攀升。

古话说:"凤凰非梧桐不栖。"全村的主干道因而取名"梧桐路",路旁和村里遍植梧桐树。现在,这些梧桐树枝繁叶茂,高大挺拔,道路两旁四季花木赏心悦目。

2020年,石埠头村获得第六届"全国文明村镇"荣誉称号。村集体资产由2013年的10万元增长至2018年的2亿元。在当代网络海洋中,石埠头村"千帆相竞"的盛景不仅重现,而且比往昔更胜一筹。

永康方岩

绝壁奇岩浩瀚林，五峰飞瀑听清音。
世间罕有福荫地，四面云山不厌情。

解读：

永康方岩属国家级重点风景名胜，距永康市区 23 公里。方岩风景秀丽，素有"人间仙境"之称。

方岩附近的山，都是绝壁陡起，高二三百丈，周围三五里至六七里不等。而峰顶与峰脚，面积无大差异，形状或方或圆，绝似硕大的撑天石柱。峰岩顶上，又都是平地。漫山遍野都是林木，蓊蓊郁郁，浩瀚无边。

方岩自东至西有鸡鸣峰、桃花峰、覆釜峰、瀑布峰、固厚峰，五峰环拱，间有瀑布。立在五峰书院的楼上，仰视天小，飞鸟不渡，只听得见四周飞瀑的清音。

山上有胡公庙。胡公名则，字子正，永康人，宋兵部侍郎，曾奏免衢州、婺州二州民丁钱，所以百姓感其恩德，立庙祀之。胡公少时，曾在方岩读过书。一年四季，胡公庙香火不绝，尤以春秋为盛。

方岩的远山近水，景色清幽，青山扑面，白云缭绕，相看不厌。李白的《独坐敬亭山》诗云："相看两不厌，只有敬亭山。"如果当年李白来到方岩，他一定会依依不舍，流连忘返。

（章群巧）

龙泉青瓷

龙泉自古多珍品，如玉晶莹净无埃。
百炼千锤成正果，万峰翠色入瓷来。

解读：

龙泉青瓷始于魏晋，鼎盛于宋元，以瓷质细腻、线条流畅、造型端庄、色泽纯洁著称于世。《诗经》有言："言念君子，温其如玉。"古人以"瓷"仿"玉"，出自龙泉窑的青瓷最有温润的感觉。2022年在杭州举行的第五届世界青瓷大会上，龙泉青瓷之美惊艳众人。古时，满载青瓷珍品的货船从龙泉古渡码头出发，沿瓯江运到温州港出海，成为海上丝绸之路外销瓷的主力产品之一。

龙泉青瓷烧一回窑要准备几乎半年时间。瓷土粉碎淘洗之后，练泥成型，再历修坯、装饰、素烧、上釉等多道工序，方可放入匣钵中装窑。烧窑时，一刻也不能松懈，昼夜守在龙窑旁边，随时观察火焰的颜色，适时增补柴火，直到温度达到1300摄氏度。在龙窑内，用木柴烧足一天一夜后，再冷却三天三夜，才能完成工序，最终的成品率依旧不过1／10。

一方水土的风情，烟雨江南的魅力，融于了青瓷之中。2009年，龙泉青瓷传统烧制技艺正式入选联合国教科文组织人类非物质文化遗产代表作名录，也是中国陶瓷界至今唯一入选的项目。

忆江南·十里云河

山中海，景色叹神奇。雨后升腾一片雾，群鸥展翅伴云飞，十里尽美姿。

解读：

眼前这片海位于浙江省云和县的山中。山中看海，不禁令人惊奇。原来这片狭长的海，其实是由一条江截流而成。这条江叫瓯江，浙江省第二大江。云和县地处瓯江上游，紧水滩等三座水电站的建设，将云和瓯江段截成数个庞大的天然湖，宛如一片海面。海天同蓝，海平如镜，远山青翠如洗，括苍山脉逶迤连绵。

石塘镇长汀村这片海，因1990年石塘水电站建设而称为"十里云河"。一场滂沱大雨过后，出现了山中特有的景色：云雾升腾起来了，没几分钟，迅速将海面和群山弥漫。雨后看云看雾，成了云和山中的日常，无论春夏秋冬，云雾随时随地生成。当第一缕云雾产生后，它就会随空翻滚，不一会儿，就满山满海，势不可挡。这时，海面上的鸥鹭展翅交叉翻飞，穿云破雾，尽情戏逐，大有海阔任鸟飞的情境。那山间的云雾与海面的飞鸟，构成了一种奇特的画面，简直像一种童话般的仙境。

石塘水电站建造后，长汀村原来的沙滩全部被水淹没。2015年，长汀村经过科学的规划设计，将村前那片狭长的空地还原成了新的"阳光沙滩"。目前，不到300人的小村，80%以上都在从事旅游业，全村年接待游客已达40多万人次。举目四望，沙滩与海面，远山与蓝天，均让人心旷神怡。海在山的深处，山里人的脸上都带着幸福的微笑。

梅雨潭

寻诗瓯海到仙岩，一路鸣泉情满山。
若问首推何处读？风清水碧梅雨潭。

解读：

梅雨潭位于浙江省温州市仙岩风景区，传说黄帝曾在这里的一块岩石上修炼成仙，飞升而去，故而称为仙岩。仙岩不仅有梅雨潭，还有各式叠瀑和碧潭，素有"九狮一象之奇，五潭二井之秀"的美誉。仙岩的瀑布潭比较著名的有三个：梅雨潭、雷响潭和龙须潭，其中以梅雨潭最有特色。

梅雨潭的两侧，双崖对耸，飞瀑自双崖合掌处喷吐而出，狂奔直下，轰轰作响。崖上岩石颇多棱角，瀑布流经岩石跌撞而下，似散珠一般注入潭中，微风吹来，水珠飘飘洒洒，犹如朵朵白梅，故名之为梅雨潭。正对瀑布建有一亭，此亭坐落在一块突出的巨石之上，安坐亭中可以观赏瀑布的全貌，作为建筑物恰到好处与梅雨潭的自然景色融为一体，故后人称此亭为梅雨亭。赏景如读诗，需要细细品味。

20世纪20年代，朱自清在温州中学执教时，曾两次来到梅雨潭"追捉她那离合的神光"，写下了著名的散文《绿》，永久地留在了中国现代文学史上。朱自清简洁亲切、精致委婉的文笔，把梅雨潭的景色描绘得奇异而又醉人，自然也大大提升了梅雨潭的知名度。梅雨亭下面石穹门旁边的岩石上刻有一个斗大的"绿"字，以此纪念朱自清与他的名作。

碇步桥

溪心踏石水悠悠，烟雨江南光景柔。
碇步桥边流古韵，舞姿曼妙引乡愁。

解读：

碇步桥位于温州泰顺仕阳镇溪东村。目前的碇步桥，建于清代嘉庆二十四年（1819）。桥长144米，共223齿，是从仕阳镇渡过仕阳溪最主要的步行桥梁，也是我国现存保留最完好、最古老、最长的古代碇步桥，2006年成为全国文保单位。

2016年夏天，浙江省舞蹈家协会组织了一场采风，走山乡、访民俗，希望能带给大家更多关于江南的灵感。浙江音乐学院的李佳雯也在这支采风队伍里，仕阳碇步桥令她惊艳不已。回去之后，李佳雯很快创作了舞蹈《碇步桥水清悠悠》。再后来，2023兔年春晚，经过三次打磨加工后的舞蹈《碇步桥》，以烟雨江南的诗画美景和青春灵动的少女神韵，瞬间火爆"出圈"，自然，碇步桥也出名了。

春晚节目一演完，来自泰顺全县的14个姑娘被集结起来，先是对着视频学，又跟着舞蹈老师练，直到把春晚上的那支舞学会。元宵节前一天，舞蹈队员穿上统一的服装，来到碇步桥上，现场跳了一曲。泰顺姑娘现场演绎央视春晚《碇步桥》的视频发出后，流量激增。

碇步桥出名了，溪边两个村的舞龙队也自发地"卷"起来。现在，仕阳镇不仅有碇步舞，还有碇步龙。常态化的碇步舞表演、碇步龙表演，还有茶园民宿，都进入了仕阳镇的旅游规划。

春晚一曲舞蹈《碇步桥》，让全国观众第一次领略到了碇步桥的魅力。人们爱碇步桥,也爱终日与她相伴的山川溪流,以及爱她背后的烟火气和乡愁。

江上晨雾

百啭千声不见身,小舟一叶云中行。
铺天漫地垂白幕,日出顿消万物明。

解读:

阳春三月的早晨,一江白雾如缥缈摇曳的烟岚,渐渐弥漫开来。雾的声势越来越大,不一会儿,便迅猛地升腾起来,江边的村舍、树木、花卉尽被掩埋于这场渐浓渐广的晨雾里。

欢快的鸟儿们在清晨叫醒春天,百啭千声,悦耳动听。然而在浓浓的晨雾中,我们却只闻鸟声,不见鸟儿们的身影。不一会儿,江面上影影绰绰出现一叶小舟,大雾中看不见流动的江水,远望去小舟仿似在云中穿行。

此时,晨雾像轻纱一样笼罩着江水、田野、村庄,一切宛如仙境。满江、满水、满谷的雾气,那样的浓,那样的深,像流动的乳液,能把人都浮起来似的,似乎进入了另一个世界。

太阳冉冉升起,无数道金色的光芒,耀眼夺目,射向苍穹。一瞬间,天地沉静,万籁无声,仿佛一切都为光明的诞生而陶醉了。空中的雾气渐渐消散,飘向远方。整个世界不再混沌一片,变得越来越清晰,江、花、树,一切都如此生机勃勃,这就是江雾下的春日晨曦。

(袁慧兰)

厦门抒情

鼓浪琴声有盛名,岛飞白鹭涌诗情。
沧桑岁月炼坚韧,一片繁华海上城。

解读:

厦门岛屿林立,多有佳趣。鼓浪屿是音乐的沃土,人才辈出,钢琴拥有密度居全国之冠,随处能够听到琴声,因此又得美名为音乐之乡、钢琴之岛。

白鹭是厦门的市鸟,在厦门随处都能看到它的身影。厦门也被称作"鹭岛",在厦门有许多与白鹭有关的神话传说。在高空鸟瞰厦门岛屿的平面形状,酷似展翅欲飞的白鹭。

厦门的美,有目共睹。今天,人们都识得厦门美丽的容颜,却不一定了解她沧桑的过去和曾经的辛酸。厦门历史上是闽南人下南洋的重要一站,石头多、土地薄驱动着厦门人出海讨生活。人们在这里送别亲人,多年之后有的等来了亲人荣归故里,有的直到最后也没有等到日思夜盼的亲人。坚韧与顽强,至今流淌在厦门人的血液里。

厦门美丽的背后,是厦门人的吃苦耐劳和奋发努力。今天在厦门,物流资金流充分涌流,人流信息流广泛交流,是集"请进来""走出去"于一身的国际投资贸易窗口。至今,厦门已经成为集装箱吞吐量排名世界前列的枢纽大港,更是闻名遐迩的旅游城市。

忆江南·海南黎锦

海南忆，最忆是黎家。农妇摩挲织彩锦，经纬日夜画繁花，
　　　　光艳似云霞。

解读：

海南岛黎族民间织锦，有悠久的历史。黎锦以棉线为主，麻线、丝线和金银线为辅，制作精巧、色彩鲜艳。2009年10月，联合国教科文组织批准中国海南省"黎族传统纺染织绣技艺"进入联合国首批急需保护的非物质文化遗产名录。

传统的织机平铺腿部，横木棍和卷木棍一前一后，红青白黄黑，五色丝线拉直，黎族农妇手指动作迅速，一根根经线，一根根纬线，一把摩挲得发光的木条自由穿梭，在时间的流淌中，织着世间的繁花，那光彩艳丽的黎锦宛若天上的云霞。

五色丝线给了黎锦生命，黎锦里有自然的爱意、神明的美意、时间的诗意，也有世间美好的寓意。黎族姑娘们总是把自己亲手织出的一件最满意的花带送给心中的情郎，那是忠贞之爱，也是爱之忠贞。

花卉鸟兽、日月星辰、山川大地……太多丰富的象征，在黎锦中呈现出丰沛与茂盛、日光与流年、万物与生长。没有文字的黎族人，是把自己的心意编织在花纹生动、灿烂夺目的黎锦之中。

湖畔早春

浮光耀眼暖风起，吹醒柳条爆嫩芽。
桃李孕苞还待放，草香早已飘天涯。

解读：

本诗作于 2023 年 2 月 26 日。

春日里的暖风从湖面掠过，湖水泛起了阵阵涟漪，阳光碎成无数个耀眼的小金粒子，散播在水面上，波光粼粼，一切充满生机。湖畔柳树的枝条在春风中摇曳着，虽然还未看见如贺知章所云"不知细叶谁裁出"的景色，但却见柳条上已悄然抽绽出点点嫩芽。

桃红柳绿杏花白，历来是春天里最鲜明的颜色。此时湖边的桃树李树正孕育着鲜嫩花苞，可以想见日后一片繁花似锦的春日景象。

放眼望去，此时的草地是最写满春意的。它们已然消退了隆冬时节的枯黄，在春风里乍然一片青绿。它们把根深深扎进大地的怀抱，吸吮着绿色的乳汁，细小的叶片无不在述说着春天的喜悦。它们满身只是绿，生命的绿、希望的绿，充盈着春天的大地特有的清香。这股清香飘过湖面，飘向远方，飘到了天涯。小草不像花朵那样娇艳动人，也不像大树那样高大挺拔，它其貌不扬，但紧贴大地，充溢着泥土的芬芳，饱含着清新的香味，它还具有顽强的生命力。"离离原上草，一岁一枯荣。野火烧不尽，春风吹又生。"给它一点泥土，一滴雨露，一束阳光，它便冲破雪盖冰封，迎着一缕春风，在春雨的沐浴下，将盎然新绿无私地奉献给人间。

（袁慧兰）

冬 山

冬山简约净无尘,空旷寂寥大气生。
最是古松含风骨,崖边险立击人心。

解读:

《冬山》,借景喻情,是一首展现诗人内在精神气质的诗!一首让人觉醒人生的诗!

冬天的山,繁华落尽,没有了千种红叶的装饰,褪去了万般绿叶的衬托,显露真常,显露真性,让人直观山之本源,直觉山之本真。

山之蜿蜒,绵绵兮横亘万里;山之崔巍,浩浩兮直达天际。山之为山,本就无需过多的装饰与衬托,要感受山的真常,山的生机,莫良于冬季。

冬天的山,简约、无尘!因为真常显露,于万籁空旷中,诗人感受到了山的气息,山的生机。

万物皆有生机。诗人的胸中,了然万物之生灭,了然无常与真常。

大道无形、大音希声。冬天的山,通达大道,令人思接天际;冬天的山,气势纯粹,令人视通万里。

当然,冬山的景致,如果只有山之生机,未免孤单。诗人细细观察,感受到山色虽蜕变,却总有一份绿——古松之绿,虽饱含风霜而精神抖擞,立于山崖之畔,岸然翘首,似那不屈的生命,久久远远地表白,冲击着人的心神。

诗人一直在追求一种人生的境界,这种境界,上可通达天际,下可凌然世间。都说诗以言志,诗以传情,在本诗中,诗人有如一位看穿世间万象而洞见本源的长者,告诉世人,理解了冬山,理解了冬山上的古松,无论处境如何,都可傲然独立于天地之间。

本诗读来令人心旷神怡,精神昂扬,是不可多得的一首佳作!

(史吉宝)

四明杜鹃

崖谷岩坡披锦绣,四明遍野舞东风。
杜鹃那得艳如许?勇士捐躯血染红。

解读:

每年春天,四明山的岭坡、岙尖、谷底,到处开满鲜红的杜鹃花。这些成片绽放的杜鹃,枝叶密集,光鲜亮丽,充满灵气。

四明山革命根据地坐落在浙江省宁波市西部,曾是我国十九个革命根据地之一,也是中国南方七大游击区之一。抗日战争期间,1941年5月至1945年10月,新四军浙东游击纵队在谭启龙、何克希等同志领导下,在四明山等四个地区近2万平方公里的土地上,共对日伪军开展了大小643次浴血战斗,歼敌近万名,1000多位烈士长眠在这块土地上。

在一次抗击日军的战斗中,指导员林勃不幸受伤被俘,残忍的日军在林勃身上连刺了17刀。烈士的遗体被抢回来后,林勃的恋人,也是新四军女战士的余也萍悲痛难抑,她连夜用红绒线将烈士血衣上的17个刀洞,绣成了17朵鲜红的杜鹃。

四明山的杜鹃花格外鲜红靓丽,它们在向人们歌唱着美好而热烈的生活,祝福着繁荣而富强的祖国。"杜鹃那得艳如许?勇士捐躯血染红。"向上,杜鹃花展现出蓬勃的生机;向下,杜鹃花扎根在这片土地上,抚慰着山间勇士的灵魂,传递着永未燃烧殆尽的生命之火。

(张炜烨　陈小芳)

红踯躅

华顶繁花盛似海，高寒寂寞自从容。
身居旷野不邀宠，淡定无争盖世功。

解读：

红踯躅即云锦杜鹃。华顶是浙江天台山的主峰，海拔1110米。每年5月，华顶上的云锦杜鹃盛开，繁花似海，灿若云霞。云锦杜鹃属杜鹃花科，它以"苍干如松柏，花姿若牡丹"而成为《中国高等植物图鉴》中记载的377种杜鹃中的佼佼者，为我国特有的珍稀树种。

清代诗人张联元的《杜鹃花》诗云："翠岫从容出，名花次第逢。最怜红踯躅，高映碧芙蓉。无人移上苑，空置白云封。"他感叹这种别名红踯躅的云锦杜鹃没有被收入皇家花园。其实，云锦杜鹃就是适宜生长在千米以上的高山上，它性喜阴寒，如果被移到上苑去，未必如在高寒的山巅活得从容。

云锦杜鹃在云南、四川等地也有分布，但大片成林，面积近300亩，且每棵树龄在200年以上的，就只有天台华顶。它在此旷野与云雾相伴，有青山相映，听着风声、鸟声，看着山色、水色，默默地花开花谢，绽放着一年又一年的美丽。

在当今，我们现代人身处喧嚣的城市里，当各种欲望、名缰利索，把人搞得精疲力竭时，云锦杜鹃依然如此淡泊宁静、与世无争，令人们无不敬佩它的定力与境界。

三沙抗风桐

狂飙肆虐三沙岛,椰子麻黄伏地斜。
伟岸身躯风里立,英雄桐树傲天涯。

解读：

2013年9月，风力超过15级的强台风"蝴蝶"登陆海南省三沙市，岛上的椰子树、木麻黄、土枇杷等，一夜之间，有的连根拔起，有的踪影全无，唯有英雄的抗风桐在台风中傲然挺立。虽然有的枝干折断，但这些掉在地上的枝干都在不久后又出了新根，发出了嫩绿的新芽，成了抗风桐的"新生代"。

三沙抗风桐，根系发达，枝干粗大，胸径足有四五十厘米，高有十几米。叶对生，呈椭圆形，两面都覆有一层嫩绿而晶亮的薄蜡。它正是以自己伟岸的身躯、粗壮的枝干，护卫着南海星罗棋布的岛屿与礁盘；正是以自己纵横交错的根系，深扎在砂岩之中，任凭海水侵蚀、高温烘烤，坦荡着生就的从容与倔强。

英雄的三沙人，就像抗风桐一样，狂风吹不倒，恶浪冲不垮！三沙人出海如同出征，保家就是卫国，他们在极其艰苦的条件下，不畏强暴，无私奉献，日夜守卫着祖国美丽的海疆。

英雄树

阅尽人间千古事,飞来雷火毁全身。
擎天一柱昂然立,老树新枝绿若云。

解读:

这首诗通过徽饶古道上的千年古樟树,赞扬古往今来的英雄们,隐喻着英雄也会像古樟树一样,即使"飞来雷火毁全身",但仍然可以"老树新枝绿若云"。

古樟树屹立百年,阅尽人间千古事:徽饶古道上,留金十七年的朱弁,举起坚守气节的大旗,喊出了坚强不屈的强音;尽忠报国的岳飞也曾在此生活过;中国首个铁路工程师詹天佑的祖居就在老樟树下的岭脚村……如此人和事不胜枚举。

黄学规先生将古樟树比作古往今来的英雄。它虽然遭受了天雷这样的灾劫,只剩下薄薄一层皮,但仍然是擎天一柱,耸立在大地之上。坚强的树干并非就这样倒下,而是一直挺立着,等待着,终于在大家的期盼中发出绿芽,长出新枝。

中华民族已经走过"雄关漫道真如铁",现在正可谓"人间正道是沧桑",今后"长风破浪会有时"。在这首《英雄树》诗中,黄学规先生表达了面对祖国繁荣昌盛的喜悦,抒发了对实现中华民族伟大复兴这一梦想的期待。

(叶城均)

太岳红岩松

一峰突起青松立，百丈孤崖通体红。
太岳当年鏖战地，神兵洒血壮如龙。

解读：

此诗写山，写松，写历史，写精神。

山西省太岳山，又名霍山，古人封之为镇山。镇者，统领之意也。据《禹贡》注，霍山时为冀州之镇。山西多山，为一南北狭长地形。东有太行山，西有吕梁山，如两道闪电倏然南下，相遇为峰，是为太岳山。

在太岳山进山的路口，有一座孤崖绝壁，壁上一棵青松凌空挺立。它矗立在崖上，松下没有一把黄土，树根直接扎在悬崖的缝隙里。它遥望远方，像是一位守护者。它在风雨中历经沧桑，却依旧挺拔，成为苍茫大地上的定海神针。它的身躯高耸入云，像是一道天际的风景。它的根深扎大地，像是一条坚实的纽带，将人们和这片土地紧密相连。

这座孤崖高约百尺，通体赭红，如铁锈，如铜锭，和苍翠的青松形成强烈的视觉对比，充满着传奇色彩。这片土地曾经历经战火洗礼，见证了一段波澜壮阔的悲壮历史。

抗日战争期间，左挽吕梁右挽太行的太岳山，巍然抗敌，是立了大功的。1936年，红军东渡黄河过太岳，1937年8月八路军又在山西建立指挥部，创建抗日根据地。毛泽东运筹帷幄于延安，朱德、彭德怀立马太行，陈赓带领子弟兵与敌人鏖战于太岳，它见证了八年敌后抗战的战略支点与敌后抗日的主战场。八年间，我军的热血洒遍了山川，浸透了黄土，染红了山崖。这棵青松，则是烈士们的精神象征。

诗人写景是为抒情，是为咏史，更为言志。

诗人通过描绘一棵青松，引领人们进入充满传奇色彩的太岳山，展现了这座山峰的壮丽与神秘。同时，通过描述红色山崖，表现了太岳山曾经是鏖战之地的历史。整首诗气势恢宏，意境深邃，让读者不禁为之动容。在这里，人们感受到了自然的鬼斧神工，更感受到了将士们的坚强与不屈。这座孤崖绝壁，这棵青松，在人们心中熠熠生辉，成为这片土地上的永恒符号。诗人通过对太岳山的描绘，引导人们铭记历史，缅怀先烈。每一次仰望，每一次感受，都让人们更加坚定自己的信仰，更加珍惜这份历史传承。

此诗语言简练，字字珠玑，既表现出诗人对太岳山的感慨，又展现了烈士精神的不屈。同时，诗中运用了形象生动的描写手法，如"一峰突起青松立""百丈孤崖通体红"，让读者仿佛身临其境，感受到了太岳山的壮美和历史的厚重。此诗感人至深，是一首充满爱国主义情感和历史感的优秀诗篇。

（梁贵星）

忆江南·迎客松

云端立，气壮赛长虹。阅尽沧桑迎日月，霜风冰剑自从容。千载傲苍穹。

解读：

安徽黄山风景区玉屏楼前，云海层叠，怪石林立，展现着千姿百态。那一株株顽强向上的黄山松，它们扎根巨岩裂隙，或独立峰巅，或倒悬绝壁，让过往游客慨叹不已。

其中最有代表性的，当属那株树龄千年的迎客松了。只见它立于玉屏峰峭壁的青狮石旁，葳蕤挺拔，隽秀飘逸。近前端详，迎客松虽然饱经风霜，却枝干遒劲，郁郁苍苍，树冠如幡似盖，一方的侧枝横空斜出，好似展臂迎客一般。

黄山迎客松树高10.2米，树围2.16米，两只巨臂斜出9.6米。黄山千峰万壑，处处皆松。因为落脚在贫瘠的岩缝中，生存的环境十分恶劣，因而生长的速度异常缓慢，一株高不盈丈的黄山松，往往树龄数百年。由于根部扎得很深，虽然条件艰苦，黄山松依然永葆青春、生机盎然。黄山迎客松已于1990年列入世界遗产名录，蜚声中外。1994年，国画《迎客松》被悬挂在北京人民大会堂东大厅，党和国家领导人多次在"迎客松"前与外国客人合影留念。

黄山迎客松于悬崖边破石而出，千百年来迎霜斗雪，蔚然成长，是中国人民坚忍顽强、奋力拼搏的一个象征。与此同时，它热情地张开手臂，每日挥手迎接八方来客，也是中国人民热情好客、爱好和平的一个写照。

天海矮松

石罅深岩随处长,一身铁骨傲冰霜。
经磨历劫还坚劲,韬曜含光不张扬。

解读:

在徽州山区,耳目之所接,尽是满山遍野的晴翠,这晴翠就是青葱满目、生机勃勃的青松林。人们只要细心观察,就可以发现,山峦之巅,怪石之上,生长着许许多多参差不齐的黄山松,植物学家称它们为"天海矮松"。尽管长得矮小,却让人感受到它们的挺拔苍劲。它们生于深岩石罅之中,根无肥壤,风雪不停地摧残,然其貌俊美,精神抖擞,婆娑于茫茫云海之中。罅(xià),缝隙。

"天海矮松"大都经历长期的风霜雨雪,因而练成它们傲霜斗雪的气质、摩天抚云的胸怀。它们永远是那么绿意葱茏、生机盎然。虽然经磨历劫、伤痕累累,却依然顽强地支撑着一顶顶"公"字形的绿色树冠,始终保持着正色庄重的模样。

"天海矮松"虽然已经声震山野,誉满寰中,却从不显耀名声,从不张扬。树林中杂木颇多,不乏硕大强悍的树种,它们在矮松四周疯长。矮松从来不恼也不怒,依然能够默默地生长,呈现一种以径寸之苗,长出遮盖百尺之气势。矮松这种胸襟和境界、刚直和豪迈,令人肃然起敬,更给予了人们昂扬的自信。

岁寒三友

挺霜傲雪气犹闲,铁骨铮铮天地间。
一世多艰无所怨,岁寒三友伴眼前。

解读:

这是一首表现人生态度和人生哲学的诗歌。通过描绘松、竹、梅三种植物的特点,表现了它们在严寒中的坚韧与青春,也表现了诗人的人生态度。

岁暮天寒,漫天风雪,几株绿叶苍松、青竹、白梅在凛冽的寒风中傲然挺立,散发着别样的韵味,为严寒的季节增添了一份青葱,为人们带来了一份希望,这就是被誉为"岁寒三友"的松、竹、梅。在大地凋零之际,岁寒三友却展现着其高贵的姿态,顽强刚毅、坚韧不拔、高洁坚贞的精神品格,点燃了中国人的精神世界。

松树,长青不老,扎根于险崖之巅,挺立于峭壁之间。它在风霜中磨砺,历经千辛万苦,却依旧坚定不移,直指苍穹。它挺得硬、扎得稳、站得高,像一位坚毅的战士,不屈不挠,无畏风雨,傲视着前方。

竹子,节节向上,站在广袤的山野之间,经历着风云变幻。在命运的风暴中,它像一面旗帜,翻卷着碧波,寒霜冰雪里更加郁郁葱葱。它的生命之力,源源不断,散发出永不放弃的信念。

梅花,冰清玉洁,在逆境中开放。它无意苦争春,只任群芳妒。即使凋零成泥,香气依旧,宛如一位高洁的君子,品格高尚,精神不死。

千百年来,"岁寒三友"成为人们最喜欢的"励志"植物,因其坚韧耐寒的品质而成为高尚人格的象征,投射出中国人的审美情趣和自我期许。岁寒三友的精神力量,凝聚了世代相传的经验和智慧,烛照着中国人不断奋发进取。当人们在生活、学习和工作中遇到种种困难和阻碍时,想到岁寒三友,便会增添精神的力量、向上的勇气和奋斗的动力。

岁寒三友,不仅是一种植物,更是一种精神。它们的精神品质,传递着中国人的精神追求,点燃了人们内心的希望之光。

岁寒三友,它们的生命之力,不只是一种展示自我的方式,也是一种生命的态度。它们在极端的环境中,依旧保持着坚韧的精神和高尚的品质。这种精神品质,是人们在面对困难时所需要的。它们教会我们,不要轻易放弃,要坚定信念,勇敢面对挑战,积极向前。

此诗意境深邃,给人以鼓舞和启示。"挺霜傲雪气犹闲,铁骨铮铮天地间",展现出岁寒三友的刚毅和坚韧;"一世多艰无所怨,岁寒三友伴眼前",则表达出诗人的感慨和敬重。

诗人借助岁寒三友的形象,让读者感受到了生命力的坚韧和精神力量的伟大,也表达了诗人对岁寒三友的赞美和敬仰,同时也增强了人们在生活中坚韧不拔、勇往直前的信念。

(梁贵星)

画堂春·古榕

雍容气度大胸襟,无言无语可亲。老根苍劲叶如云,四季长青。经历千年风雨,依然蓊郁浓荫。纵横枝干健古今,广得民心。

解读:

我国和埃及是最早记载榕树的国家,培育、种植榕树的历史,几可与早期中国文化史相映衬。东汉许慎《说文解字》一书中已记有"榕"字。历史典籍告诉我们,我国最晚在东汉已开始种植榕树,距今1700多年。在我国南方、西南方热带、亚热带地区,野生榕的出现远在东汉之前。

在我国种植榕树最多的城市首推福州,故福州有"榕城"之称。根据作家徐刚考证,福州大规模种植榕树始于宋代。徐刚说:"福州榕城之称起于何时? 史论家一般认为始于宋英宗治平年间(1064—1067),张伯玉主政福州时。"当时福州城内河道众多,但堤岸无保护之树木。加上气候炎热,每到夏天百姓得热病者众。张伯玉走访里巷,得知榕树生长快,冠幅广,根能固岸,荫可送凉,便发动民众广种榕树。于是,种植榕树成为社会风潮,此风潮因为有利于百姓有利于社会进步,而成为福州人生活的一部分,自此榕城之名大张。

福州古榕以树龄长、历史久、数量众而著称。福州鼓山国家森林公园有一棵已近千年的榕树王,相传是当年张伯玉亲手所栽。这棵古榕冠幅达1300米,可容纳千人在树下遮阳庇荫,谈古论今。

现在福州城区有107条河流。每条河流的旁边都有一个小花园。众多的小花园如绿色珠子一般串联,当地居民称之为"串珠花园"。在这些小小的串珠花园内，大多有榕树当家。榕树成为内河风景和福州居民的集合地。它们陪着福州人一起生活，与居民百姓最亲近。

忆江南·牡丹

花有骨，不与李桃同。冻后牡丹成国色，姚黄魏紫尽雍容，
　　朵朵笑春风。

解读：

牡丹是中国诗歌中不可或缺的歌颂对象。唐代诗人李正封的《牡丹诗》中有"国色朝酣酒，天香夜染衣"，正是成语"国色天香"的出处。宋代诗人邵雍的《洛阳春吟》云："洛阳人惯见奇葩，桃花李花未当花。须是牡丹花盛发，满城方始乐无涯。"这首诗更是歌颂牡丹的代表作。桃花李花很美，但与牡丹比起来还是略逊一筹。纵观中国古代文人笔下的牡丹，总是高贵且独特。而在黄学规先生笔下，牡丹不仅高贵，而且有骨有气。

牡丹花形硕大，色艳香浓，人们往往认为她过于富丽堂皇了。其实，牡丹是很有筋骨的。人们不太知道牡丹的生长过程是历经严寒的，牡丹从播种到开花，要经历六七年的时间。而且，牡丹每年盛开前，还要忍受30多天零度以下的低温，花才能开得饱满艳丽。一旦开花了，牡丹总要开到极致，哪怕养分耗尽，枝叶枯萎，也要把极美的花朵呈现于人们眼前。因此刘禹锡《赏牡丹》中才有："唯有牡丹真国色，花开时节动京城。"牡丹的"国色"不仅体现在其外在的醒目、耀眼，更体现在其漫长的生长过程以及绽放前的持久磨炼。只有"冻后"才能成为真正的"国色"。

"姚黄"是宋代姚姓人家所培育的千叶黄牡丹，"魏紫"是五代魏姓人家所培育的千叶红牡丹，后人常常以"姚黄魏紫"泛指各种名贵

牡丹。牡丹开花的时间通常在四五月份，百花开后才登场，连阡接陌，竞相绽放，朵朵牡丹在阳光的照射下，在春风的吹拂中，展现了美丽的笑脸，给人们带来惬意愉悦的心情。牡丹绽放之后的"朵朵笑春风"，很容易让人联想到毛泽东《卜算子·咏梅》中的"待到山花烂漫时，她在丛中笑"，体现了牡丹绽放时的无私与超脱意境。

（翟占国）

忆江南·霜染胡杨

苍穹下，美似梦魂中。清艳琼花冲天笑，银装妩媚干如龙，大漠胡杨雄。

解读：

往日，冬天的胡杨林抖落曾经灿烂的金黄，仿佛完成了一个轮回，欣然轻松地舒展着光亮亮的枝干。

可是，眼前在寥廓的苍穹下，呈现的美景令人惊羡不已，好像是在梦境中所见。高耸繁密的枝杈上似乎绽放着无数雪白的花朵，晶莹剔透，直上云霄，冲天大笑。

银装素裹的枝条在寒风中妩媚多姿，而历经多舛命运淬炼的粗壮树干却像苍龙一般倔强和伟岸。

这就是大漠中霜染胡杨的雄姿，人们赞扬胡杨是"生而不死一千年，死而不倒一千年，倒而不朽一千年"。铮铮铁骨千年铸，不屈品质万年存。胡杨被人们誉为大漠英雄树，象征着坚韧不拔的精神。

雪宝山崖柏

巍巍雪宝绕云烟，峭壁悬崖不胜寒。
三亿年前古老树，生机重振遍山巅。

解读：

雪宝山位于重庆市开州区北部，最高海拔 2626 米。这里有大片的原始森林。雪宝山国家级自然保护区是重庆市现存唯一生态完好的处女地，有"巴山明珠，伊甸天国"之美誉。

雪宝山有一种稀有树木，名号为中国崖柏。2021 年，崖柏被列入《国家重点保护野生植物名录》中的一级保护物种。雪宝山上的崖柏分布在海拔 1300 米至 2100 米的区域。在两万多公顷的莽莽原始森林中，崖柏绝大多数生长在悬崖峭壁上。现在，保护区的工作人员已经对全域崖柏挂牌编号。

中国崖柏诞生于三亿年前，十分古老，全世界仅中国独有。1998 年，世界自然保护联盟将崖柏列为已经灭绝的三种中国特有的植物之一。1999 年 10 月，崖柏在重庆被重新发现。

在林业科学家的精心培育下，一批崖柏幼苗已经长大。目前，雪宝山已经挂牌编号的崖柏有一万株。科学家有一个梦想，就是让崖柏从极度濒危植物中除名，让人们看到在雪宝山处处都有崖柏的身影。

天国枫杨

犹忆苗乡柏格里,斯人已去石留痕。
枫杨高树百余载,绿叶青枝满爱心。

解读:

贵州省威宁县的石门坎乡,是云、贵、川三省交汇之地,属乌蒙山区的最深处。这里的乡亲们至今还常常回忆起英国人柏格里。柏格里(1864—1915)生于英国一个牧师家庭,23岁那年被教会招募到中国传教。他先在上海经过半年的汉语培训,然后溯长江而上到云南,以后再从云南进入贵州。

柏格里在旧中国的动乱年代,在最穷困落后的苗族山区,创办教会、学校、医院、邮局,普及文化,引进良种,移风易俗,直到1915年去世,时年51岁。他把毕生的心血贡献给了当时中国最落后的被人遗忘的地方。他在传教士中是一个特例,中央电视台曾播过他的三集纪录片。

石门坎,一道石头的门槛。这边是贵州那边是云南。柏格里在此建起了一所能容纳两百多名学生的小学,周边山区还建了17所分校。在原石门坎小学的旧址上,现在已经建造起一所现代化的小学和一所中学。

柏格里当年在石门坎半山腰上种下的一棵枫杨树,已经非常高大,都快要与山顶齐平了。一年又一年,这棵树挺立在石门坎上,舞动着青枝绿叶,呼吸着乌蒙山的八面来风,现在它的树龄已经超过主人生命的一倍,将来还会超十倍、几十倍地活下去,向后人讲述着爱心的故事。

山　菊

高原僻野绽奇花，跃出雪封吐芳华。
不是一枝炫独秀，满坡山菊似朝霞。

解读：

湖北十堰市房县毛狐寨，地处高原僻野，原来是个贫困村。这里有一种花很奇特，长年开花，在冬天依然常开不败。这就是山菊花。冬天的大雪覆盖了这里长长的山岩和十几个山坡。你看那山菊花跃出雪层，满坡灿然，散发着芳香。

在这个贫穷的山沟里，有一位很争气的女子，名叫史发菊。她在这里搞养殖，开始养了六十几只羊、十几只鸡、几头猪、几头牛。慢慢有了经验，她就成群地养。村里联系订单，她不愁销路。没多久，史发菊在全村首先脱了贫，后来，史发菊又带动了贫困户明三。明三原先没动力，看着史发菊发家致富就跟着干起来。明三说："跟争气的人一比，我自己也不好意思了。"

史发菊这个榜样带了好头，村民以她为荣。大家比着干，越来越有干劲。到 2020 年，全村百分之八十的人在发展产业，已经整村脱贫。再过几年，产业规模会更大，乡亲们的日子肯定更红火！

本诗以花喻人、以人比花，描绘了山村脱贫的故事，表达了诗人内心的喜悦之情。

（章群巧）

石 榴

浓绿满枝点点红，漫山遍野接长空。
千房同膜晶莹果，万子如一依偎融。

解读：

石榴是一种十分特殊的水果，在我国栽培已经有 2000 多年历史。石榴的花色绚丽多彩，石榴的果实多种多样。石榴还具有吉祥的象征意义，象征子孙后代繁荣昌盛，后继有人。人们常以"五月榴花红似火"来比喻朝气蓬勃。

如今，在河南省郑州市荥阳刘沟村，石榴还成了脱贫致富的法宝。刘沟村，因村民散居在一条狭长的沟壑而得名，曾是省级贫困村。八年前，老刘的妻子一直卧病在床，到处求医，欠下不少债。扶贫工作队的晏组长找上门，给他 5000 元钱，说这里土壤好，又有种石榴的传统，你就种石榴吧！后来，老刘用这么多钱买了 200 棵石榴苗。他怎么也没想到，三年后 200 棵树就收入了 20000 多元。现在，他的石榴园有 30 多亩，年收入 50 多万元，妻子的病也大有好转。

2018 年，刘沟村人均年收入达到 40000 多元，360 多户村民有 550 辆私家车，刘沟村成了郑州市美丽乡村示范村。

苔 痕

有茎有叶却无根，寂寞森林角落存。
甘作嫁衣是大愿，情深如海只苔痕。

解读：

人生匆匆只百年，生命的价值在于什么呢？无论圣哲还是凡夫，从古至今每一个思索过人生的人都需要面对和解答这个问题。

在本诗中，诗人以苔藓引证：生命的价值和意义在于奉献！

每一个人，只要有奉献的心愿，就可以释放出生命本源的纯粹之光。大而广之，升而华之，最终情深如海，生命的光辉可以化平凡为不朽。也即儒家经典《大学》中提及的"自天子以至于庶人，壹是皆以修身为本"。当修之炼之，养之育之，笃之行之，当生命还本归源时，万化露出真常，人人自然可以是尧舜。

这就如诗歌中诗人提及的苔藓，虽然有茎有叶，但是却没有根。

它们没有显赫的背景，没有耀眼的景致。作为苔藓，它们总是在森林的一角寂静地生长。令人敬畏的是，它用自己微小的身躯为那些被冷落的石头，织成一件件细密鲜亮的绿衣。这才是真正地为他人作嫁衣。苔藓默默地夜以继日地成长，唯一的目的便是奉献！

虽然毫不起眼，它们的奉献精神却是始终如一的。

正如雷锋，他只默默地为他人付出自己力所能及的帮助，从来没有寻求过回报。但是，那一平凡的心愿和力量却成就了他的伟大！

再如那掏粪工人时传祥，在最渺小、最卑微的地方不辞辛劳，不辞臭晦，其生命之光不仅没有被淹没，反而让他成为全国劳动模范，成为了共和国的最美奋斗者!

  于不堪处示净土,平凡如是,伟大如是!

  诗人深深感慨这种与众不同的苔藓之奉献精神,深深感慨"情深如海只苔痕"。

(史吉宝)

野　草

巨崖压顶仍能长，雨打风吹蓬勃生。
不是豪门珍爱物，天涯地角可安身。

解读：

这是一首咏物言志的佳作，也是引导人坚强乐观、积极向上的优秀诗篇。

野草随处可见，不被人重视，其生长环境多元，也造就了野草坚毅的性格。首句即给人极强的视觉冲击，巨崖之于野草，正可谓泰山之于个人，有千钧之重，不可承受，虽千钧之重压顶而来，也不能摧毁野草的生命，不能阻挠它在缝隙中仰起头来。大自然中随处可见的野草，都是这样坚强而勇敢地成长着，给人无穷的力量。

除此天然巨物压顶之势，自然界中风雨无情，对野草也是肆意横扫，不可谓不猛烈，不可谓不残酷，但在这样严峻的环境中，野草依然蓬勃生长，显示出极强的生命力和坚韧不拔的意志力，令人为之动容。

平凡如野草，恐难入人法眼，更遑论豪门珍爱，但它能走进寻常人家，成为老百姓眼中的风景，天涯地角均可见其踪影，闻其清香，感其坚韧。古有白居易《赋得古原草送别》，歌颂野草，盛赞生命。而今，黄学规先生《野草》一诗咏物言志，直抒胸臆，体现了超脱的恬静与安然，值得细细品味。

（叶城均）

中国树王

河谷深深乱石横,冲天巨树向光生。
碧空寥阔拦不住,挺拔身姿高入云。

解读:

这棵 83.4 米高的"中国树王"——云南黄果冷杉,生长于藏东南察隅县河谷深处的原始森林。以 3 米的层高计算,这棵中国最高树相当于 28 层楼高。

在这棵"中国树王"的身上,科学家发现附生 49 种高等植物。这说明,巨树给众多植物生命提供了额外的生态位,让森林在生物多样性的整体尺度上,又向前走了一步。它就像从大地里伸出的巨手,把很多地表的生命都抬高了。

根据巨树附近多棵云南黄果冷杉倒木的年轮和胸径推算,这棵树王的树龄约为 380 岁,差不多跟牛顿同庚。按冷杉 1000 年的寿命上限看,此树正值壮年,有望长到 90 多米高。

83.4 米不仅是树高数字,更蕴含着一棵小树苗长成参天大树的时间尺度,也包含着从一粒种子变成一片森林的生命图腾。科学家们前赴后继地奔赴荒无人烟的深山,找寻的不是一个又一个让人惊叹的数字,而是一次又一次的自然奇迹。

一切只是开始,最高树的纪录必将被一次次刷新。从一棵树到一座山,都在向上生长中追求新的高度。向光而生的巨树更像一个隐喻,关于中国,也面向世界。

后 记

2017年,《雨燕斋吟稿》第一卷出版之后,邵华泽先生对我一再鼓励,今天才有了第三卷问世。

《雨燕斋吟稿》第二卷于2021年国庆节正式出版,我即给邵华泽先生寄去请教,令我惊喜的是,10月19日我就收到了邵先生从北京寄来的快递,拆开一看是一幅精美的书法。上面写着一首选自《吟稿》第二卷中的七言绝句《重阳》:"杭城遍地桂花香,又到重阳赏菊忙。淑气芬芳衣满袖,茱萸难觅也吉祥。"诗后附记一段题词:"辛丑重阳收到诗人黄学规雨燕斋吟稿第二卷特书其中重阳诗一首以示祝贺之情期待有第三卷问世。邵华泽于北京青溪书屋"。邵先生温润端庄的书法及殷切期盼的题词,给了我巨大的鼓舞,一是对《重阳》诗的肯定,二是对《吟稿》第二卷的祝贺,三是对《吟稿》第三卷的期待。

过了三天,10月22日,我又接到了原杭州大学校长薛艳庄教授的电话,她说:"《雨燕斋吟稿》第二卷已经收到了,谢谢!我对你的新书出版表示衷心的祝贺!你在老伴患病、异常忙碌的处境下,坚持创作,讴歌新时代,我表示十分钦佩。祝你老伴的身体早日康复。近年来,你不断有新的诗作出版,为国家和社会的文化建设持续作出贡献,拳拳爱国之心非常可贵,期待早日读到《吟稿》第三卷。"薛校长的一席话对我又是一个莫大的鞭策,特别是"讴歌新时代",引导我对诗歌与时代的关系作进一步的思考。

"笔墨当随时代",与时代同频共振是诗人的第一要事。创作诗词必须体现时代精神,否则,诗词就会缺乏生命力。所有优秀的诗词作者,都紧扣着时代的脉搏。诗词作品与时代共鸣,才能展现其无穷的魅力。我们正生活在一个伟大的新时代。属于这伟大新时代的诗人，必须以最大的热情反映这个时代。我们的时代正在发生着翻天覆地的变革，真正的诗人应是时代的见证者和记录者。在当代中国，波澜壮阔的复兴洪流、壮丽多彩的人民史诗、敢于斗争的英雄气魄、革故鼎新的文明画卷，都应当成为我重点关注和着力表现的题材。

我于1962年大学毕业后，60多年来一直保持阅读的习惯，每每读到历史上为国家作出贡献的杰出人物、为争取民族独立和人民解放壮烈牺牲的英烈、为实现国家富强而忘我奉献的科学家等时代先进人物的事迹，我会非常激动，心潮起伏，对他们满怀崇敬之情。他们的事迹资料我会妥善地收藏起来，他们是民族的脊梁、国家的栋梁，他们感人肺腑的非凡形象在我的脑海中久久回荡，有时灵光闪耀，就会涌出诗句来。这样日积月累，形成了数百首诗歌，《吟稿》第三卷所收录的就是其中的一部分。

诗歌有一个重要的特点，就是写诗的人在创作，读诗的人也在创作。可以说，诗歌是诗人和读者共享的空间。诗歌不是在写作中获得最后完成的，它的最后完成是读者的阅读。诗歌是对阅读的期待，对共鸣的期待，对欣赏的期待。我足以欣慰的是，我的诗友通过自己的阅读为我的部分诗词作了富有个性的解读。童禅福、姜岳斌、潘猛补、胡华丁、沈文华、许汉云、邵介安、朱宇八位专家学者为本卷诗词撰写了精彩的评论，他们的评论视角独特，鉴古观今，见解深刻，具有很强的指导意义。邵华泽先生、徐金才先生、童禅福先生特地为本书赐赠了非常珍贵的题词。在此，对他们一并致以衷心的感谢！

黄学规

2024年1月于雨燕斋

图书在版编目（CIP）数据

雨燕斋吟稿. 第三卷 / 黄学规著. -- 杭州：浙江大学出版社, 2024.8. -- ISBN 978-7-308-25319-2

Ⅰ. I227

中国国家版本馆CIP数据核字第2024132NB5号

雨燕斋吟稿　第三卷

黄学规　著

责任编辑	宋旭华
责任校对	胡　畔
装帧设计	项梦怡
出版发行	浙江大学出版社
	（杭州市天目山路148号　邮政编码310007）
	（网址：http://www.zjupress.com）
排　　版	杭州林智广告有限公司
印　　刷	浙江海虹彩色印务有限公司
开　　本	787mm×1092mm　1/32
印　　张	12.75
插　　页	4
字　　数	306千
版 印 次	2024年8月第1版　2024年8月第1次印刷
书　　号	ISBN 978-7-308-25319-2
定　　价	88.00元

版权所有　侵权必究　　印装差错　负责调换

浙江大学出版社市场运营中心联系方式：0571-88925591；http://zjdxcbs.tmall.com